Markus J. Hirsch

Der Ex-Mensch

INNSALZ

liebe:
sehnsucht,
die sich nach sehnsucht verzehrt.

Begrüßung

Danke, dass du gekommen bist.
Ehrlich gesagt, war ich mir nicht sicher, aber du bist da, das ist alles, was zählt! Bitte, nimm Platz! Wo du magst, ganz egal.
Darf ich dir etwas zu trinken anbieten?
Ich habe eine Kanne Tee gemacht, schwarzen. Er ist noch warm.
Und für später mache ich eine Flasche Rotwein auf, damit er inzwischen atmen kann. Du trinkst doch einen guten Rotwein, oder?
Das dachte ich mir. Das liegt dir im Blut.

Michael, ich meine, ist das richtig so oder sagt noch jemand Michi zu dir? Dafür bist du mittlerweile zu erwachsen geworden, wenn du mich fragst. Michael passt viel besser zu dem jungen Mann, der mir gegenübersitzt.
Ich weiß, Michael, dass du im Moment viel um die Ohren hast, und deshalb bin ich dir auch wirklich dankbar, dass du dir Zeit für mich genommen hast. Als ich dich vor ein paar Tagen im Park sitzen sah, da konnte ich zunächst kaum glauben, dass du es wirklich bist! So oft schon hatte ich gedacht, dass ich dich oder Judith in einer Traube von Studenten entdeckt hätte, nur um im nächsten Augenblick zu erkennen, dass ich mich getäuscht und in meiner Hoffnung betrogen hatte.

Diesmal allerdings habe ich dich sofort erkannt, auf der Bank sitzend, in dein Physio-Lehrbuch vertieft, die rechte Hand an deiner Stirn, um die fest zusammengekniffenen Augen vor der Sonne abzuschirmen, die Lippen zusammengepresst. Diese Geste hast du schon als kleiner Junge beherrscht, wenn du im Garten deine ersten Bücher gelesen hast. Vermutlich kannst du dich nicht mehr daran erinnern, es ist ja auch schon so lange her, aber ich habe dich in dieser Pose in Erinnerung behalten, denn die Jahre, in denen du zu einem Mann herangewachsen bist, fehlen mir ja weitgehend.
Ich wusste, das bist du! Auch wenn es nunmehr fast ein Jahr her ist, dass wir uns das letzte Mal gesehen haben, ich habe dich sofort erkannt! Diesmal ist er es wirklich, sagte ich zu mir. Ich wusste es in dem Augenblick, in dem ich dich sah! Ich bin dein Vater, und als Vater erkennt man natürlich sein eigenes Kind.
Dennoch hatte ich Angst. Wir hatten uns in den letzten Jahren kaum gesehen, und wenn wir ehrlich sind, besonders herzlich war unsere Beziehung zueinander schon lange nicht mehr. Deshalb war ich ratlos und wusste nicht, was ich tun sollte. Ich wollte auf dich zugehen und dich ansprechen, und zugleich erfüllte mich eine entsetzliche Angst. Wie würdest du reagieren? Was würdest du sagen? Würdest du dich freuen, wenn du mich siehst, oder wäre dir unsere Begegnung eher peinlich und unangenehm?
Seit ich von eurer Mutter gehört habe, dass du nach Wien gehen würdest, um zu studieren – noch dazu

Medizin, das macht mich natürlich besonders stolz! –, hatte ich gehofft, du würdest Kontakt zu mir suchen. Du oder Judith, ihr beiden habt es nicht getan, egal. Ich verstehe, dass ihr Besseres zu tun hattet, als euren fremden Vater aufzusuchen. Dann hoffte ich, ihr würdet mir irgendwo über den Weg laufen. Das malte ich mir auf unendlich viele Arten aus.

Doch dann stehst du plötzlich vor mir, sitzt vor mir auf jener Bank – mein Sohn! Und ich? Ich war wie gelähmt vor Furcht! Dennoch, sagte ich zu mir, geh hin und sprich ihn an!

Du hast gelächelt, während ich dich beobachtete, offenbar warst du irgendwo in Gedanken, und dieses Lächeln hat es mir leicht gemacht, denn es war dasselbe Lächeln, das deine Mutter mir so oft geschenkt hatte in unseren ersten schönen Jahren. So fasste ich Mut und sprach dich an. Und jetzt bist du bei mir, und ich kann dir gar nicht sagen, wie glücklich mich das macht.

Ob wir alleine sind? Natürlich, da musst du dir keine Sorgen machen. Dieser Abend gehört ausschließlich uns beiden.

Deine Mutter? Nun, wir stehen in regelmäßigem Kontakt, wie du weißt, und dafür gibt es zwei gute Gründe: deine Schwester und dich! Als wir uns trennten, vereinbarten wir, dass ich über alle wichtigen und weniger wichtigen Ereignisse in eurem Leben informiert und ein Mitspracherecht bei allen Entscheidungen haben werde. In diesem Punkt setzte sich Anna sogar gegen den Willen ihres Vaters durch, wofür ich ihr bis heute

sehr dankbar bin. Dafür aber sollte ich euch *nicht so oft* sehen, denn die ganze Situation könnte euch überfordern und einen schlechten Einfluss auf euch haben. Aus *nicht so oft* wurde *gelegentlich* und aus *gelegentlich* ein *selten* und schließlich ein *zwei, drei Mal im Jahr*. Ich habe es irgendwann aufgegeben und kämpfte nicht darum, euch sehen zu dürfen, auch wenn ich weiß, dass das ein Fehler war. Ich hatte einfach nicht die Kraft dazu.
Du hast ihr nichts von unserem Treffen erzählt. Ich weiß. Das hat mir zusätzliche Hoffnung gegeben, dass dich nach all den Jahren offenbar auch meine Version der Geschichte interessiert. Du bist erwachsen und du willst die Wahrheit, oder sagen wir besser, *meine Wahrheit* hören. Warum ich meine Familie über alles geliebt und sie dennoch verlassen habe. Warum ich euch verlassen habe.
Mach dir keine Sorgen, du hintergehst deine Mutter nicht, indem du heute da bist. Das würde ich nie von dir verlangen. Sie weiß es von mir. Und sie glaubt, wir beide hätten vereinbart, dass ich es ihr sage, immerhin bin ich ja auf dich zugegangen, nicht du auf mich.
Wie sie reagiert hat? Erleichtert, würde ich sagen. Auch wenn dich das wundert. Wir haben es geschafft, im Laufe der Jahre nach unserer Trennung doch wieder so etwas wie Freunde zu werden; oder zumindest pflegen wir einen ehrlichen und offenen Umgang miteinander. Wir haben beide viele Fehler gemacht, bei uns selbst und auch bei euch, das wissen wir. Wir haben gelernt, mit unserer Vergangenheit zu leben. Die Zeiten, in

denen wir uns die fürchterlichsten Dinge an den Kopf warfen, liegen zum Glück viele Jahre zurück.
Ich denke, im Grunde ist sie froh, dass wir endlich miteinander reden. Auch wenn sie manches von dem, was ich sagen werde, naturgemäß völlig anders sieht als ich. Du sollst dir deine eigene Meinung bilden. Alt genug bist du dafür. Darin sind wir uns einig.

Begegnung I

Wo soll ich beginnen?
Diese Frage habe ich mir sehr oft gestellt, seit ich hoffte, dir eines Tages zu begegnen. Bei meiner eigenen Familie, meiner Kindheit, von der du ja nur wenige Eckdaten kennst? Bei dem Moment, als deine Mutter und ich uns das erste Mal begegneten? Oder bei dem Zeitpunkt, an dem das Glück, an das sie und ich so fest glaubten, zu zerfallen begann?
Nun, am besten beginne ich wohl mit Anna!
Verzeih mir, wenn ich meine Geschichte nicht chronologisch und geordnet wiedergeben kann. Das Leben verläuft nicht in geraden Bahnen. Das habt auch ihr, Judith und du, schon früh erfahren.

Ich war gerade einmal zwanzig, als ich deine Mutter zum ersten Mal traf. Sie war neunzehn, und wir waren beide somit etwas jünger, als du heute bist.
Ich stamme aus keiner Akademikerfamilie, meine Eltern betrieben ein Gasthaus, wie du weißt, wie schon mehrere Generationen vor ihnen. Dass ich mich nach der Volksschule für das Gymnasium anstelle der Hauptschule im Ort entschied, war ungewöhnlich, noch ungewöhnlicher war, dass ich mich nach der Matura für das Medizinstudium entschied. Zwar hatten zwei meiner Tanten, die Schwestern deines Großvaters, an die du dich vermutlich nicht erinnern kannst, ebenfalls

in Wien studiert, Lehramt, aber die Männer in meiner Familie hatten allesamt handwerkliche Berufe ergriffen. Das zumindest erfülle ich zum Teil mit der Chirurgie. Einen Arzt gab es nicht in der Familie. Auch sonst niemanden, der mir bei den Schwierigkeiten des Studienantritts hätte helfen können. Meine Eltern legten mir keine Steine in den Weg, im Gegenteil, sie verstanden und begrüßten meine Entscheidung und waren stolz auf mich, auf ihren Sohn, der Medizin studierte. Mich unterstützen, mir helfen, das konnten sie allerdings nicht. Ich musste mich alleine durchkämpfen.

Die staatlichen Beihilfen, die mir zuerkannt wurden, reichten gerade aus, um mein Zimmer im Studentenheim abzudecken. Den Rest – Essen, Zugfahrten, Lehrbücher und die anderen Unterlagen – musste ich aus meiner eigenen Tasche zahlen. So arbeitete ich jedes Wochenende und die ganzen Ferien über im Gasthaus meiner Eltern, um mir das Geld zu verdienen, das ich für mein Leben in Wien brauchte. Natürlich bekam ich von meinen Eltern eine Art Entlohnung für meinen Einsatz und gelegentlich auch einen finanziellen Zuschuss, wenn sie es sich leisten konnten. Doch im Grunde finanzierten mir unsere Stammgäste mit ihren oft sehr großzügigen Trinkgeldern mein Studium. Eine Tatsache, die ich bis heute nicht vergessen habe und für die ich noch immer dankbar bin.

Meine Eltern hatten wenig Geld, und was sie verdienten, benötigten sie, um die Kredite zurückzuzahlen. Sie schufteten hart, ihr Leben lang, wir alle, die gesamte

Familie, damit sie ihre Schulden tilgen konnten. Als Dank dafür wurden mir kaum Studienbeihilfen zuerkannt. Am Papier machten sie Gewinn, nur das zählte; wenn sie damit ihre Schulden zurückzahlten, war das ihre Sache. Glaub es oder nicht, aber das hat mir eine Betreuerin der Beihilfenbehörde wortwörtlich ins Gesicht gesagt! Und das, während ehemalige Schulkollegen von mir, deren Eltern finanziell weit besser dastanden, gut von ihren Beihilfen lebten und sich jedes Jahr im Sommer zwei Wochen Urlaub auf einer griechischen Insel gönnen konnten von dem Geld, das ihnen übrig blieb! Sei's drum …

Jedenfalls, um zum Thema zurückzukommen, ich musste arbeiten, um mir mein Studium zu finanzieren, und so saß ich die ganze Woche über im Heim in meinem Zimmer und lernte, besuchte die Vorlesungen und die Praktika, und an den Wochenenden fuhr ich heim, um Geld zu verdienen. Das klingt jetzt härter, als es war, vielleicht sogar spartanisch. Die Zeit, die ich durchlebte, war schön. Natürlich traf ich mich hin und wieder mit Freunden auf einen Kaffee oder ein günstiges Abendessen, besuchte Ausstellungen oder Konzerte und kaufte mir Bücher und CDs. Aber das typische unbeschwerte Studentenleben, das kannte ich nicht. Vielleicht wollte ich es auch gar nicht kennen.

Warum ich dir das erzähle? Vermutlich um dir die äußeren Umstände zu skizzieren, in denen ich deine Mutter kennenlernte. Vermutlich aber auch, um dir die späteren Entscheidungen begreifbarer zu machen. Der Ehrgeiz, der mich damals antrieb – auch wenn ich ihn nicht als solchen empfand –, der Ehrgeiz, mein Studium unter diesen erschwerten Bedingungen rasch und konsequent durchzuziehen, war derselbe Ansporn, dieselbe Flucht, meine berufliche Karriere voranzutreiben. Als müsste ich allen, Familie, Freunden, Gönnern und Neidern, vor allem aber mir selbst beweisen, dass ich mit dem notwendigen Einsatz jedes Ziel erreichen konnte. Eine Flucht, wie ich es gerade nannte, weil ich es heute als solche begreife, doch dazu später mehr.

Ich will eigentlich über Anna sprechen.
Es war gegen Ende des vierten Semesters und ich hatte den ersten Studienabschnitt, die Vorklinik, Anatomie, Histologie und Biochemie erstaunlich schnell gemeistert. Für Physiologie wollte ich über den Sommer lernen und im Herbst antreten, dafür hatte ich schon Psychologie aus dem zweiten Abschnitt vorgezogen und ein paar Praktika absolviert. Du merkst, ich wollte keine Zeit verlieren!
Ich war also zufrieden mit mir, und so ließ ich mich von ein paar Kollegen dazu überreden, zum Semesterabschluss auf das legendäre Waldviertler-Fest mitzugehen. Keine Ahnung, ob es das heute auch noch gibt, damals jedoch war es ein sehr angesagtes und ebenso typisches Studentenfest. Ich kam mir vor wie ein Fremdkörper.

Nach kurzer Zeit waren meine Freunde auf der Tanzfläche verschwunden, um sich an irgendwelche Mädchen heranzumachen, während ich, innerlich ratlos, in einer Ecke herumstand, an meinem Bier nippte und das Geschehen um mich herum eher desinteressiert betrachtete. In Wahrheit langweilte ich mich zu Tode!
Ich tauschte kurze Belanglosigkeiten mit flüchtigen Bekannten aus meiner ehemaligen Schule aus, das typische „Hallo! Wie geht's? Lange nicht gesehen", ohne dass je mehr als fünf Sätze daraus entstanden wären.
Ich war genervt und auf mich selbst wütend, dass ich mich zum Mitgehen hatte überreden lassen.
Plötzlich aber stand da ein unbekanntes Mädchen vor mir, das mich aus graublauen Augen anblickte und meinte: „Du wirkst genauso verloren hier, wie ich mich fühle!"
Erst danach, so als ob sie abgewartet hätte, dass ihre Worte Wirkung zeigten, streckte sie mir ihre Hand entgegen und sagte, nunmehr mit ihrem Mund und ihren Augen lächelnd: „Hallo, ich bin Anna!"
Verlegen stammelte ich meinen Namen.
„Johannes also", murmelte sie, „ja, das passt."
Ich fühlte mich natürlich noch verwirrter. Sie aber fasste mich an der Hand und entschied für uns beide:
„Also gut, Johannes, mich hat mein Bruder hergeschleppt, damit ich neue Leute kennenlerne, und ich sagte zu, damit er endlich mal zum Nörgeln aufhört, bei dir waren es vermutlich Freunde oder Schulkollegen. Mein Bruder ist der dort vorne mit dem gestreiften

T-Shirt, der sich gerade auf der Tanzfläche lächerlich macht. Und deine Freunde stehen ihm wahrscheinlich um nichts nach. Was hältst du davon, wenn wir einfach nach draußen gehen, wo wir uns in Ruhe unterhalten können? Hier vermisst uns ohnehin niemand.
Also, dann trink aus!"
Wir saßen dann tatsächlich stundenlang im Innenhof der Anlage und unterhielten uns – und als wir uns voneinander verabschiedeten, hatten wir uns ineinander verliebt.

Du wirkst verlegen. Ist es dir peinlich zu erfahren, wie deine Eltern sich kennengelernt haben oder dass wir einmal ineinander verliebt waren? Liebe, bitte glaube mir das, Michael, entsteht immer auf dieselbe harmlose und unscheinbare Art: ein unbedachter Blick, eine zufällige Begegnung, ein paar Worte, die gewechselt und anvertraut werden. Und ehe du es merkst, kannst du ohne diesen Menschen, den du wenige Stunden zuvor noch nicht einmal gekannt hast, nicht mehr leben. Du bist eins mit ihm. Du bist sein Atem.
Zwischen deiner Mutter und mir ist es so gewesen, und wenn du einen Menschen einmal derart liebst – und ich wünsche dir, dass du dieses Glück eines Tages erleben darfst –, dann wirst du diesen Menschen auf irgendeine Art und Weise immer lieben, egal was kommen mag. Und ja, ich liebe deine Mutter, immer noch und trotz allem, was war. Nicht so wie am ersten Tag, nicht so wie in den glücklichen Jahren unserer Ehe, aber sie wird

immer einen festen Platz in meinem Herzen haben. Ich verdanke ihr so viel, vor allem natürlich euch, meine Kinder!

Verzeihe mir, wenn ich zur Sentimentalität, ja, sogar zur *Schwülstigkeit* neige, aber die Erinnerung an die schönen Zeiten in meinem Leben ist der einzige Trost, der mir in meinem Alltag manchmal bleibt, war die Kraft, die mir half zu überleben. Auch das wirst du erst verstehen, wenn du älter bist! Jaja, ich weiß, wie sehr man als junger Mensch diese Aussage hasst! Wir sind nicht weiser oder klüger als ihr, nur weil wir älter sind, doch wir verfügen definitiv über mehr Lebenserfahrung.

Ob ich sie nutze? Das ist eine gute Frage!

Annäherung I

Sprechen wir lieber wieder über deine Mutter und mich. Wir lernten uns also auf jenem Studentenfest kennen und lieben, und wie du bemerkt hast, war deine Mutter die treibende, die aktive Kraft. Das blieb sie während unseres gesamten gemeinsamen Lebens. Mein Drang, mich beweisen zu müssen, gepaart mit ihrem Durchsetzungsvermögen und ihrer Beharrlichkeit, darin lag enormes Potenzial! Und auch eine große Gefahr! Das war uns als jungen verliebten Menschen natürlich nicht bewusst, und wenn, dann wäre es uns schlichtweg gleichgültig gewesen.

Wir lebten, geprägt durch unsere Herkunft aus eher einfachen Verhältnissen, bescheiden und verantwortungsbewusst, zugleich fühlten wir uns jung, frei und unabhängig, überlegen und tiefsinnig; stark genug, der Welt ein Loch zu schlagen, besonders eben, einzigartig! Gleichberechtigung, soziale Gerechtigkeit, Umweltschutz, Einsatz für die Rechte von Tieren, Kampf gegen das Establishment, Freiheit, Gleichheit, Brüderlichkeit! Alle großen Schlagworte der Geschichte sprudelten mit einer verblüffenden Leichtfertigkeit von unseren Lippen, während wir uns bemühten, treue Mitläufer jener Gesellschaft zu werden, die wir mit Begeisterung als antiquiert zerredeten! Wir sahen uns als große Freidenker, während wir in Wahrheit eine klassische Bilderbuchfamilie anstrebten. Mutter Lehrerin, Vater Arzt, zwei wohlerzogene Vorzeigekinder, ein protziger Neubau, nur der Hund und die „Willkommen"-Fußmatte fehlten!

Es beschämt mich, wenn ich an unsere hehren Ideale von damals zurückdenke und sie mit all den Statussymbolen vergleiche, die wir im Laufe unserer Ehe anhäuften. Du musst es einem vom Leben verbitterten und furchtbar zynisch gewordenen Mann verzeihen, wenn ich bekenne, dass ich in manchen Augenblicken den Eindruck hatte, selbst ihr, deine Schwester und du, seid eigentlich nur Mittel zum Zweck gewesen, das Bild der heilen und perfekten Familie zu vollenden. Ich weiß nicht, ob deine Generation noch Marilyn Manson kennt, aber hör' mal hinein in das Debütalbum *Portrait of an American Family*. Genauso fühlte ich mich, als in mir der Drang reifte, ausbrechen zu müssen – oder zugrunde zu gehen!

Mit Anfang zwanzig kannte ich solche Gedanken selbstverständlich noch nicht. Wir waren verliebt und glücklich.

Da wir beide im Waldviertel und nur wenige Kilometer voneinander entfernt lebten, konnten wir uns auch in den Ferien regelmäßig sehen, verbrachten mehr und mehr Zeit miteinander, lernten einander besser kennen, wurden vertraut; kurzum, denn ich will dich mit Erzählungen über die Verliebtheit deiner Eltern nicht langweilen oder noch mehr in Verlegenheit bringen, wir wurden ein Paar, eine Einheit, und irgendwann war es für uns selbst und auch für unsere Familien und

Freunde klar, dass das mit uns etwas Ernstes und Dauerhaftes ist. Das geschah allmählich. Als wir uns dessen bewusst wurden, wagten wir, auf den Vorschlag deiner Mutter hin, den nächsten Schritt: Wir zogen zusammen. Zuvor hatten wir beide in Studentenheimen gewohnt, jeder in einem Einzelzimmer, um uns unsere Unabhängigkeit in der Tagesstruktur bewahren zu können und um uns nicht nach den Bedürfnissen eines anderen richten zu müssen; das Projekt des Zusammenziehens konnte also durchaus eine Belastungsprobe werden. Wer räumt den Tisch ab und wer wäscht das Geschirr, wer trägt den Müll raus und wer ist zuständig fürs Putzen und fürs Gießen der Pflanzen? Und das sind nur die äußeren und halbwegs leicht zu klärenden Faktoren im Zusammenleben. Wo wir doch beide stark auf unsere Unabhängigkeit und Autonomie pochten – würden wir es ertragen, rund um die Uhr mit einem anderen Menschen auf fünfzig Quadratmetern zusammengepfercht zu sein? Wie viele Wochen, bis mich der Geruch ihres Duschgels morgens im Bad zum Schreien bringen würde? Von blutigen Tampons und dergleichen will ich erst gar nicht reden.

Ich glaubte nicht, dass wir es schaffen würden. Doch vermutlich weil ich so zweifelte, hat es von Beginn an so reibungslos funktioniert. Du schaust so skeptisch? Ich will es dir erklären.

Als Anna mir nach gut einem Jahr vorschlug zusammenzuziehen, empfand ich zum ersten Mal Zweifel. Nicht an unserer Beziehung selbst, nicht daran, dass

wir zusammengehörten, zusammenbleiben würden und all das. Das Zusammengehörigkeitsgefühl dominierte uns, wie du es auch an meiner Wortwahl merkst. Das erlebte ich als gut und richtig so, doch es ging mir zu schnell. Ich fühlte mich in eine Rolle gedrängt, zu der ich noch nicht bereit war, in eine Ecke gestoßen, die mir irgendwann zu eng werden würde.
Ich sprach es an. Ich bat Anna, mir noch etwas Zeit zu lassen, bat darum, das Ganze langsam und besonnen anzugehen.
Du kennst sie ja, sie kann sehr überzeugend sein, wenn sie sich etwas in den Kopf gesetzt hat. Es sei nur natürlich, dass ich Angst davor habe, mich zu binden, es sei auch für sie ein großer Schritt, wir würden ja viel von unserer Freiheit aufgeben und so weiter. Alle für die Situation typischen und vermutlich von unzähligen Paaren ähnlich vorgetragenen Argumente, die ja nicht falsch sind, die aber das Verständnis für mich und meine Bedürfnisse und Zweifel vermissen ließen. Sämtliche positive Aspekte des Zusammenlebens wurden als schlagende Argumente ins Rennen gebracht: mehr Zeit füreinander, geringere Kosten, als wenn wir getrennt wohnen würden, und die berühmt-berüchtigte Probe aufs Exempel! Wir hätten nichts zu verlieren, denn sollten wir nicht zueinander passen, dann sollten wir es besser früher als später herausfinden.
Du merkst also, es gab kein Entrinnen! Und so tat ich zum ersten Mal, was sich später zu einem Muster in unserer Beziehung verfestigen sollte, ich fügte mich in

den Willen deiner Mutter und ließ sie die Zügel in die Hand nehmen.
Eine Aussage, die Anna gegenüber nicht fair ist, denn sie liebte mich und wollte unserer Beziehung Stabilität und Sicherheit, mit einem Wort eine glückliche Zukunft geben. Was immer sie tat, sie tat es aus Liebe und in bester Absicht, für mich, für uns und später vor allem auch für euch. Doch gut gemeint ist oft nicht gut getan, wie wir sehen werden.
Was ich tat? Ich schwieg. Um ihre Gefühle nicht zu verletzen, um nicht selbst die Initiative und Verantwortung übernehmen zu müssen, und fühlte mich zunehmend unterdrückt und beengt. Hätte ich Widerstand geleistet, hätte ich manchmal mit der Faust auf den Tisch geschlagen! Was hilft es, jetzt darüber nachzudenken? Die Dinge wären so gekommen, wie sie gekommen sind. Wir haben kaum je gestritten, waren das Vorzeigepaar einer glücklichen Familie – bis alles zerbrach und hoffnungslos verloren war.
Damals dachte ich vermutlich einfach, na gut, wenn sie unbedingt will, dann ziehen wir halt zusammen, es wird schon gut gehen. Und das tat es; mehr noch, es war schön. Wir waren vereint und genossen das gemeinsame Leben. Manchmal aber meldete sich die berühmte leise Stimme, die mir zuflüsterte, dass es nicht richtig war. Ich wurde ein Meister darin, sie zu ignorieren.

Leben I

Die kommenden Jahre flogen schnell dahin. Wir waren beide mit unseren Studien beschäftigt, eifrig bestrebt, sie zügig voranzutreiben. Anna war mir in jener Zeit eine große Stütze: Intelligent und wissbegierig, wie sie war und ist, absolvierte sie die vorgeschriebenen Prüfungen in Germanistik und Geschichte beinahe im Vorbeigehen, sodass ihr Zeit genug blieb, mir bei der Vorbereitung auf die großen Rigorosen zu helfen. Ich hätte sie nicht gebraucht. Wie ich schon sagte, brannte in mir selbst genug Ehrgeiz, das Studium rasch durchzuziehen. Und über die notwendige Intelligenz verfügte ich ja auch, will ich mal behaupten. Aber natürlich war es hilfreich, wenn sie mich nach einem intensiven Lerntag noch einmal die Antibiotika-Klassen abprüfte; eigentlich für uns beide. Sie konnte ihre zukünftige Rolle als Lehrerin üben und ich konnte überprüfen, wie sattelfest ich in den Lerninhalten tatsächlich war. Ich glaube, Anna wäre für einige Prüfungen in Wahrheit besser vorbereitet gewesen als so manche Kommilitonen, deren stümperhafte Versuche ich erlebte, etwas Sinnvolles über die Herzinsuffizienz zu erzählen.
Sie tat vieles, um mir den Alltag zu erleichtern. Im Grunde machte sie sich für mich unentbehrlich. Ich genoss es. Ich gebe es zu. Wie hätte ich es auch nicht genießen können? Wenn ich spät am Nachmittag müde und erledigt von irgendwelchen Intensivpraktika nach

Hause kam und sie hatte den Tisch gedeckt und ein verfrühtes Abendessen zubereitet? Einfach zwar, da wir wenig Geld hatten, aber köstlich und mit Liebe gekocht. Manchmal meldete es sich, das Unbehagen, das schlechte Gewissen, das Gefühl, mehr und mehr in eine Falle zu geraten, und dann wagte ich zu fragen (Ja, damals tat ich das noch!):
„Warum tust du das alles für mich? Es ist zu viel!“
Die Antwort war stets die gleiche: „Ich tue es nicht für dich, ich tue es für uns beide, Schatz!“
Mir schnürte es die Kehle zu. Ich stand in ihrer Schuld, und die wuchs mit jedem Tag! Ich musste ein erfolgreicher Arzt, ein hingebungsvoller Ehemann und ein aufopfernder Vater werden, um diese Schuld eines Tages zu begleichen.
Zumindest finanziell konnte ich mir meine Unabhängigkeit bewahren. Wie ich schon sagte, wir hatten beide unser ganzes Studium hindurch wenig Geld, somit war es notwendig, dass ich weiterhin jedes Wochenende meinen Eltern im Gasthaus half, um sie zu unterstützen und um mein Leben zu verdienen. Anna akzeptierte das. Mehr noch, auch ihr war der regelmäßige Kontakt zu ihrer Familie sehr wichtig, und so entwickelte sich bald eine Gewohnheit, die wir bis zum Ende des Studiums beibehalten sollten. Montag bis Freitag verbrachten wir gemeinsam in Wien, die Wochenenden gehörten den Familien. Natürlich sahen wir uns auch da, gingen abends gemeinsam aus, um Freunde zu treffen, übernachteten abwechselnd einmal bei ihr, einmal bei mir.

Aber: Es hatte jeder Raum für sich selbst! So als hätte ich wieder Luft zum Atmen!
Vielleicht war es die Bequemlichkeit, die mich damals handeln, oder eigentlich nicht handeln, sondern treiben ließ.

Heute, das merkst du an meinen Ausführungen, erkenne ich so viele Zusammenhänge, die berühmten Fehler im System, die unsere Beziehung zum Scheitern brachten. Jedoch damals verstanden wir die Gefahren, in die wir uns freiwillig und offenherzig begaben, einfach noch nicht. Wir waren glücklich, jung und zuversichtlich – und voller Blindheit dabei! Sicherlich, ich spreche heute so aufgrund der Erfahrung, die ich damals noch nicht hatte, ich deute und interpretiere die damaligen Ereignisse aus heutiger Sicht und hoffe, dir letztendlich begreifbar zu machen, warum ich ausbrechen und euch verlassen musste.
In gewissem Grad manipuliere ich dich also, denn was ich sage, ist nun einmal *meine Wahrheit*, nicht die Wahrheit an sich, falls es eine solche überhaupt gibt. Ich betone das, um dir zu signalisieren, dass ich genau weiß, was ich tue. Auch wenn ich mich um Objektivität in meiner Erzählung bemühe, so erzähle ich dir doch *mein Leben*, geprägt durch die Erfahrungen der letzten dreißig Jahre, *meine Wahrheit* also aus meiner heutigen Sicht. Ich habe viel über mich nachgedacht und viel über mich gelernt! Christian hat mir sehr dabei geholfen, auch wenn er mich dazu gezwungen hat. Der

Weg zu mir selbst, zu dem Menschen, der ich heute bin, war ein langer und steiniger Weg. Doch ich greife erneut vor.
Zurück zu deiner Mutter und mir. Zurück zu meinem Studium, dessen Abschluss plötzlich gekommen war.

Es ging sehr schnell, zu schnell letztendlich. Wenn man, so wie du derzeit, mitten im Studium steckt, hat man den Eindruck, es würde niemals enden. Kurs um Kurs, Prüfung um Prüfung, Wochen, Monate und Jahre, tagein und tagaus derselbe Trott. Doch auf einmal stehen die letzten Prüfungen an. Neurologie und Dermatologie waren die letzten Fächer, die ich zu belegen hatte – und ich erschrak und dachte mir, wo waren die vergangenen sieben Jahre geblieben, ich hatte doch erst vor kurzem immatrikuliert und mit Chemie und Physik angefangen?! Die Studentenzeit, die für so viele als die schönste in ihrem Leben gilt, ich hatte sie kaum ausgekostet. Sie war vorbeigezogen; und jetzt hatte ich Panik, weil ich sie versäumt hatte! Es war, es schien zu spät. – Auch das ist ein Motto meines Lebens.
Genieße die Zeit! Das ist der Rat, den ich dir wärmstens geben kann. Selbst wenn ich entgegen meinen eigenen Interessen spreche. Immerhin bin ich es, der dein Studium und das deiner Schwester hauptsächlich finanziert. Glaub mir, es kümmert im späteren Berufsleben niemanden, ob du sechs, acht oder neun Jahre für das Studium gebraucht hast. Auch nicht, wie gut oder wie schlecht du bei den Prüfungen bewertet wurdest. Im

ärztlichen Alltag zählen ganz andere Dinge. Ein guter, und damit meine ich vor allem auch, ein Arzt zu sein, der sich seine Menschlichkeit bewahrt hat, das lernst du nicht aus Büchern! Verantwortungsbewusstsein und soziale Kompetenz, Kollegialität und Zusammenarbeit im Sinne des Patienten, diese Eigenschaften zählen weit mehr als jedes akademische Wissen! Du gehst stolz aus deinem Studium hervor, mit geschwellter Brust und nennst dich *Doktor der gesamten Heilkunde* – und dann stehst du vor deinem ersten Patienten und hast von nichts auch nur den Hauch einer Ahnung!

So jedenfalls erging es mir, trotz meines guten Erfolges, und so wird es auch dir ergehen. Gib dich da keinen falschen Hoffnungen hin. Die Bemühungen, das Medizinstudium zu reformieren, von der ausufernden Theorie zu entstauben und mehr auf die Praxisrelevanz zu fokussieren, sind ja offenbar im vollen Gange, doch wie jede notwendige Veränderung wird auch das noch viele Jahre dauern. Sei also gewappnet, dass du bei null beginnen wirst. Famuliere so viel wie möglich in dem Spital, in dem du deinen Turnus machen willst, um den Hausgebrauch, soweit es geht, kennenzulernen, und nimm es dir nicht zu Herzen, dass in der internen Rangordnung selbst die Putzfrau noch drei Stufen über dir steht. Ein simpler Doktortitel bedeutet im Spital nämlich gar nichts.

Du wirst mir später einmal dankbar sein für meine Warnung, auch wenn sie dir jetzt vermutlich unglaubwürdig vorkommt oder dich vielleicht sogar kränkt.

Du bist ein Nichts, wenn du mit dem Turnus anfängst. Bist du zumindest auf das Schlimmste vorbereitet, wirst du ihn leichter überleben. Ich hatte so eine mahnende Stimme leider nicht. Ich hätte viel dafür gegeben!
Stolz, das war das Wort, das ich vorhin schon verwendete. Sie alle waren so stolz auf mich, als ich nach der Derma-Prüfung anrief und mitteilte, dass ich bestanden hatte. Meine Eltern und Geschwister, Nachbarn, Freunde, die Stammgäste, Anna und ihre Familie. Sie alle waren stolz auf mich und freuten sich mit mir. Freuten sich eigentlich mehr als ich selbst. Als ich nach jener letzten Prüfung nach Hause kam, hatten meine Eltern eine Überraschungsfeier für mich organisiert. Da standen sie alle, als ich die Tür zum Gasthaus öffnete, mit einem Glas Sekt in der Hand, jubelten mir zu, fielen mir um den Hals und gratulierten mir.
Ihre Freude war echt, herzlich und durchaus ansteckend, doch in Wahrheit fühlte ich mich unendlich müde und wollte eigentlich nur alleine irgendwo im Wald eine große Runde spazieren gehen und einfach meine Ruhe haben. Der enorme Druck, der von mir abgefallen war, hinterließ in den ersten Tagen nach dem Ende meines Studiums nichts als eine riesige Leere, ein Vakuum.
Nach der Matura war es mir sehr ähnlich ergangen. Ein Abschnitt, der unwiderruflich vergangen war, gepaart mit der Ungewissheit, was die Zukunft bringen mag. Abends, als ich endlich das ersehnte Bett aufsuchen durfte, fragte ich Anna, was sie eigentlich getan hätten,

wenn ich durchgefallen wäre. Ihre Antwort war pragmatischer, als ihr sicherlich bewusst war.
„Ich wusste, dass du uns nie enttäuschen würdest."
Die Freude und auch der Stolz über meine Leistung stellten sich nach einigen Tagen auch bei mir ein. Als ich alle Lehrbücher weggeräumt, dem gefühlten fünfhundertsten Gratulanten die Hand geschüttelt und endlich einmal im eigenen Bett so lange geschlafen hatte, wie ich wollte, beschlich mich endlich so nach und nach dieses unglaubliche Gefühl des Triumphes, dieses *„Ich habe es tatsächlich geschafft!"*.
Den Promotionsbescheid in den Händen zu halten, auf dem mein Name, mein Geburtsdatum und darunter der Titel *Doktor der gesamten Heilkunde* standen, das waren bewegende und unvergessliche Momente. Ich war zufrieden und glücklich. Das Leben war schön. So einfach war das. Ich ahnte ja noch nicht, wie furchtbar der Turnus werden würde.
Nein, die Zeit nach meiner Promotion war eine der schönsten und entspanntesten in meinem Leben. Der Zivildienst lag noch vor mir und würde Anfang Februar beginnen. Meine Promotion fand am achten November statt. Es lagen also drei Monate des süßen Nichtstuns vor mir. Ich genoss sie in vollen Zügen. Die Wohnung in Wien hatten wir bereits aufgegeben, aus finanziellen Überlegungen. Ich benötigte sie nicht mehr und Anna schrieb an ihrer Sponsionsarbeit, was sie auch im Waldviertel tun konnte. Wir gingen also einen Schritt zurück und wohnten beide wieder in unserem Elternhaus. Ein

Schritt, der uns beiden, oder mir zumindest, sehr guttat. Ich fühlte mich frei und unbeschwert, wie in der Schulzeit oder zum Studienanfang.
Auch für deine Mutter war diese räumliche Trennung auf Zeit eine wichtige und willkommene Phase. Zum einen konnte sie sich ganz auf ihre Diplomarbeit konzentrieren, die ihr nicht so leicht wie sonst alles in ihrem Leben von der Hand gehen wollte, ohne ein schlechtes Gewissen mir gegenüber haben zu müssen. Ich glaube, es war überhaupt das erste Mal für sie, dass sie sich in eine Aufgabe so richtig hineinknien und anstrengen musste. Sämtliche Prüfungen auf der Uni hatte sie quasi im Vorbeigehen erledigt. Es hatte genügt, wenn sie sich einmal ihre Mitschriften durchlas. So richtig hinsetzen und lernen, wie ich es gewohnt war, das kannte sie bis dahin nicht, das war eine neue Herausforderung für sie. Ich bewunderte sie für den Ehrgeiz, den sie an den Tag legte. Leider konnte ich ihr nicht helfen, denn von Kinder- und Jugendliteratur und deren Verbindungen zum Märchen hatte ich zwar eine gewisse Ahnung, nicht jedoch das Fachwissen, das für ihre Arbeit gefordert war. Ich hörte ihr geduldig zu, wenn sie mir abends von ihren Fortschritten und Rückschlägen berichtete, studierte die Textpassagen, die sie mir *zum kritischen Lesen*, wie sie es nannte, anvertraute, und hinterfragte, was ich nicht verstand. Dies war die Unterstützung, die ich ihr geben konnte und auch gerne gab. Das Schreiben selbst aber blieb ihre Aufgabe. Und Schreiben ist nun einmal eine zutiefst einsame Tätigkeit.

Das führt mich zum anderen. Wir durchlebten zum ersten Mal, seit wir zusammengezogen waren, eine Zeit der Trennung. Eine Zeit, in der jeder von uns mit seinen eigenen Belangen beschäftigt war, viel intensiver, als das im regulären Studium der Fall gewesen war. Ja, ich könnte fast sagen, wir durchlebten eine Art Vorbereitung auf unseren späteren Alltag, wenn wir beide berufstätig sein würden; eine Zeit, in der wir uns nur wenig, aber dafür intensiver und bewusster sahen, eine Phase der Beziehungsgestaltung, die sich durch meinen Zivildienst noch verstärken würde. Was ich meine, ist: Diese Trennung sollte eine weitere Probe aufs Exempel werden und erweisen, wie stabil und gefestigt unsere Beziehung mittlerweile war. Das Zusammenleben hatte funktioniert; *war geglückt,* würde deine Mutter sicher sagen, doch diese Bezeichnung erscheint mir zu hoch gegriffen. Nun stellte sich die Frage: Wie würden wir die Trennung erleben?

Du kennst die Antwort natürlich oder kannst sie leicht erraten. Es glückte, denn sonst würde es dich und deine Schwester nicht geben. Ja, es tat uns gut. Ich genoss es, den Tag für mich selbst, für meine Familie und Freunde zu haben, einfach zu tun, worauf ich Lust hatte. Das war jetzt nichts Großartiges, spazieren gehen, lesen, Musik hören, unspektakuläre Dinge also, aber solche, die mir am Herzen lagen. Der Tag gehörte mir – und wenn dann der Abend kam, freute ich mich darauf, Anna zu sehen. Ich besuchte sie oder sie kam zu mir, am Wochenende gingen wir manchmal aus, um Freunde zu treffen. Meistens aber wollten wir für uns sein. Ich freute mich auf diese Zeit zu zweit, freute mich darauf, sie in meinen Armen zu halten, ihre Lippen zu berühren, ihre Stimme zu hören, sie einfach bei mir zu wissen. Ich verliebte mich erneut in sie. Ich begann von Neuem, ihren Namen zu atmen.

Du hättest sie damals sehen sollen, wie glücklich sie war – und wie schön. Eine Schönheit, die von innen heraus strahlte. Ich meine, deine Mutter war immer eine attraktive Frau, ist sie auch heute noch, aber damals …! Trotz des Druckes, der wegen der Sponsionsarbeit auf ihr lastete, war es, als ob die Sonne aus ihren Augen schiene. Kitschig, ich weiß, doch das macht nichts. Es ist so wichtig, dass du begreifst, dass deine Eltern sich nicht nur bekriegten oder aneinander vorbeilebten, sondern dass wir uns auch immer wieder innig liebten. Diese Liebe und das Vertrauen zueinander waren die Basis, auf der wir unsere gemeinsame Zukunft planten und aufbauten – und dieses Vertrauen, nicht die Liebe zu deiner Mutter habe ich verraten. Das ist die Schuld, die sie mir zu recht so lange vorwarf, und das ist die Schuld, mit der ich selbst heute noch immer wieder hadere. Die mich zerbrach, die mich beinahe auffraß.

Wir versprachen einander, offen und ehrlich miteinander zu sein, was auch kommen mochte. Schon wieder ein Klischee, doch wir waren jung und glaubten an unsere Worte. Auf dieser Linie habe ich versagt! Und was nützt da die Entschuldigung, dass ich mir selbst gegenüber die Wahrheit lange Zeit nicht eingestanden

habe? Die Wahrheit kommt irgendwann ans Licht. Und das Leid, das sie mit sich bringt, bleibt einem nicht erspart.
Der Zivildienst stellte somit eine erste Zerreißprobe für mich dar. Oder aber er wäre eine Chance für mich gewesen auszusteigen und den Schaden begrenzt zu halten, wenn ich nur mutig gewesen wäre. Doch das war ich nicht, und ich bin froh, dass ich es nicht war! Denn die ersten Jahre unserer Ehe waren eine schöne und glückliche Zeit. Vor allem aber gäbe es euch nicht, meine Kinder!
Was aber passierte? Nun, du kannst es dir ja denken, weil du weißt, warum ich gegangen bin. Trotzdem wird es Zeit, dass ich die Wahrheit ausspreche. Ich verliebte mich in einen Mann. Verliebt ist wahrscheinlich schon zu viel gesagt, es war eher eine Schwärmerei, ein kaum fassbares Begehren, eine, nennen wir es, *Anziehungskraft*.

Risse I

Ich absolvierte meinen Zivildienst in einem Pflegeheim, auf einer Betreuungsstation für psychisch kranke Menschen. Das Fachgebiet der Psychiatrie faszinierte mich schon, als ich noch zur Schule ging, auch wenn ich es nie hauptberuflich hätte betreiben wollen. Das wäre für mich zu fordernd und intensiv gewesen. Doch in der Rolle des Zivildieners sah ich es als Möglichkeit, mich in dieses spannende Interessensgebiet zu vertiefen und meine Scheu vor dem Umgang mit psychiatrischen Patienten zu verlieren. Eine Erfahrung, die mir in meinem späteren beruflichen Werdegang sicherlich von großem Nutzen war. Ich hatte keine Angst, keine Berührungsängste, wie viele andere meiner zukünftigen Kollegen sie hatten.

Ich liebte, was ich tat. Ich kann es nicht mit anderen Worten sagen. Das Team, in dem ich arbeitete, die Schwestern und Pfleger, nahm mich herzlich auf als einen der ihren, mein Doktortitel wurde nicht als befremdlich oder gar hinderlich gesehen, wie ich anfangs ein wenig befürchtet hatte. Die Kleinkriege zwischen Pflegedienst und Jungärzten hatte ich als Famulant miterlebt; doch nein, keine Spur davon, zumindest habe ich nichts gemerkt. Ob im Hintergrund Diskussionen über meine Rolle und meine Aufgaben liefen, wusste ich nicht. Letztendlich konnte es mir auch gleichgültig sein, aufgrund meiner medizinischen Vorkenntnisse wurde ich als wertvolle Bereicherung für das Team gesehen.

Und die Bewohner? Herrlich! Solltest du je die Gelegenheit haben, mit chronisch Schizophrenen arbeiten zu dürfen, dann nütze sie. Es ist so lehrreich. Während ich ihnen beim Wechseln der Bettwäsche oder beim Aufräumen des Zimmers half, sie zu irgendwelchen Arztterminen begleitete oder einfach eine Stunde mit ihnen dasaß und ihnen nur zuhörte, wie sie mir aus ihrem Leben erzählten, ihre Krankheitsverläufe schilderten, lernte ich vieles, das einen guten Arzt ausmacht: Empathie, Geduld, Gesprächsführung, aber auch Abgrenzung und klare, klare Regeln, denn nicht immer waren die Situationen einfach; aber so lehrreich, im Grunde ein Jahr Selbsterfahrung.
Christian leistete übrigens ein paar Jahre nach mir an derselben Station seinen Zivildienst und beschloss daraufhin, Psychiater zu werden. Aber das interessiert dich weniger, ich weiß.
Jedenfalls, ich fühlte mich wohl, gut aufgehoben und bestärkt in meinem Plan, Arzt zu sein und mit Menschen und in einem Team arbeiten zu wollen. Angenommen, ja, das ist das Wort, wonach ich suchte: Ich fühlte mich angenommen, so wie ich war. Nicht mehr der Außenseiter, als den ich mich in der Schule und im Studium, manchmal auch in der Familie, erlebt hatte. Der Sonderling, der geduldete Freund der Tochter, als den mich dein Großvater, Annas Vater, immer wieder abtat. Ich hatte, so schien es mir, die Vergangenheit hinter mir gelassen, wuchs über mich selbst hinaus, wurde als der Mensch gesehen, der ich war.

Und dann geschah es. Ein Pflegeschüler kam, um für ein paar Wochen ein Praktikum an der Betreuungsstation zu absolvieren, im zweiten Bildungsweg, ein paar Jahre älter als ich, verheiratet, Familienvater, klassisch. Ich erinnere mich noch an sein Gesicht, daran, wie er aussah, seinen Namen habe ich längst vergessen. Er war attraktiv, ja, das war er, und sympathisch, ein gewinnendes Lächeln. Und dieses Lächeln schenkte er mir, immer wieder, oft, zu oft. Ich konnte nicht anders, ich musste zurücklächeln! Verstohlene Blicke, unbedachte Gesten, die doch so vieles auszudrücken vermochten. Er faszinierte mich, er zog mich magisch an! Ich verfiel in Tagträumereien, wenn ich an ihn dachte – und liebte zugleich deine Mutter und plante eine gemeinsame Zukunft mit ihr! Ich wusste weder ein noch aus, verspürte eine furchtbare Panik in mir und wusste nicht, *oder wollte nicht wissen,* was mit mir los war!
Ob ich zuvor schon einmal Gefühle für einen Mann empfunden hatte? Nicht in der Art und nicht in der Heftigkeit. Rückblickend erkannte ich natürlich, dass manche Männer oder der männliche Körper an sich eine gewisse Faszination auf mich ausgeübt hatten. In der Schule, etwa nach dem Turn- oder Schwimmunterricht, fand ich es furchtbar spannend, verspürte ich einen richtigen Nervenkitzel, beim Duschen einen Blick auf den nackten Körper des Sportlehrers, vielleicht sogar auf sein Geschlecht zu erhaschen. Nicht, weil ich ihn irgendwie attraktiv fand, auch nicht, weil ich irgendwelche erotischen oder gar sexuellen Phantasien hegte;

vergiss nicht, ich rede von der Zeit, wo ich zwischen zehn und vierzehn Jahre alt war, also noch vor oder zu Beginn der Pubertät.

Was mich reizte, denke ich, war die Männlichkeit an sich. Groß gewachsene, schlanke Körper, durchtrainierte Muskeln, breite Schultern, schmale Hüften, ein flacher Bauch und Haare auf der Brust. Wenn sich unter der sonnengebräunten Haut das Spiel der einzelnen Muskelgruppen abzeichnete, das faszinierte mich. Mehr noch, wie jeden Knaben, bei dem langsam die Geschlechtsreife einsetzt, beschäftigte auch mich die Frage nach dem Penis. Wie groß, wie dick, wie dünn, wie klein sollte, musste oder durfte er unbedingt oder keinesfalls sein? Erschlafft, erigiert? Was ist normal? Was nicht? Wann fängt er eigentlich zu wachsen an? Damals gab es noch kein Internet, um sich darüber zu informieren. Und mit meinem Vater hätte ich nicht darüber reden können. Da hätte ich mich viel zu sehr geschämt.

Du merkst, im Grunde waren es die typischen pubertären und präpubertären Gedanken, die mich beschäftigten. Und der Reiz des männlichen Körpers? Vermutlich spiegelte sich darin meine Sehnsucht wider, eines Tages, wenn ich erwachsen bin, einen ähnlich wohlgeformten Körper zu haben. *„Such a perfect speciman of manhood"*, wie es Frank N' Furter in der Rocky Horror Show sagt. Ich war eher ein pummeliges Kind; und obwohl ich als Jugendlicher und junger Erwachsener schlank war – eine athletische Figur, wie ich sie erträumte, erreichte ich nie.

Ich sprach mit niemandem über meine Gefühle und Gedanken. Weder mit meinen Freunden und Schulkameraden noch mit meiner Familie. Es ging nicht. Die Angst, ich könnte für *schwul* gehalten werden, was immer das auch heißen mochte, war viel zu groß. Schwul, ich doch nicht! Ich hatte mich schon mehrmals in ein Mädchen verliebt, also, was sollte das? Pubertäre Verwirrungen, nichts weiter.
Solcher Art waren meine homosexuellen Neigungen, falls man sie überhaupt als solche bezeichnen konnte, zu nennen, bis ich besagten Pflegeschüler traf. Schwärmereien, Regungen, unbestimmte, vage Gefühle, nichts Fassbares, nichts, das mich ernsthaft an meiner normalen Veranlagung zweifeln ließ. Verräterische Träume, die im Halbschlaf über mich herfielen, schob ich geflissentlich zur Seite. Hatte ich die Mädchen, in die ich mich verliebt hatte, tatsächlich begehrt? Ich dachte, ja. Und Anna? Ich liebte sie innig und führte mit ihr eine erfüllte Beziehung.
Thomas, jetzt fällt mir sein Name wieder ein, verkörperte jenes männliche Ideal, das ich anstrebte. Groß, dunkelhaarig, durchtrainiert, kräftige Schultern, schlanke Hüften. Er war durch und durch ein männlicher Mann, sodass niemand je auf die Idee gekommen wäre, er könnte sich für Männer interessieren. Noch dazu war er verheiratet und hatte Kinder. Wenn man so wollte, die perfekte Tarnung. Die Schwestern waren von ihm hingerissen, wie du dir denken kannst, und er verstand es, mit ihnen zu kokettieren. Wenn er nicht

da war, kamen sie ins Schwärmen und phantasierten beim Kaffee ganz ungeniert, was sie am liebsten alles mit ihm machen würden. Ich saß stumm unter ihnen und träumte mit ihnen, ohne auch nur mit einer Wimper zu zucken.

Er war ganz Macho, und er liebte dieses Spiel, denn nichts anderes war es für ihn. Waren wir aber allein, was immer öfter vorkam, zeigte er sich zunehmend von einer gänzlich anderen Seite: schüchtern, sanft, verlegen, ein Suchender, der vor dem, was er zu finden hoffte, Angst hatte. Oder war dies meine Rolle, die ich in ihm zu sehen glaubte? Ich weiß es nicht.

Es passierte nichts. Ich hätte es auch gar nicht zugelassen. Nicht dass ich es nicht gewollt hätte, aber was dann? Es blieb bei Blicken und einem verlegenen Lächeln, bedachten und unbedachten Berührungen im Alltag, etwa wenn wir gemeinsam die Betten machten und unsere Finger kurz aneinander haften blieben. Berührungen, vor denen ich äußerlich zurückschreckte und die mich im Inneren erschaudern ließen. Hätte er mehr versucht, und sei es nur nach meiner Hand zu greifen, zweifelsohne wäre ich aus dem Raum gestürzt und davongerannt. Was sonst hätte ich tun sollen? Ich hatte, zumindest bildete ich mir das ein, viel zu viel zu verlieren.

Was würde Anna, was würde meine Familie sagen? Und ihre erst? Ihr Vater, der mich ohnehin nur zähneknirschend wegen meines Doktortitels akzeptierte? Wir waren im Prinzip so gut wie verlobt. Wie würden meine Freunde und Bekannten reagieren? Das Team

im Heim, von dem ich mich so angenommen fühlte? Wie viele Menschen, die mich liebten und die mir so viel bedeuteten, würde ich enttäuschen und vor den Kopf stoßen aufgrund jener Neigung, deren ich mir ja überhaupt nicht sicher war? Und die Gesellschaft, die anonyme Masse? Wer würde mitten im Waldviertel, wo jeder jeden kannte, einen schwulen Arzt akzeptieren?
Ich konnte doch nur davonrennen, vor Thomas und vor mir selbst, und mich verzweifelt an die Liebe zu deiner Mutter klammern. Ich sah und fand meine Rettung in ihr. Zumindest dachte ich das.
Thomas ging, ohne dass irgendetwas zwischen uns beiden vorgefallen wäre, und ich hörte nie wieder ein Wort von ihm. Wenige Wochen später beendete ich meinen Zivildienst. Die Traurigkeit über den Abschied, darüber, die Menschen, die mir innerhalb dieses einen Jahres so ans Herz gewachsen waren, zu verlieren, vermischte sich mit meinen *Verwirrungen* über meine Gefühle, mit dieser Sehnsucht nach einer Nähe, die ich mir nicht eingestehen wollte.
Ein weiterer Abschnitt meines Lebens war zu Ende gegangen, mit den klassischen Versprechungen, wir würden in Kontakt bleiben, ich würde regelmäßig auf die Station zu Besuch kommen. Beteuerungen also, die wir aussprachen, weil sie erwartet wurden und weil wir sie ernst meinten, von denen wir aber zugleich wussten, dass es sich um leere Worthülsen handelte.
Als ich meinen letzten Arbeitstag beendet und Abschied genommen hatte, stiegen mir die Tränen in die Augen.

Doch was beweinte ich? Dass ich nicht mehr der Zivildiener Johannes war? Dass meine Schonfrist nun ein Ende hatte und ich mich der beruflichen Realität stellen musste? Dass meine Jugend nun endgültig vorbei war und ich mich dem Erwachsensein stellen musste? Dass dieses Erwachsensein auch bedeutete, Verantwortung für mein weiteres Leben zu übernehmen, und ich mit Anna den nächsten Schritt auf unserem gemeinsamen Weg gehen würde? Oder dass dieses Erwachsensein bedeutete, zu meinen Neigungen zu stehen, die ich guten Gewissens nicht länger als pubertäre Verwirrungen abtun konnte?
Mit all diesen Gedanken und Gefühlen im Kopf und im Herzen und ohne die Möglichkeit, mit irgendeinem Menschen darüber reden zu können, was blieb da noch? Tränen. Stumme Tränen, die ich niemandem zeigte. Ich verkroch mich in mich selbst und wollte einfach meine Ruhe haben. Von Klarheit war ich noch viele Jahre entfernt.

Leben II

Nach außen hin, im Alltag, ging das Leben weiter und verlief in seinen geordneten, vorgegebenen Bahnen. Während des Zivildienstes hatte deine Mutter ihre Diplomarbeit fertiggestellt, die Abschlussprüfungen mit Bravour gemeistert und somit ihrerseits das Studium beendet. Wir hatten also beide unsere Schuldigkeit getan und harrten oder fürchteten unseren Einstieg ins Berufsleben. Annas Eltern, die zwar nicht reich, aber gesellschaftlich gut vernetzt waren, hatten auf lokalpolitischer Ebene ihre Beziehungen spielen lassen, und so konnten wir beide mit einer Anstellung in unserer Bezirkshauptstadt rechnen, sie im Gymnasium, ich im Spital. Wir blieben also der Region, unseren Familien, vor allem aber uns selbst erhalten! Nicht auszudenken, wäre Anna zwar im Waldviertel geblieben, ich aber hätte beispielsweise in den Umkreis von Wien oder anderswo hingehen müssen. Hätte man uns getrennt, wären wir durch die äußeren Umstände getrennt worden, vielleicht wäre unser Leben anders, *anders*, aber nicht zwangsläufig *besser*, verlaufen. Doch der zukünftige Schwiegersohn ein Arzt? Auch wenn dein Großvater mich in Wahrheit nicht leiden konnte, er wollte stets das Beste für seine Tochter! Und ein Arzt als ihr zukünftiger Gemahl, was konnte er sich mehr wünschen? Ich war ihm vollkommen gleichgültig, da hätte er keinen Finger gerührt, für sein kleines Mädchen allerdings …

Vermutlich bin ich ungerecht, ich weiß! Vermutlich wollte er einfach nur helfen und uns beiden eine schöne gemeinsame Zukunft ermöglichen. Er glaubte, so wie auch alle anderen, dass wir genau das wollten. Wir glaubten selbst auch daran!
Und wenn ich ehrlich bin, damals war ich ihm wirklich dankbar, dass er sich für uns, für mich, eingesetzt hatte und ich nicht wegziehen und in die Fremde gehen musste, sondern in meiner vertrauten Umgebung, bei meiner Familie und natürlich auch bei Anna bleiben konnte. Eine Turnusarztstelle zu bekommen, noch dazu im Krankenhaus deiner Wahl, das war damals noch keine Selbstverständlichkeit. Es gab Wartezeiten von bis zu eineinhalb Jahren, und dann wurden dir teilweise Stellen irgendwo angeboten. Unvorstellbar aus heutiger Sicht, ich weiß, doch die Zeiten haben sich geändert.
Ich hatte also ein Riesenglück! Dass ich dieses Glück jedoch zumindest teilweise deinem Großvater verdankte, daran wurde ich in den kommenden Jahren bei jeder sich bietenden Gelegenheit erinnert. Er konnte einfach nicht anders. Zunächst aber sollte das meine geringste Sorge sein. Der Einstieg in den Turnus, von mir ebenso erhofft wie gefürchtet, erreichte mich im Frühjahr. So begann ich, ganz in Weiß gekleidet und zugegeben stolz und furchtbar wichtig, nach den Jahren des Studiums und des Zivildienstes endlich meine berufliche Laufbahn als Arzt.

So dachte ich jedenfalls. Die Realität im Leben eines Turnusarztes holte mich jedoch rasch zurück auf den Boden der Tatsachen. Ich erkannte, dass ich von ärztlichen Tätigkeiten meilenweit entfernt war. Ich nehme an, dass sie euch auf der Universität auch heutzutage noch die Lektüre von *House of God* als Vorbereitung auf den beruflichen Alltag empfehlen. Ich kann dir nur raten: Lies es! Und glaub jedes Wort, das darin steht!

Ich tat es nicht. In meiner naiven Weltsicht hielt ich die Schilderungen der älteren Kollegen aus meiner Famulaturzeit, wie furchtbar und schrecklich der Turnus sei, stets für maßlos übertrieben, für überzogene Jammereien von verwöhnten Muttersöhnchen und Prinzessinnen auf der Erbse, die nicht gewohnt waren zu arbeiten. Nun, ich irrte mich gewaltig! Ich begann auf der Inneren, also in der Königsdisziplin, und jeden Morgen um sieben Uhr erwarteten mich auf der Station, der ich zugeteilt war, fünfzehn Venflons, zwanzig Blutabnahmen, zig Antibiotika und Infusionen zum Anhängen, jeder zweite Patient bekam seinen Magenschutz intravenös gespritzt. Und dann erst die Venen der typischen internen Klientel! Bei manchen Patienten musste ich fünfmal stechen, bis die Laborröhrchen halbwegs voll waren. Aber wehe, ich hatte beim Blutabnehmen den Fußboden oder gar das Bett angepatzt. Da konnte ich mir von der Putzfrau oder der Pflegehelferin etwas anhören, auch wenn ich zehnmal der Herr Doktor war! Zumindest halfen wir Turnusärzte uns gegenseitig aus und hielten zusammen, aber dennoch schafften wir es kaum einen Tag, vor neun Uhr mit der Morgenarbeit fertig zu sein. Inzwischen hatten jedoch die Oberärzte bereits die Visite gemacht, die Aufnahmen stauten sich, zugleich drängten die Patienten, die nach Hause gehen durften, auf ihre Entlassungspapiere, die erst geschrieben werden mussten; Konsile, Röntgenzuweisungen, Aufklärungsbögen für alle möglichen Untersuchungen und Transportscheine für die Rettung stapelten sich am Schwesternstützpunkt und warteten auf uns, denn während wir in stumpfsinniger Arbeit untergingen, anstatt medizinisch ausgebildet zu werden, zogen sich pünktlich um halb zehn die Assistenz- und Oberärzte mit der Stationsschwester zur gemeinsamen Jause zurück, und wir durften vielleicht, aber auch nur vielleicht, stören, wenn sich ein wichtiger Patient plötzlich anschickte zu sterben. Aber auch nur dann.

Blieben in diesem ganzen Chaos ein paar Minuten Zeit, um sich kurz einmal hinzusetzen und einen Schluck Wasser zu trinken, wurden wir mit klaren, knappen Worten darauf hingewiesen, dass noch etliche Entlassungsbriefe darauf warteten, diktiert zu werden. Ob du es glaubst oder nicht, wir mussten sogar eigenhändig Blutkonserven auskreuzen! Nein, nicht anhängen und den Bedside-Test machen, auskreuzen! Völlig gesetzeswidrig, dies von Turnusärzten zu verlangen, wo es eigens dafür ausgebildete Laborassistentinnen gibt, aber das Haus sparte Geld, wenn wir das machten. Es gab nicht einmal eine professionelle Einschulung, nein, ein Turnusarzt hat es einfach unter Zeitdruck einem

anderen beigebracht. Mich wundert bis heute, dass so wenig passiert ist.
Wenn ich nach Hause kam, fiel ich vollkommen erledigt ins Bett; nach wenigen Tagen wollte ich das Handtuch werfen. Doch dabei hatte ich noch nicht einmal meinen ersten Nachtdienst abgedient.
Dieser sollte, wie ich befürchtet hatte, furchtbar werden. Es war ein Freitagsdienst. – Merke dir gleich für deine Zukunft vor, dass in der Regel Montage und Freitage die schlimmsten Tage sind, um Dienste zu machen. Ich hatte gerade einmal eine Woche zum Einarbeiten gehabt; wegen dieser viel zu kurzen Zeitspanne und der völlig ungenügenden Einschulung durch meine Kollegen im Umgang mit dem Computerprogramm und manchen Laborgeräten sowie der mangelhaften Aufklärung über Routineabläufe strauchelte ich ab dem späten Nachmittag, als das Personal der Aufnahmekanzlei und des Labors sowie die lieben Kollegen ins Wochenende gegangen waren, nur so dahin, war mit an sich einfachen Tätigkeiten überfordert und mit meinen Nerven am Ende. Am liebsten wäre ich heulend und schreiend davongelaufen. Meine Rettung war der Assistenzarzt, der mit mir Dienst hatte und sich im Laufe des Abends Zeit nahm, mir die wichtigsten Punkte ausführlich und in Ruhe zu erklären. Ich kann dir gar nicht sagen, wie dankbar ich ihm war. Danach fühlte ich mich sicherer und konnte mich somit auch besser auf meine Arbeit und die Patienten konzentrieren. Ich hatte ja keine Schwierigkeiten damit, die Pupillenreaktionen

zu überprüfen oder Herz und Lunge abzuhorchen, aber die persönlichen Daten eines Patienten in den Spitalscomputer einzuspielen, noch heute frage ich mich, warum das die Aufgabe eines Arztes sein musste.
Jedenfalls konnte ich den Samstagmorgen nicht erwarten, als ich nach sechsundzwanzig Stunden Dienst endlich nach Hause gehen durfte, und wollte mich nur noch unter meiner Bettdecke verkriechen und nie wieder mein Zimmer verlassen. Der nächste Dienst aber, ein Montag natürlich, mit zwölf Aufnahmen allein am Vormittag, wartete bereits auf mich.

Nach den ersten anstrengenden Wochen entspannte sich meine Situation. Ich wurde routinierter in den organisatorischen Abläufen, sicher beim Stechen und Blut-Abnehmen und schneller beim Briefe-Schreiben und Diktieren. Zugleich lernten mich meine neuen Kollegen und Vorgesetzten besser kennen und die Pflege entwickelte zunehmend Vertrauen zu mir. Ich glaube, ich darf durchaus behaupten, dass ich nach den anfänglichen Schwierigkeiten rasch in den Ruf eines ruhigen und verlässlichen, kompetenten und besonnenen Turnusarztes kam. Es hieß auf einmal „Kannst du bitte bei Herrn Soundso noch einmal eine Blutabnahme machen?" und nicht „Da muss man noch einmal stechen!".
Mehr noch, ich wurde nach und nach mit meinem Namen angesprochen und war nicht mehr nur *der neue Turnusarzt*. Zu guter Letzt wurde ich sogar von der Stationsschwester zur Vormittagsjause im Pausenraum

eingeladen! Wenn du das einmal erreicht hast, Michael, dann hast du es geschafft. Dann gehörst du zum Team. Ein größeres Lob darfst du dir nicht erwarten.
Ab diesem Zeitpunkt wurden auch viele Kleinigkeiten möglich, die mir den Alltag enorm erleichterten. Die Schwestern hängten mir am Nachmittag plötzlich selbst die Antibiotika an, ich durfte sie nur nicht verraten. Ein verstopfter Venflon wurde nunmehr gespült und nicht gleich entfernt. Der Herr Oberarzt kümmerte sich selbst um die offenen Röntgenzuweisungen, da er ohnehin gerade Zeit hatte, et cetera, et cetera. Viele, viele Kleinigkeiten! Plötzlich begann die Arbeit mir Freude zu bereiten, obwohl immer noch mehr als genug zu tun war. Aber ich fühlte mich wohl und als Teil des Teams, und ich erinnerte mich wieder, dass ich eigentlich Arzt geworden war, um anderen Menschen zu helfen. Der Oberarzt setzte sich neben mich und begann mir etwas über die Blutdruckeinstellung zu erklären oder nahm mich mit zum Herzultraschall, ließ mich sogar selbst probieren.
Warum dann zuerst diese Bewährungsproben? Ich weiß es nicht. Als ich selbst Oberarzt wurde und mich für die Ausbildung der jüngeren Kollegen zunehmend verantwortlich fand, versuchte ich Veränderungen einzuführen. Ich wollte mich nicht gegen das System stellen, doch das System von innen heraus ändern. Aber: Es gelang mir nicht.
Wie ich erwähnte, wagte zu jener Zeit ja nicht nur ich den beruflichen Einstieg, auch Anna begann fast

gleichzeitig mit ihrer Lehrtätigkeit am ortsansässigen Gymnasium. Die Herausforderungen, mit denen sie zu kämpfen hatte, waren nicht geringer als meine. Als frisch gefangene Lehrerin vor eine Klasse Jugendlicher hinzutreten und ihnen Goethe und Schiller schmackhaft machen zu wollen, meine Nachtdienste erschienen mir da, so anstrengend sie auch waren, das geringere Übel. Sie hat euch sicherlich oft genug von ihren Anfangsschwierigkeiten erzählt, sodass ich diese nicht näher ausführen will. Unbestritten ist, dass auch ihr beruflicher Einstieg eine große Herausforderung für sie war, die sie ebenso unbestritten mit Erfolg meisterte.

Was uns half, unsere Schwierigkeiten nicht nur zu überstehen, sondern auch zu meistern, über sie hinauszuwachsen und Gefallen an dem gewählten Beruf zu finden? Wir selbst! Das Wissen um die Stabilität unserer Beziehung.
Wenn du weißt, wofür du kämpfst, wenn du also dein Ziel stets vor Augen hast, dann bist du auch bereit, die Herausforderungen anzunehmen und durchzuhalten. Unser Ziel war, die Basis für unsere gemeinsame Zukunft zu schaffen. Die berufliche Entfaltung bildete das Fundament unseres weiteren Lebens. Wir standen endlich auf eigenen Beinen und verdienten unser eigenes Geld! Alle Einschränkungen und Verpflichtungen eines Berufs hin oder her, wir waren frei und unabhängig! Bereit, eine eigene, gemeinsame Existenz aufzubauen: Eigenheim, Familienplanung, Kinder! Mit

unserem Einkommen, mit der Sicherheit, regelmäßig gutes Geld zu verdienen, rückte all dies in den Bereich des Möglichen!

Dass wir unsere kaum gewonnene Freiheit durch die Investition in die Zukunft, also durch die Aufnahme von Krediten sofort wieder aufgaben, war uns mit Mitte zwanzig kaum bewusst. Falls Zweifel kamen, dann beruhigten wir uns gegenseitig und bestärkten uns in dem Glauben, Haus, Ehe und Kinder wären genau das, was wir wollten! Wir mussten nur zusammenhalten, die nächsten fünfundzwanzig Jahre. Ein weiteres Versprechen, das wir einander viel zu leichtfertig gaben.

Ob ich Bedenken hatte? Ehrlich gesagt, überraschend wenig. Ich sehnte mich ja nach einem eigenen Heim. Sosehr ich auch meine Eltern liebte, ich wollte nicht länger in meinem Kinderzimmer wohnen. Ein eigenes Haus, ein eigener Garten, ausgerichtet auf meine eigenen Bedürfnisse, geplant nach meinen Vorstellungen, so sah ich meine Zukunft. Mit Hilfe der Bank und mit Hilfe von Anna! Denn ich hegte diese Träume ja nicht für mich allein, sondern für uns beide. Ich wollte Frau und Kinder, eine Familie gründen, ein ganz normales Leben führen! Durch die Begegnung mit Thomas, durch meine Verwirrungen wollte ich das mehr denn je. Ich wollte eines nicht: anders sein! Ich hatte so lange gekämpft, für dieses stinknormale, unspektakuläre, völlig durchschnittliche Leben. Jetzt endlich war es zum Greifen nah!

Dies alles riskieren und aufs Spiel setzen, nur weil ich eventuell glaubte, homosexuell zu sein, nur weil

ich eventuell in Wahrheit andere Männer liebte? Das konnte ich nicht und das würde ich auch nicht! Daran verschwendete ich nicht einen Gedanken.
Der Vorteil an einem beruflich sehr anstrengenden Alltag ist, dass man kaum Zeit zum Nachdenken hat. Du lebst – oder besser: Ich lebte nur von einem Tag auf den anderen, die Dinge liefen in vorgegebenen, sicheren Bahnen, und das war gut so. Es gab keinen Grund und vor allem auch keine Kraft, über die tiefsinnigen Fragen des Lebens nachzudenken. Ein Ist-Zustand, der mich im Laufe der folgenden Jahre immer wieder ereilen sollte.

Ich war, auch wenn dies in Anbetracht der vorangegangenen Klagen über den Berufseinstieg widersprüchlich klingen mag, zufrieden mit meinem Leben, weil ich an meinem ersten großen Ziel angelangt war. Die Mühen der Matura und des Studiums, die vielen Jahre der Entbehrung hatten sich gelohnt und trugen endlich Früchte. Selbst wenn noch ein weiterer langer Weg vor mir lag mit der Turnuszeit und mit der Facharztausbildung, die größten Hürden und vor allem die nicht enden wollende finanzielle Durststrecke lagen hinter mir. Als ich meinen ersten Gehaltszettel in der Hand hielt, konnte ich mein Glück kaum glauben. Das gesamte Studium hindurch hatte ich nach Abzug der Miete mit umgerechnet zwei- bis dreihundert Euro im Monat durchkommen müssen, hatte es sogar geschafft, mir noch ein wenig auf die Seite zu legen. Und plötzlich verdiente ich Geld! Unendlich viel Geld, wie mir schien!

Das mir, da ich ja noch bei meinen Eltern wohnte, fast zur Gänze zur freien Verfügung stand. Ich konnte nach Wien fahren und nach Herzenslust in Musikgeschäfte und Buchhandlungen gehen und einkaufen, ohne bei jedem einzelnen Album nachdenken zu müssen, ob ich mir das überhaupt kaufen wollte, und falls ja, ob ich nicht besser noch ein halbes Jahr wartete, bis es zwei, drei Euro billiger geworden war. Ich leistete mir jetzt keine großartigen Sachen, keine teuren Urlaubsreisen, kein neues, schickes Auto oder etwas in der Art. Das interessierte mich nicht. Aber den Luxus, im Alltag nicht mehr auf jeden Euro schauen zu müssen, den gönnte ich mir!
In dieser Zeit entwickelten deine Mutter und ich auch ein Ritual, das wir lange Zeit beibehielten, nämlich jeden Freitagabend – oder Samstag, wenn ich Freitag Dienst hatte – gemeinsam essen zu gehen. Wir sahen uns während der Woche kaum, somit erachteten wir es als notwendig, einen freien Tag, der nur uns gehören sollte, einzuplanen. Freitagabend erschien uns ideal dafür, markierte er doch den Abschluss einer Arbeitswoche, zumindest für Anna, manchmal auch für mich. Hatten wir früher, als wir beide noch in Wien waren, die Freitage mit Freunden verbracht, so sollte dies nun der gemeinsame Abend, sozusagen der Beziehungsabend sein. Entspannt und in Ruhe essen zu gehen, das gönnten wir uns, das konnten wir uns nunmehr leisten. Es tat so gut, einfach Zeit füreinander zu haben, von den Ereignissen der vergangenen Woche zu erzählen, zu lachen, zu träu-

men, ein Glas Wein zu trinken, in die Zukunft zu blicken und Phantastereien auszutauschen. Ich denke heute noch oft und gerne an jene Abende zurück, es waren mit die schönsten Momente unserer Beziehung. Zeit für uns, nämlich nur für uns, als Anna und Johannes. Nicht als Frau und Mann, Lehrerin und Arzt und später Mutter und Vater, sondern wir beide, als Paar.
Was aus praktischen Überlegungen heraus begann, wurde innerhalb kurzer Zeit so bedeutsam für uns, dass wir diese Gewohnheit fortsetzten beziehungsweise wieder einführten, auch als wir verheiratet waren und zusammenlebten, auch als ihr schon einige Jahre auf der Welt gewesen seid. Es war nicht leicht für uns, euch für wenige Stunden in der Obhut eurer Großeltern zu lassen, doch wir wussten oder besser spürten, dass wir diese wenige Zeit, diesen einen Abend pro Woche füreinander brauchten. Zusammenzusitzen wie damals, als das Leben noch unbeschwert war, und miteinander zu reden, einander ins Vertrauen zu ziehen; von dem Moment an, als wir das nicht mehr für notwendig erachteten, war das Ende schon zum Greifen nah.

So lebten, verlebten wir die Monate. Die Tage und Wochen eilten dahin und ohne dass wir uns dessen wirklich bewusst waren, hatten wir plötzlich unser erstes Arbeitsjahr erfolgreich gemeistert. Noch heute erscheint es mir unglaublich, wie schnell jenes erste Jahr vergangen war; wie schnell die Zeit vergeht, wenn du glücklich bist. Denn das waren wir.

Wie ich dir schon erklärt habe, bereitete mir mein Beruf nach den ersten anstrengenden Wochen wirkliche Freude, selbst wenn das Pensum meist gewaltig war. Doch ich arbeitete gerne und die Mühen, die ich auf mich nahm, sollten sich lohnen. Ich machte im Spital kein Geheimnis daraus, dass ich mich für eine Facharztausbildung in Chirurgie oder Gynäkologie interessierte und dass ich aus privaten Überlegungen heraus beabsichtigte, am Land zu bleiben und mich häuslich niederzulassen. Ich behauptete das nicht aus taktischen Gründen, so vorausschauend war ich leider nie in meinem Leben, sondern erzählte das einfach so beim Kaffee oder Mittagessen den Kollegen, der typische Smalltalk eben. Jedenfalls wurde mir durch den Krankenhausklatsch, der übrigens die beste Informationsquelle ist, wie du feststellen wirst, zugetragen, dass auf der chirurgischen Abteilung in wenigen Monaten eine Assistentenstelle frei werden würde. Ich solle doch, wenn ich tatsächlich Interesse hätte, an den zuständigen Primar herantreten. Die Klinikleitung habe nämlich offenbar bereits von meinen Berufswünschen erfahren und sei gewillt, mir diese Stelle anzubieten.
Diese Vorgehensweise war damals eine gängige Praxis. Die verfügbaren Ausbildungsstellen wurden nach Möglichkeit innerhalb des Hauses an Turnusärzte vergeben, mit der ebenso einfachen wie nachvollziehbaren Begründung, dass die Primarärzte ihr Team natürlich lieber mit bekannten Gesichtern und Mitarbeitern verstärkten, die sich bereits bewährt hatten und als

verlässlich und tüchtig galten, als mit irgendwelchen unbekannten Jungärzten von außerhalb, die vielleicht einen Gewinn für die Abteilung darstellten, sich vielleicht aber auch als nicht tragbar zeigen könnten.

Ich wurde also gewollt; doch natürlich verlangte es die Hierarchie, dass ich mich demütig bittend bei den Obrigkeiten offiziell um meine Ausbildungsstelle bewarb. Egos wollen nun einmal gestreichelt werden. Und die meisten Primarien, denen ich im Laufe meiner beruflichen Tätigkeit begegnete, entpuppten sich als waschechte Narzissten!

Ich gestehe, dass ich ein wenig unschlüssig war. Ich hatte knapp die Hälfte meiner Turnuszeit absolviert und eigentlich stets beabsichtigt, die Ausbildung zum Allgemeinmediziner abzuschließen. Die Bewerbung um die Ausbildungsstelle bedeutete jedoch, auf das Ius practicandi zu verzichten und mich zumindest für sechs weitere Jahre an das Krankenhaus zu binden. Ohne die Möglichkeit eines Ausstiegs. Ich würde mich aber nicht nur an die Abteilung binden, sondern auch an das Leben auf dem Land, an Anna, an unsere Familien und an all die Erwartungen, die an mich gerichtet waren. Hochzeit, Hausbau, Kinder! Das schöne, glückliche Leben, das ich ersehnte und zugleich fürchtete. Ein Teil von mir, der Teil, den ich verdrängen und vergessen wollte, schrie auf und warnte mich vor diesem Schritt. Doch er war zu schwach, viel zu schwach, um sich durchzusetzen. Ich wollte es ja selbst, dieses sichere, biedere und traditionelle Leben. Und ich wollte Karri-

ere machen, Facharzt und Oberarzt sein! Deine Mutter und dein Großvater ersehnten das noch viel inniger als ich selbst.
Anna hatte nach ihrem Probejahr wie zu erwarten einen unbefristeten Vertrag am Gymnasium erhalten. Nahm ich die Assistentenstelle an, so war mir für die nächsten sechs Jahre die fixe Anstellung am ortsansässigen Krankenhaus gesichert – und wenn ich nicht vorsätzlich einen Patienten umbrachte, galt mir auch eine zukünftige Anstellung als Oberarzt so gut wie zugesagt. Worauf also noch warten?
Ich bewarb mich und bekam nach wenigen Tagen die erfreuliche Nachricht. Ich hatte es geschafft! Zugleich, ich war gefangen!

Risse II

Von nun an ging es Schlag auf Schlag. Da unsere berufliche Zukunft abgesichert war, durfte die Planung der privaten nicht länger auf sich warten lassen. Die Überlegungen für ein gemeinsames Haus, bisher Träumereien unserer Freitagabende, wurden plötzlich konkret. Bauplätze wurden begutachtet, Hauspläne entworfen und Finanzierungsmöglichkeiten mit der Bank besprochen. Frag mich nicht, wie das damals wirklich über die Bühne ging. Ich kann es dir nicht sagen. Anna nahm wieder einmal die Zügel in die Hand; ich sollte mich ganz auf meine Ausbildung konzentrieren und den Rest einfach ihr überlassen. Da taucht es wieder auf, das Motto unserer Beziehung!

Ich tat es. Ehrlich gesagt war ich froh, mich möglichst wenig um die Termine, Besprechungen und Treffen kümmern zu müssen, sondern meine ersten Blinddärme und Leistenbrüche operieren zu dürfen. Natürlich, pro forma wurde ich in jeden einzelnen Schritt im Projekt Hausbau eingebunden, doch nur, damit ich alles mit meinem Standardspruch „Ganz wie du meinst, Schatzi!“ absegnete.

Wenn ich es einmal wagte, meine Bedenken hinsichtlich gewisser Ideen zu äußern oder eigene Vorstellungen einzubringen, dann konnte ich mit Drama, Tränen und Grundsatzdiskussionen rechnen! Sie stehe mit der ganzen Planung alleine da, sie nehme alle Mühen auf sich, unser Haus zu entwerfen, sie nehme mir alles ab, damit ich mich auf meinen Beruf konzentrieren könne, und als Dank ernte sie nur Kritik von mir! Sie würde, sie hätte ...! Immer nur sie, sie, sie!

Ich begriff rasch, dass meine Aufgabe lediglich darin bestand, zu allem einfach „Ja und Amen!" zu sagen und das ganze Projekt zu finanzieren. Was ich, nebenbei bemerkt, auch noch machen durfte, als ich längst ausgezogen war. Die Kredite liefen ja auf meinen Namen, also musste ich auch noch Jahre nach unserer Scheidung für ein Haus zahlen, das ich so nie gewollt hatte und in dem ich auch nicht mehr wohnen durfte.

Das Haus, dein Elternhaus, war das Prestigeprojekt deiner Mutter, und sei mir nicht böse, wenn ich das sage, aber ich fand es damals und ich finde es auch heute noch hässlich und nichtssagend. Ein von einem Baumeister entworfenes, auf biedere Extravaganz getrimmtes Einfamilienhaus mit hübscher Dachterrasse, Galerie und Loungebereich. Mit Bodenbeleuchtung im Badezimmer, nicht zu vergessen! Bis heute frage ich mich, wie Anna, die eigentlich Geschmack und Stil besaß und Konformismus stets verachtete, einer derartigen Scheußlichkeit zustimmen konnte, die vor konservativem Pomp nur so protzte. Vermutlich stimmt es, dass Kinder die ungelebten Träume ihrer Eltern zu erfüllen versuchen, denn im Grunde bauten wir das Traumhaus deiner Großeltern, mütterlicherseits versteht sich. Meine Mutter nahm mich einmal, kurz nachdem wir einzogen waren, zur Seite und meinte: „Ich will mich ja nicht einmischen, aber sag einmal, Johannes, was ist euch denn da eingefallen? Ein Swimmingpool? Das bist nicht du!"

Ich konnte nicht anders, ich musste ihr recht geben. Jahre später gestand sie mir, dass sie schon seit längerer Zeit Zweifel gehegt habe, ob Anna und ich wirklich zueinander passen würden, aber die Warnung kam leider zu spät.

Das Haus hätte uns eigentlich die Augen öffnen müssen, wie verschieden wir in unseren Vorstellungen und Erwartungen an das Leben geworden waren; und damit meine ich jetzt nicht meine Homosexualität, die kam als erschwerender Faktor noch hinzu. Wir hatten uns mit Anfang zwanzig kennengelernt und waren auf dem Weg, den wir miteinander gegangen waren, langsam auseinandergedriftet, ohne dass wir es merkten. Die Spannungen, die sich plötzlich und immer häufiger zwischen uns auftaten, führten wir auf die äußeren Faktoren, die unser Leben bestimmten, zurück, nicht auf uns selbst. Die Zeit des Hausbaus wäre für jede Beziehung eine harte Probe, bestätigten wir uns selbst und ließen uns diese Worte oft genug von unseren Freunden und Familienangehörigen vorsagen, noch dazu, wenn sie mit so schwierigen Berufen wie den unseren gepaart wäre! Das schweißt uns zusammen! Das festigt uns! Danach wird alles leichter!

Wir schluckten es, dankbar und erleichtert. Die Wahrheit freilich ist eine andere: Wenn einmal ein Haus um mehrere hunderttausend Euro gebaut ist, gibt es kein Entrinnen!

Was tat ich also? Ich stürzte mich in die Arbeit! Da ich in meinen eigenen vier Wänden nichts mehr zu sagen und das Haus, in dem ich wohnte, nichts mit dem Zuhause, von dem ich immer geträumt hatte, gemeinsam hatte, suchte ich mein Glück darin, mich beruflich zu profilieren. Ich wollte nicht nur Chirurg sein! Ich wollte einer der Besten meines Faches werden! Ich verfügte über ein gewisses handwerkliches Geschick und ich verbrachte Stunden damit, meine anatomischen Kenntnisse aufzufrischen, mir Blutzufuhr- und Lymphabflusswege ins Gedächtnis zu rufen und die wichtigsten physiologischen und pharmakologischen Zusammenhänge zu rekapitulieren. Ich kniete mich also hinein in meine Arbeit, wurde zu einem Streber und wollte jedem beweisen, dass ich es ernst meinte mit meiner Ausbildung und dass ich das Talent und den Ehrgeiz zu einem erstklassigen Chirurgen besaß.

Diese Einstellung blieb nicht lange unbemerkt. Mein Chef nahm mich nach und nach unter seine Fittiche und teilte mich immer häufiger für den Operationssaal ein. Kleine Eingriffe wie Abszesse oder Port-á-Cath´s durfte ich bald alleine machen, bei den großen und spannenden Bauchoperationen stand ich als Assistenz an seiner Seite. An den Tagen, an denen ich nicht in den OP eingeteilt war, stand ich in der Diagnostik, lernte Endoskopien und Ultraschall, ging mit ins Tumorboard und nahm an den Röntgenbesprechungen teil. Ich hatte unglaubliches Glück, was meine Ausbildung betraf – und dafür bin ich meinem ehemaligen Primar bis heute dankbar.

Die Abteilung, in der ich arbeitete, war klein genug und familiär, um ein gutes Klima zu haben, aber auch groß genug, um viele interessante Eingriffe zu sehen. Zudem gab es zu meiner Zeit ausreichend ärztliches Personal in den Spitälern, also vor allem auch noch genug Turnusärzte, die die ganze lästige Routinearbeit wie Aufnahmen, Briefe-Schreiben und Blutabnahmen erledigten, sodass wir Assistenten uns wirklich auf unsere Fachausbildung konzentrieren konnten. Eine Situation, die sich ja leider einige Jahre später deutlich verschlechtern sollte. Ich hatte auch nicht vergessen, wie ich mich als Turnusarzt gefühlt hatte. Aber ich gestehe, ich dachte einfach, hochmütig verzweifelt, wie ich damals war: Was soll's? Den ganzen Schmarren musste ich selber auch lange genug machen, jetzt sind andere dran!

Ich hatte auch keine Konkurrenz. Gut drei Jahre lang, bis Andrea zu uns ins Team kam, war ich überhaupt der einzige Ausbildungsassistent an der chirurgischen Abteilung. Ich hatte also weder Konkurrenten noch Neider, oder zumindest dachte ich das. Die alteingesessenen Oberärzte hatten ihre sicheren Positionen und durchaus einen Hang zur Bequemlichkeit entwickelt. Sie sahen sich also durch mich nicht bedroht, ganz im Gegenteil, viel eher waren sie froh, Teile ihrer oft schon als lästig empfundenen Aufgaben mir übertragen zu können. Der jüngere Kollege, der vor mir zum Facharzt ausgebildet worden war und dessen Stelle ich übernommen hatte, hatte die ihm angebotene Oberarztstelle

nicht angenommen und war zurück nach Wien gegangen, kaum dass er sein Dekret in den Händen hatte. Das brachte ihm natürlich eine üble Nachrede ein, aber ich profitierte von seinem Weggang: Ich stammte aus der Gegend, lebte seit Jahren in einer fixen Beziehung und ich baute mit meiner Partnerin gerade ein Haus! Sieg auf voller Linie also. Ich würde dem Krankenhaus erhalten bleiben; mir Wissen und Fachkenntnis zu vermitteln, bedeutete, in die Zukunft der Abteilung zu investieren! Es lief alles am Schnürchen, zumindest beruflich.
Das Einzige, was ich opfern musste, war Zeit. Denn mit vierzig Stunden Arbeit in der Woche entwickelst du dich nicht zu einem tollen Chirurgen! Keine Ahnung, wie viele Überstunden ich während meiner Ausbildungszeit leistete, doch es kümmerte mich nicht. Erst als deine Mutter mit dir schwanger wurde, begann ich zu hinterfragen, dass ich eigentlich im Spital lebte. Ich wollte arbeiten, lernen, Karriere machen. Es brachte auch Geld, das wir wegen der Kredite gut gebrauchen konnten, und, vielleicht am wichtigsten, Anna und ich vermochten unseren Problemen gekonnt und mit ruhigstem Gewissen aus dem Weg gehen. Wir sahen uns wenig und dachten daher, wir liebten uns nach wie vor innig und wären glücklich miteinander.

Lernjahre sind keine Herrenjahre! Diese Binsenweisheit, die mich heute noch zum Kotzen bringt, konnte ich mir in meiner Assistentenzeit weiß Gott wie oft anhören, auch von deiner Mutter.

Nicht aus Böswilligkeit, sondern als Ansporn, als Trost und Ermutigung, wenn ich das Leben, das ich führte, doch einmal zu hinterfragen begann und ausbrechen wollte. Sie war stolz auf mich, unheimlich stolz auf die Karriere, die sich für mich abzeichnete, und spornte mich an durchzuhalten. Das tat sie nicht aus purem Egoismus, nicht um mit ihrem Mann, dem großen Chirurgen, protzen zu können. Nein, sie tat es, weil sie mich liebte und an mich glaubte, weil sie glaubte, dass die Erfüllung meiner beruflichen Ziele mich glücklich machen würde! Und sie wollte mich glücklich sehen. Deshalb opferte sie ihr oder unser beider Bedürfnis nach Nähe und Zweisamkeit meinem Bedürfnis nach Karriere.

Wir waren, entschuldige, wenn ich das sage, komplette Vollidioten und schaufelten uns aus Liebe, Höflichkeit und Respekt unser eigenes Grab!

Die nächsten fünfzehn oder zwanzig Jahre müssten wir zusammenhalten, dann hätten wir es geschafft! Wie ein Mantra beteten wir uns diesen Satz immer wieder vor und klammerten uns wie Ertrinkende an diese Hoffnung auf eine schöne und unbeschwerte Zukunft, während wir auf unsere Gegenwart vergaßen. Um unsere Freitagabende kämpften wir, ansonsten aber lebten wir aneinander vorbei.

Nach außen hin wirkten wir wie das aufstrebende, erfolgreiche junge Paar – und so erlebten wir uns auch! Hättest du mich damals gefragt, ob ich mich glücklich fühlte, ich hätte es aus tiefster Überzeugung bejaht.

Ich glaubte es ja, meistens! Und Anna ebenso! Wie ich so war auch sie Opfer jener Illusion von der perfekten Familie. Vermutlich sogar mehr noch als ich, denn letztendlich brach ich aus und rannte davon, während sie in den Scherben jener heilen Welt zurückblieb, glaubte, zurückbleiben zu müssen.
Sie hätte gar keine andere Wahl gehabt? Das stimmt nicht, habe ich es doch durch mein eigenes Handeln bewiesen. Ich war allerdings auch bereit, die Konsequenzen für meine Entscheidungen zu tragen, schweren Herzens. Anna konnte das nicht. Und das meine ich völlig wertfrei und neutral. Als unsere Ehe endgültig zerbrach, bat ich sie, mit mir nach Wien zu gehen, dorthin zurück, wo wir einst glücklich waren. Nicht als Paar, nicht für einen Neuanfang, doch als Eltern und Freunde, die weiter füreinander da sind. Ich schlug vor, das Haus zu verkaufen und alles im Waldviertel aufzugeben. In der Stadt Wohnungen zu suchen, eine größere für euch drei, eine kleinere für mich, nicht zu nahe beieinander, aber doch in der Nachbarschaft, damit jeder von uns sein eigenes Leben führen, wir zugleich aber auch füreinander da sein könnten. Ich wollte meine Pflichten als Vater weiter oder endlich einmal ordentlich erfüllen, wollte mich um euch kümmern und Anna unterstützen. Sie und euch im Stich zu lassen, so wie es letztendlich geschah, das war nie meine Absicht! Das zerbrach mich auch. Ihr seid meine Kinder! Und Anna, den Menschen, die Freundin, habe ich immer geliebt, nur als Frau und Partnerin konnte ich sie nicht mehr lieben.

Ich wollte ihr auch die Rolle der verlassenen Ehefrau ersparen, in die sie durch Freunde und Familie hineingedrängt werden würde. Die Schmach, die Betrogene zu sein, die allein mit zwei Kindern zurückbleibt, die bedauert wird, die plötzlich aber auch von ihrem hohen Ross fällt und nicht länger die Frau des gefeierten Chirurgen ist. Vor allem diese Schande, verlassen zu werden, weil der eigene Mann andere Männer liebt!
Ich kenne die Gehässigkeit, den bösen Klatsch und Tratsch, dem deine Mutter ausgesetzt war, all die Demütigungen, die sie erleiden musste. Das wollte ich ihr, euch, uns allen ersparen. In der Stadt wären wir anonym gewesen. Bis heute bin ich fest davon überzeugt, dass wir alle ein besseres und glücklicheres Leben gehabt hätten, wenn Anna auf mich gehört hätte und mit euch nach Wien gezogen wäre.
Doch so wie ich nicht länger bleiben konnte, so konnte sie nicht gehen. Sie war, völlig verständlich, zu verletzt und zu enttäuscht von mir, als dass sie mir noch Vertrauen hätte schenken können. Sie solle all das, was sie sich erkämpft hatte, Beruf, Familie und Haus, aufgeben, nur damit es für mich bequemer sei, wenn ich meine Kinder sehen wolle! Zu Hause habe sie ihre Eltern und ihre Familie, ihre Freunde, auf die sie sich verlassen könne, die sie unterstützen würden; in Wien sei sie alleine mit zwei Kindern, denn dass sie auf mich und meine Versprechen nicht zählen könne, dass hätte ich ja hinlänglich bewiesen!

Ihre Argumente waren natürlich stichhaltig, aus ihrer Sicht, und so blieb sie und wurde Märtyrerin und Nemesis!

Risse III

Die Grundsteine für dieses Verhaftet-Sein in jener kleinen, engstirnigen Gesellschaft wurden viele Jahre zuvor gelegt. Verzeih mir das Bild, aber rückblickend will ich es so sagen: Ohne dass wir es merkten, wurden deiner Mutter und mir unsichtbare Ketten umgelegt und beharrlich enger gezogen, bis wir uns gefangen und hilflos in einem uns fremd gewordenen Leben wiederfanden. Diese Ketten schmiedeten teilweise wir selbst, teilweise jedoch auch andere Menschen. Annas Eltern und ein paar ihrer neuen guten Freundinnen, die sie an der Schule kennengelernt hatte, seien hier an erster Stelle genannt.
Auch unsere Berufe und die damit einhergehende gesellschaftliche Stellung dürfen nicht unerwähnt bleiben. Sowohl als Lehrerin als auch als Arzt hatten wir gewisse Rollen zu erfüllen und waren hohen Erwartungen ausgesetzt, ob wir das nun wollten oder nicht. Das Haus, Traum und Heim für deine Mutter, Gefängnis und Albtraum für mich, war nur der erste Schritt gewesen, dieser aufgezwungenen gesellschaftlichen Norm gerecht zu werden; die nächsten konsequenten Schritte waren selbstverständlich Heirat und Kinder. Auf euch, auf meine Kinder, freute ich mich aus tiefstem Herzen, da ich immer Kinder haben und Vater sein wollte, doch vor dem Ehestand, ich gebe es zu, graute mir.
Ich spürte ja, dass Anna und ich nicht dauerhaft glücklich miteinander sein konnten. Meine Liebe und

Verbundenheit galt der ungestümen und weltoffenen jungen Frau, die ich auf jenem Studentenfest kennengelernt und mit der ich in Wien zusammengelebt hatte, kaum jedoch jener Frau, neben der ich jeden Morgen aufwachte und die mir unendlich vertraut, zugleich aber auch so fremd geworden war. Wir hatten so vieles gemeinsam, doch was war noch da, das uns verband?
Wie ich dir sagte, Anna und ich waren jünger als du, als wir uns kennenlernten. Wir waren fast noch Kinder sozusagen, zumindest noch unreife Persönlichkeiten, die sich erst entwickeln und entfalten durften. Entfalten durften, ich sage das bewusst, denn in unserer Jugend halfen und unterstützten wir einander, zu den Menschen zu werden, die in uns schlummerten, die wir werden wollten, die wir, zumindest teilweise, auch heute noch sind.
Wir liebten und akzeptierten einander so, wie wir waren, bestärkten uns, unseren Weg zu gehen und unseren inneren Werten die Treue zu halten; so wie ein Baum, der veredelt ist, verschiedene Blüten treibt und Früchte trägt, unsere Liebe die Basis, der Stamm. Wir gewährten uns in unserer Zweisamkeit Freiheit und Individualität. Wir entfernten uns und hafteten doch aneinander. Diese Freiheit machte uns lange Zeit glücklich. Ich denke, sie funktionierte, solange wir noch auf uns allein gestellt, in Wien Studenten waren. Mit unserer Rückkehr ins Waldviertel, mit unserem Einstieg in den Beruf und mit all den erwarteten Normen, die schleichend und unbemerkt über unsere Beziehung gestülpt wurden, began-

nen wir zu ersticken. Wurden auf eine Einheit reduziert, in unseren Persönlichkeiten beschnitten, als hätte man dem Baum alle jungen Triebe gebrochen. Diese Einheit aber, die uns verbinden sollte, existierte nicht, nicht so, wie wir erhofft hatten. Sie bestand aus Vergangenheit, Gewohnheit und falsch verstandener Erwartungshaltung. Wir hätten uns rechtzeitig freigeben sollen und als Freunde auseinandergehen; dankbar sein für die schönen Jahre und die wertvollen Erfahrungen, die wir miteinander hatten machen dürfen. Wir taten es nicht. Wie auch? So jung, wie wir einander kennengelernt hatten, konnten wir ohne den anderen nicht sein. Zurückblickend gab es immer nur Anna UND Johannes. Wir waren eins. Nicht mehr oder kaum noch aus Liebe, dennoch gehörten wir zusammen. Auch wenn wir manchmal aneinander erstickten, viel größer war die Angst vor dem Alleinsein.

So räumten wir die Zweifel, die wir beide verspürten, durch gutgemeinte Ratschläge unserer Familien und Freunde aus.

„Jede Beziehung verliert an Feuer im Laufe der Jahre, das ist ganz normal. Die Verliebtheit vergeht, was bleibt, ist die Gewohnheit, also gewöhnt euch daran. Heiratet und kriegt Kinder, dann habt ihr neue Aufgaben und keine Zeit mehr, über eure Beziehung nachzudenken!"

Genau das taten wir. Wir heirateten und bekamen Kinder, doch ich hörte nie auf nachzudenken.

Über die Hochzeit gibt es für mich wenig zu sagen. Du kennst die Fotos und du kennst das Video. Es war die Traumhochzeit deiner Mutter und meiner zukünftigen Schwiegereltern, das Ereignis für Freunde und Kollegen, ein durchgeplantes Society-Event, bei dem ich, in einen schicken Armani-Anzug gesteckt, die weitgehend stumme Rolle des Ehemanns spielen durfte.
Ich hasste es. Anfangs, dann verschloss ich mich und ließ die ganze Veranstaltung unbeteiligt über mich ergehen, fand sie lächerlich und peinlich, aber lächelte brav, wie es von mir erwartet wurde, mit freundlicher Miene zum bösen Spiel. Ich wollte im intimen Rahmen heiraten. Eltern, Geschwister, die wenigen engen Freunde. So hatten wir es auch ursprünglich geplant. Doch dann uferte es aus.
„Schatz, Tante Mitzi und Onkel Hans würden so gerne kommen. Dann müssen wir aber auch Herta und Franz einladen, sonst sind sie beleidigt. Und meine Mädels von der Singgruppe, die sind mir wirklich so ans Herz gewachsen. Und außerdem wollen sie ein paar Lieder für uns einstudieren …"
Letztendlich standen einhundertfünfzig Personen auf der Gästeliste – und zwischen Anna und mir kam es zum längst überfälligen, heftigen Streit. Ich weigerte mich, die horrenden Kosten für eine Hochzeit zu übernehmen, die nicht meinen Vorstellungen entsprach, obwohl sie letztendlich auch meine Hochzeit war. Wir hatten die Kredite zu bedienen. Wir kamen zwar gut über die Runden, doch wir mussten auch nicht maßlos

übertreiben. Es sei unsere Hochzeit – und es würde wohl reichen, wenn wir uns vor den wenigen Menschen, die uns wirklich wichtig waren, das Ja-Wort geben.
Sie erwiderte nichts. Sie stürmte auch nicht davon, machte keine Szene. Nein, sie überlegte und schien zu verstehen, was ich meinte. Zumindest dachte ich das.
Tags darauf rief mich mein zukünftiger Schwiegervater an, ließ sich im Spital über den Portier zu mir durchstellen, während ich gerade auf Visite war. Ich dachte, Anna hätte einen Unfall gehabt. Nein, er brüllte mich am Telefon an, dass sich seine Tochter genau die Hochzeit verdient habe, die sie sich wünsche, und wenn ich zu blöd und zu geizig sei, das zu verstehen, dann werde eben er dafür aufkommen und dann hätte ich seine Tochter nicht verdient. Er habe ohnehin nie verstanden, was seine Tochter mit einem Versager wie mir eigentlich wollte! Bei meiner Herkunft! Bei meiner Abstammung!
Ich erspare dir seine wirklichen Worte. Ich weiß, dass er für euch immer ein guter Großvater war. Ich legte auf. Für mich war er gestorben. In seiner selbstgerechten, verabscheuungswürdigen Art hatte er nicht nur mich selbst, sondern auch meine Eltern beleidigt, nur weil sie es im Leben bei weitem nicht so leicht wie er gehabt hatten.
Als ich nachmittags nach Hause kam, saß Anna sichtlich nervös am Küchentisch und hatte Kaffee und Kuchen hergerichtet. Sie wusste, sie war zu weit gegangen. Sie wusste, sie hatte mich verraten.

„Den Kaffee kannst du dir sparen", fuhr ich sie an und erschrak selbst über die Kälte, die in meiner Stimme lag.
„Du kannst deine Hochzeit haben, ganz so, wie du willst. Unter einer Bedingung: Dein Vater wird nie wieder einen Fuß in dieses Haus setzen, weder zu Weihnachten noch zu Ostern noch zu deinem Geburtstag noch sonst irgendwann. Solange ich hier wohne, hat er hier nichts verloren. Wenn er sich nicht daran hält, lasse ich ihn wegen Hausfriedensbruch von der Polizei abführen. Das ist meine Bedingung. Akzeptiere! Oder die Hochzeit wird augenblicklich abgesagt, das Haus verkauft und wir gehen getrennte Wege!"
Ich hatte sie in die Ecke getrieben und ich nutzte ihr schlechtes Gewissen schamlos aus. Sie liebte mich, unsere Zukunft und das Haus. Sie wollte die Hochzeit und sie wollte weder ihre Eltern noch sonst jemanden enttäuschen. Und sie fühlte sich schuldig, weil sie schuldig war.
„Johannes, ich …", versuchte sie sich zu rechtfertigen, doch mit einer Handbewegung schnitt ich ihr das Wort ab. Sie willigte ein. Was blieb ihr übrig? Die Hochzeit absagen? Welche Schmach! Erklären müssen, was für ein hinterhältiges Spiel ihr innig geliebter Vater veranstaltet hatte? Den Mann verlassen, den sie liebte und der ihr gesellschaftliches Ansehen und finanzielle Sicherheit garantierte?
Deine Mutter war eine Gefangene, gefangen von Erwartungen und Konventionen, letztendlich bot ich ihr eine

Möglichkeit auszubrechen. Sie tat es nicht. Sie willigte ein und es wurde geheiratet.
Vermutlich hoffte sie, ich würde meinen Entschluss zurücknehmen, wenn mein Zorn verraucht und genug Zeit vergangen war. Doch ich blieb hart – und stur. Solange ich bei euch zu Hause wohnte, ist dein Großvater nie mehr über unsere Schwelle getreten. Anna konnte ihn besuchen, sooft sie wollte, alleine oder mit euch, das war mir gleichgültig. Ich wollte ihr ja nicht den Kontakt zu ihrem Vater verbieten. In meinem Haus aber hatte er nichts zu suchen. Es muss ein unglaublicher Triumph für ihn gewesen sein, nach unserer Scheidung endlich Zutritt zu erlangen. Egal.
Es wurde also geheiratet. Ein funkelndes und glamouröses Fest! Der helle Glanz musste ja die Kluft zwischen uns beiden überstrahlen. Die furchtbare Band schmetterte lautstark einen Schmachtfetzen nach dem anderen über die unsterbliche Liebe, die irgendwann zwischen uns verloren gegangen war.
„Bist du glücklich?", fragte meine Mutter mich irgendwann im Laufe des Abends.
Ich antwortete: „Sieh dich doch um. Wie kann ich damit glücklich sein?"
„Warum hast du es dann getan?"
„Habe ich denn eine andere Wahl? Im Grunde liebe ich Anna, liebe sie immer noch, trotz allem. Und du weißt, ich möchte Kinder."
In dieser Antwort war die simple Wahrheit enthalten, die mich erdulden, verleugnen und einfach weiterma-

chen ließ. Ich liebte Anna immer noch, trotz allem, was vorgefallen war. Und ich wollte euch, Judith und dich, wollte Kinder. Die Sehnsucht nach der kleinen, heilen Welt, die mich schützen sollte vor dem, was in mir verborgen lag.

Meine homosexuellen Neigungen verloren sich nicht im Laufe der Jahre. Der Zivildienst war keine Phase gewesen, die ich überwunden hatte. Ich lebte diese Neigungen nicht und wie ich bereits darstellte, blieb mir durch die Anforderungen des Berufs und des Alltags kaum Zeit, mich mit diesen Fragen auseinanderzusetzen. Wofür ich dankbar war, denn ich vermied es tunlichst, diese Regungen und Phantasien in mir überhaupt aufkeimen zu lassen. Ein Problem zu leugnen schafft es jedoch nicht aus der Welt. Die Veranlagung, mich zu Männern hingezogen zu fühlen, war ein Teil von mir, und so stolperte ich immer wieder über sie in den unpassendsten Situationen.

Als Arzt war und ist es meine Aufgabe, Patienten zu behandeln. Hierfür ist, gerade auch in der Chirurgie, die Grundvoraussetzung, dass ich diese Patienten ausführlich untersuche. Und eine ordentliche Untersuchung geschieht nicht durch die Hose und den Pullover, auch wenn das viele Kollegen für ausreichend halten, sondern setzt voraus, dass die Patienten nackt oder beinahe nackt sind. Da Patienten nun einmal auch Menschen, Männlein und Weiblein, jung und alt, dick und dünn, schön und hässlich sind, siehst du im Laufe deines Arztlebens ganz, ganz viele Menschen nackt, entblößt

vor dir. Der absolute Großteil von ihnen lässt dich völlig kalt, bleibt, was sie sind: Patienten mit einem Problem, mit Beschwerden, die ihnen zusetzen, mit Schmerzen und mit Angst. Patienten, die sich in dieser Angst dir anvertrauen, ihre Scham ablegen und sich verletzlich zeigen, getragen von der Hoffnung: Du bist Arzt und du wirst ihnen helfen! Da du Arzt bist, stehst du über Erotik und Sexualität. Für viele deiner Patienten bist du ein Halbgott in Weiß, nicht nur ein Heiler, sondern ein Heiliger – und Heilige kennen natürlich keine Sexualität!
Du findest, dass ich übertreibe? Mit über zwanzig Jahren Berufserfahrung kann ich dir nur sagen, glaube mir! Anders ist es nicht zu erklären, dass sich wildfremde Menschen plötzlich, teilweise unaufgefordert, vor dir ausziehen, obwohl du eigentlich nur ihre Schilddrüse abtasten oder ihre Krampfadern begutachten willst. Ein kleiner Teil kokettiert natürlich bewusst mit dem Arzt, provoziert und versucht ein erotisches Spielchen zu veranstalten, das stimmt schon, aber dieser Anteil ist verschwindend gering. Die überwiegende Mehrzahl der Patienten spricht uns Ärzten jegliches sexuelle Empfinden ab, sobald wir den weißen Kittel angezogen haben. Zu Recht, dies verlangt unsere Berufsehre. Doch wir sind keine Götter, keine Heiligen. Auch wir sind Menschen.
Selbst wenn es stimmt, dass dich neunundneunzig Patienten völlig kaltlassen, der hundertste, der rüttelt dich auf einmal wach! Sei es in der Art, wie er mit dir

spricht oder verlegen lächelt, der flache Bauch, den du sanft palpierst, das Muskelspiel, das sich plötzlich vor deinen Augen abzeichnet, als du ihn bittest, sein Hemd auszuziehen; der trockene Mund, wenn du ihn aufforderst, auch seine Unterhose abzustreifen, damit du die Leistengegend abtasten kannst, und dabei verstohlene Blicke auf seinen Penis wirfst.

Ich habe nie etwas mit einem Patienten angefangen, obwohl ich sicherlich einige Male dazu die Gelegenheit gehabt hätte, doch unbestritten beflügelten einige von ihnen meine sexuelle Phantasie. Vermutlich würden jeder Arzt und jede Ärztin, wenn sie auch nur ein bisschen ehrlich wären, zugeben, dass ihnen das auch schon passierte. Meine Phantasien waren homoerotisch, zweifelsfrei und eindeutig, und auch wenn ich in den Jahren meiner Ausbildung keinerlei sexuelle Erfahrung mit anderen Männern sammelte und die Sexualität mit Anna noch befriedigend erlebte, an meinem wahren Verlangen gab es für mich immer weniger Zweifel.

Warum ich dennoch an Anna und unserer Beziehung festhielt? Noch dazu bei all den Schwierigkeiten, mit denen wir zeitweise zu kämpfen hatten? Aus Angst, aus Feigheit, sicher aber auch aus Liebe, aus Pflichtbewusstsein, vor allem aber aus meinem sehnlichen Wunsch nach Kindern.

Schon als ich selbst noch ein Kind war und lange vor dem Erwachen der Sexualität in mir wusste ich, dass ich als erwachsener Mann Kinder haben wollte. Das war für mich sozusagen DIE Lebensaufgabe – und an dieser

Überzeugung hat sich nie etwas geändert. Kinder zu haben, Vater zu sein, darin sah ich die Erfüllung meines Lebens, weit mehr als in jedem beruflichen Erfolg, den ich vielleicht oder auch nicht erreichen konnte. Der Beruf und die daraus resultierende finanzielle und gesellschaftliche Absicherung sollten Basis und Sicherheit für meine Kinder sein, ihnen einen leichteren Start ins Leben ermöglichen, als mir selbst beschieden war.

Kind

Ich will dich nicht mit meiner eigenen Kindheit langweilen, doch ein kurzer Ausflug in meine Vergangenheit erscheint mir notwendig, damit du mich verstehst. Ich wuchs in einem Gasthaus auf, wie du weißt, doch was du nicht weißt, was ich euch bewusst nie gesagt habe, ist, dass mein Vater bereits bei meiner Geburt ein schwerer Alkoholiker war. Er war kein schlechter Mensch deshalb, war nicht gewalttätig oder woran man sonst gleich denkt, wenn man alkoholkrank hört, aber er war einfach ständig betrunken. Ich kannte ihn nicht anders. In diesem Zustand war er zunehmend nicht arbeitsfähig; zugleich traf er viele Entscheidungen, die, sagen wir einmal, nicht gerade klug und umsichtig waren. Meine Mutter war hilflos, so wie es die meisten Angehörigen von Alkoholikern sind. Sie stand mit drei kleinen Kindern und einem eigenen Betrieb da und versuchte zu retten, was zu retten war. Der Preis, den sie dafür zu zahlen hatte, war sehr hoch: Blutdruckkrisen mit Werten bis zu zweihundertfünfzig, Depressionen, Panikattacken. Dass sie, dass sie beide überlebten, ist eigentlich ein Wunder. Doch sie schafften es. Uns Kindern zuliebe, so sagte meine Mutter immer, konnte und durfte sie einfach nicht aufgeben oder davonlaufen. Ob das vernünftig war oder ob es uns in Wahrheit mehr geschadet hat, wer kann das schon beurteilen. Es gibt Verletzungen, die tiefer reichen als körperliche Gewalt.

Jedenfalls, was niemand mehr glauben konnte, geschah. Ich besuchte gerade die erste Klasse Gymnasium, als mein Vater die Familie überraschte und sich freiwillig in eine Entzugsbehandlung begab. Er war sechs Wochen fort; bis zu seinem Tod dreißig Jahre später hat er nie wieder einen Tropfen getrunken. Trotz des Gasthauses, das sie ja weiterführten, trotz der damit verbundenen permanenten Versuchung. Wenn du dich fragst, woher wir, meine Geschwister und ich, unseren Dickschädel haben, hier hast du deine Antwort!
Ich will nichts verklären. Mein Vater war ab jenem Zeitpunkt kein Heiliger, nur weil er nichts mehr trank, er machte weiterhin seine Fehler, doch den Schritt in die Nüchternheit zu wagen und festzuhalten an der Abstinenz, das war eine Leistung, die unglaublich war. Wofür ich ihm noch heute dankbar bin. Sein Lebenswandel sollte ihm jedoch noch zum Verhängnis werden. Mit Anfang sechzig raffte ihn der Leberkrebs dahin!
Annas Vater bohrte in dem Telefonat wegen der Hochzeit bewusst in diesen wundesten Punkt meiner Familie hinein, als er von meiner schlechten Herkunft sprach. Das konnte ich ihm nicht verzeihen. Er reduzierte mich und meine Familie auf Ereignisse und Verletzungen, die lange zurückreichten und unter denen wir ohnehin genug gelitten hatten. Die Tatsachen aber, dass mein Vater seine Sucht besiegt hatte und dass es dem schier übermenschlichen Einsatz meiner Mutter zu verdanken war, dass die Familie nicht zerbrach und dass wir, gemeinsam als Familie, den Betrieb wieder auf Vorder-

mann brachten und längst wieder angesehen waren, ignorierte er.
Ich verachtete ihn, verachte ihn auch heute noch! Weil er es wagte, über meinen Vater und vor allem über meine Mutter zu richten. Er hat sich angemaßt, die Menschen, die ich liebte, zu verurteilen, obwohl deren Probleme und Leistungen im Leben jenseits seiner begrenzten Vorstellungskraft lagen.
Vor all jenen Schwierigkeiten, mit denen ich als Kind zu kämpfen hatte, wollte ich als Erwachsener meine eigenen Kinder bewahren. Ihr solltet nie finanzielle Bedrohung erleben, Streitigkeiten zwischen euren Eltern mitanhören oder euch für eure Eltern in der Schule schämen müssen. Euer Start ins Leben sollte unbeschwert sein. Eine sichere Zukunft sollte euch erwarten! Du brauchst nichts zu sagen, ich weiß selbst, wie sehr wir versagt haben.
Doch andererseits: Wir schenkten euch das Leben. Egal, wie viel wir richtig oder falsch gemacht haben, ohne uns gäbe es euch nicht. Wir zeugten euch und waren für euch da vom ersten Moment eures Lebens an. Wir fütterten, wickelten, wuschen und umsorgten euch, brachten euch Gehen, Sprechen, Schreiben, Lesen, Denken bei, zogen euch groß und vor allem liebten wir euch und lieben euch noch immer! Ihr musstet nie hungern, frieren oder sonstige Entbehrung erleiden, ihr bekamt mehrmals im Jahr neue Kleidung, konntet zur Schule gehen, jeden Sommer ans Meer fahren, musstet nie arbeiten, sondern durftet die Ferien genießen! Und

bevor du jetzt entgegnest, dass das wohl selbstverständlich ist, sage ich dir: nein! Das ist ein Privileg, auch wenn ihr es für selbstverständlich erachtet!
Warum ich das ausführe? Vermutlich um aufzuzeigen, dass wir doch nicht so schlechte Eltern waren. Ihr hattet Schicksalsschläge zu erleiden, für einige trage ich die Verantwortung und das bedaure ich zutiefst, aber ihr seid immer umsorgt und in Sicherheit gewesen. Auch heute noch! Euer Wohl war stets unser höchstes Anliegen. In diesem Punkt sind sich eure Mutter und ich stets einig gewesen, selbst in den Zeiten, wo wir sonst kaum ein vernünftiges Gespräch miteinander führen konnten. So eigenartig das jetzt vielleicht klingt, aber Anna war wohl der einzige Mensch, mit dem ich mir vorstellen konnte, Kinder zu zeugen, auch wenn unsere Beziehung noch so konfliktbehaftet war, als wir heirateten. Kinder, zumindest ist das meine Überzeugung, sollten nur von Menschen in die Welt gesetzt werden, die sich dieser Aufgabe auch gewachsen fühlen; die sich lange genug kennen, mit ihren Stärken und ihren Schwächen, um sich dieser Aufgabe überhaupt gewachsen fühlen zu können, und natürlich sollten sich diese Menschen auch lieben.
Anna und ich, denke ich, erfüllten diese Voraussetzungen. Unsere Beziehung erschien uns gefestigt genug, auch tiefer gehende Konflikte wie die Streitigkeiten wegen der Hochzeit zu tragen und an ihnen zu wachsen. Zudem hofften wir beide, dass uns die Elternschaft auch wieder einen und den Blick für das Wesentliche

schärfen würde. Du kannst auch sagen, wir wünschten uns Kinder, damit sie unsere Beziehung retteten! Verurteile uns ruhig für diese Absicht. Meiner Erfahrung nach ist das eine weit verbreitete Vorgehensweise unter frisch vermählten Paaren, wenn sich die ersten Probleme zeigen. Manchmal gelingt sie, manchmal eben nicht. Wir bildeten da keine Ausnahme.
Vergiss aber eines nicht. Wir setzten euch nicht deshalb in die Welt, weil ihr unsere Ehe retten solltet, sondern weil wir uns sehnlichst Kinder wünschten. Eltern zu sein bedeutet, die Liebe, die zwei Menschen füreinander empfinden, zu vereinen und an ihre Kinder weiterzugeben. Wir liebten uns, auch wenn wir an manchen Tagen kaum ein Wort miteinander redeten. Nach fast zehn Jahren Beziehung können Menschen einander lieben, obwohl sie sich im selben Augenblick nicht ausstehen können!
Vielleicht wussten wir auch insgeheim, dass wir gegenseitig unsere einzige reale Chance auf Kinder darstellten. Hätten wir uns mit Anfang dreißig getrennt, was ja ohnehin nie ein Thema war, Anna hätte lange Zeit gezögert, bevor sie sich auf einen neuen Mann eingelassen hätte. Zu lange wahrscheinlich, um noch mit ruhigem Gewissen ein Kind auszutragen. Die Natur richtet sich nicht nach den Anforderungen der modernen Gesellschaft, jenseits der fünfunddreißig steigt für Frauen einfach die Wahrscheinlichkeit einer Risikoschwangerschaft. Das wird sich auch nicht ändern. So gesehen sind wir Männer sicherlich begünstigt, doch dieser

Vorteil hätte mir persönlich herzlich wenig gebracht.
Deine Mutter war die einzige Frau, mit der ich je geschlafen habe. Ich wäre nach Wien oder sonst wohin gegangen und hätte begonnen, meine Homosexualität zu leben, so wie ich es viele Jahre später tat. Aber auch hier stellt uns die Natur vor eine unverrückbare Tatsache. Ich kann als Mann meinen Partner noch so sehr lieben, ich kann trotzdem kein Kind mit ihm zeugen. Das ist nicht ungerecht, diskriminierend oder was weiß ich, das ist so. Leihmutterschaft, Adoption oder Samenspende bei lesbischen Paaren sind Versuche, diese Tatsache zu umgehen, und meiner Meinung nach auch völlig nachvollziehbare Schritte, wenn es für das Paar selbst und die Kinder als die richtige Lösung erscheint. Es hat ja auch niemand etwas dagegen einzuwenden, wenn heterosexuelle Paare Kinder adoptieren. Warum also nicht auch Schwule oder Lesben, warum sollten sie schlechtere Eltern sein? Stammen nicht die meisten Kinder, die Gewalt oder Missbrauch ausgesetzt sind, aus der klassischen Form der Familie? Aber dies ist eine politische Frage.
Fest steht jedoch, für mich selbst wären all die genannten Möglichkeiten nicht richtig gewesen. Christian liebe ich so innig, wie man einen anderen Menschen lieben kann. Ein Kind war jedoch nie ein Thema für uns. Wäre es auch nicht gewesen, selbst wenn ich euch nicht gehabt hätte. Und in Wahrheit hatte ich euch ja auch nicht. Nein, Anna war der Mensch, der einzige Mensch, mit dem ich Kinder haben wollte und konnte.

Wir schenkten uns das größte Glück, das zu erleben möglich ist. Die Geburten von Judith und dir zählen zu den schönsten Momenten in meinem Leben. Und du kannst mir glauben, ich bin auch heute noch dankbar, dass ich dieses Glück erleben durfte! Gerade auch als homosexueller Mensch.

Glück I

Ich war Anfang dreißig schon ziemlich weit fortgeschritten in meiner Ausbildung und genoss, durchaus mit Stolz, meinen Ruf als chirurgisches Wunderkind. Eines Tages, spät am Nachmittag, denn wie üblich war ich länger geblieben, um am gesamten Operationsprogramm teilnehmen zu können, kam ich nach Hause und Anna saß wieder mit Kaffee und Kuchen am Küchentisch und wartete auf mich. Doch diesmal wirkte sie nicht angespannt und nervös, sondern strahlte Glückseligkeit aus.

„Was ist los?", fragte ich mit einem sanften Lächeln, da mich die friedliche Atmosphäre sofort in ihren Bann zog und mich den anstrengenden Arbeitstag vergessen ließ.

„Komm mit, ich muss dir etwas zeigen", antwortete sie, nahm mich an der Hand und führte mich ins Schlafzimmer, wo auf dem Nachtkästchen ein Fieberthermometer lag.

„Hier", flüsterte sie und hielt es mir vors Gesicht. Es war ein Schwangerschaftstest! Zwei Striche.

„Ist das ...?", stammelte ich. „Bist du schwanger? Ist das positiv?"

Anna betrachtete mich mit demselben spitzbübischen, verträumten Blick, mit dem sie mich zehn Jahre zuvor auf jener Party angesprochen hatte.

„Ach Gott, Johannes, ich dachte eigentlich, du bist der Arzt! Ja, ich bin schwanger!"

„Du weißt, dass ich mich für Gyn nie interessierte …", stotterte ich, um meine Berufsehre zu verteidigen, dann nahmen wir einander in die Arme, lachten und weinten zugleich, waren glücklich, wie wir es seit langem nicht mehr gewesen waren. Später, als wir friedlich nebeneinanderlagen, erzählte sie mir, dass sie bereits mit ihrem Gynäkologen telefoniert und einen Termin vereinbart habe. Diesen Termin wollten wir abwarten, bevor wir irgendjemandem ein Wort sagten. Das Leben, das in ihrem Bauch wuchs, sollte unser Geheimnis bleiben, zumindest für eine kurze Zeit. Für mich war es ein herrliches Gefühl, mit Anna endlich wieder ein Geheimnis zu teilen!

Zum Frauenarzt begleitete ich sie. Ich erfand irgendeinen Vorwand, warum ich früher gehen musste, ich wollte einfach dabei sein. Als der Kollege seine Untersuchungen abgeschlossen hatte und uns lächelnd mitteilte, dass alles in bester Ordnung sei und es sich um eine völlig intakte Frühschwangerschaft handele, stiegen mir die Tränen in die Augen vor Glück und Dankbarkeit. Die Ängste, die an mir genagt und die mir den Schlaf geraubt hatten, das quälende Wissen, was alles in der Einnistungsphase schiefgehen konnte, all das fiel ab von mir und ich war erleichtert, war unendlich glücklich.

Es war alles gut. Wir wurden Eltern. Ich wurde Vater.

Eine glücklichere Zeit hatten Anna und ich seit unseren Tagen in Wien nicht erlebt. All die Zweifel, Sorgen und Probleme, die so schmerzlich und zugleich so hilflos

erlebte Entfremdung waren fortgewischt, als hätte es sie nie gegeben. Wir waren wieder eine Einheit, ein Paar – und waren auf dem besten Weg, eine Familie zu werden.
Meine homosexuellen Neigungen? Vergessen, uninteressant. Ich wurde Vater. Meine Frau bekam ein Kind, von mir! Was wollte ich mir Gedanken machen, ob ich vielleicht Männer liebte.
Die Reaktionen unserer Familie und Freunde waren herzlich, ehrlich und teilweise überschwänglich. Insgeheim hatten sie ja alle schon auf die freudige Nachricht gewartet; sogar mein Schwiegervater zeigte sich versöhnlich und sanft. Ich spielte mit. Ich wollte mir unser Glück von nichts und niemandem verderben lassen. Nur in unser Haus kam er mir weiterhin nicht. Das wurde auch nicht hinterfragt, sondern stillschweigend von allen Betroffenen akzeptiert. Wir besuchten Annas Eltern, wann Anna Lust dazu hatte, tauschten Höflichkeiten aus, waren freundlich zueinander und vermieden jedes Thema, das sie vielleicht aufregen konnte. So funktionierte unser Verhältnis über viele Jahre. Aufgesetzte Freundlichkeit, hinter der wir unsere gegenseitige Abneigung verbargen.
Anna und ich hingegen erlebten uns, wie gesagt, wieder als glückliches, vereintes Paar. Wir genossen, dass wir wieder zueinander gefunden hatten, und freuten uns auf unser Kind, lebten die Schönheit des Augenblicks und vermieden daher tunlichst, die zurückliegenden Konfliktthemen vernünftig und mit der Wertschätzung

und Liebe, die wir füreinander empfanden, zu diskutieren und vielleicht sogar auszuräumen. Es schien, als herrschte eine unausgesprochene Vereinbarung zwischen uns, die Vergangenheit vergangen sein zu lassen und unseren Blick auf die Zukunft zu richten.
Notwendige Diskussionen zu vermeiden und lieber zu schweigen als zu reden, auch dieses Verhaltensmuster prägte unsere Beziehung, zerstörte sie letztendlich. Doch wie gesagt, wir hatten unsere unmittelbare Zukunft zu planen und waren glücklich, warum also dieses Glück belasten, indem wir über Kränkungen und Verletzungen sprachen, die Monate zurücklagen?
Du warst unterwegs! Das war das Einzige, was zählte! Schon bald wussten wir, dass du ein Junge werden würdest. Wir machten kein Geheimnis um das Geschlecht, wozu auch? Ob Mädchen oder Bub, war uns vollkommen gleichgültig. Wichtig war nur, dass du gesund warst. Dein Geschlecht zu kennen, machte dich greifbarer, realer. Du warst nicht länger nur das ominöse Kind, das im Bauch deiner Mutter heranwuchs und ihr gelegentliche Übelkeit verursachte, ansonsten jedoch, von einzelnen Ultraschallbildern abgesehen, noch verborgen lag, nicht wirklich greifbar war. Ich hatte Medizin studiert und in meinen alten Unterlagen mittlerweile mehrfach alles über Schwangerschaft und Embryologie nachgelesen, dennoch konnte ich es kaum glauben, dass in der Gebärmutter meiner Frau neues Leben heranreifte. Dass dieser Klumpen Zellen, der aus Ei- und Samenzelle entstanden war, sich zu einem

menschlichen Körper entfaltete, Gehirn, Herz, Leber, Lunge, Augen, Hände, Füße und Finger ausbildete und heranwuchs zu einem Kind, das wir in wenigen Monaten in unseren eigenen Händen halten würden.
Ich bin beileibe kein besonders gläubiger Mensch, doch dieses Wunder des Lebens mitzuerleben, Zeuge davon sein zu dürfen, ließ mich bescheiden werden und anerkennen, dass es einen Gott gibt. Dass es einen Gott geben musste, der alles Leben auf dieser Welt erdacht hat, steuert und erhält.
Demütig sein, Michael, vor dem Wunder Leben, ist ein weiterer Rat, den ich dir auf deinen Weg als Arzt mitgeben will. Du kannst eine Wunde säubern, ausschneiden und zusammennähen, doch dass die Wundränder tatsächlich verheilen und zusammenwachsen, die Blutplättchen verklumpen, neue Gefäße und Bindegewebsstränge in das Wundgebiet einsprießen, Muskel, Haut und Sehnen sich verschließen, das nimmst du als selbstverständlich hin, obwohl du keinerlei Einfluss darauf hast. Vergiss das nie! Als Arzt bist du niemals der Schöpfer, nie der Gott in Weiß, sondern immer nur der, der repariert oder zumeist versucht, den Schaden möglichst gering zu halten.
Doch zurück zu dir.
Wir wussten also, dass wir einen Jungen erwarteten, und teilten dies auch unseren Freunden und Familien mit. Die Frage „Und, habt ihr schon einen Namen ausgesucht?" kam jedes Mal prompt. Ich wusste ihn von dem Moment an, als wir erfuhren, dass du ein Junge

werden würdest. Michael, so wie mein Vater. Mein älterer Bruder war nach unserem Vater benannt worden und ich Johannes nach unserem Großvater. Mein Bruder hatte diesen Namen nicht an seine Söhne weitergegeben. Er war also frei – und ich wollte ihn für dich haben! Ich wollte, dass du den Namen meines Vaters, deines Großvaters trägst, so wie auch ich den Namen meines Großvaters trage. Es musste einfach so sein! Anna war augenblicklich einverstanden. Ich denke, sie spürte instinktiv, warum mir das ein Herzensanliegen war.

Unbestritten erleichternd war natürlich auch der Umstand, dass sie den Vornamen ihres Vaters, Ferdinand, einfach furchtbar fand. Selbst er akzeptierte kommentarlos unsere Entscheidung gegen seinen Namen, auch wenn ihm der Name meines Vaters natürlich ein Dorn im Auge war. Doch er war klug genug, dies nicht mit uns zu diskutieren. Er hatte eingesehen, dass sich seine Tochter, ob es ihm gefiel oder nicht, für mich entschieden hatte und sie sich nun, wo wir ein gemeinsames Kind erwarteten, im Zweifelsfalle hinter mich und gegen ihn stellen würde. Selbst wenn er mich allenfalls duldete, er liebte und respektierte Anna – und er wollte natürlich auch eine Rolle im Leben seiner Enkelkinder spielen.

Egal, wie er es auch drehte und wendete, ich stand kurz davor, meine Ausbildung zu beenden und Facharzt und somit auch Oberarzt zu werden. Einen Chirurgen als Schwiegersohn zu haben, noch dazu einen, der einen glänzenden Ruf genoss und dem eine großartige Karriere prophezeit wurde, war die Erfüllung eines Traumes, den er für Anna und wohl auch für sich selbst stets gehegt hatte.

Für mich selbst aber sollte jener Traum, auf den ich so viele Jahre voller Freude hingearbeitet hatte, zunehmend zur Belastung und Zerreißprobe werden. Während der ganzen Ausbildung hatte es mir kaum etwas ausgemacht, scheinbar endlos viele Stunden im Spital zu verbringen. Ganz im Gegenteil, ich konnte vor all den Spannungen und Konflikten fliehen, konnte in meiner Parallelwelt, der Medizin, meine Erfüllung finden und mir einreden, dass zu Hause alles in Ordnung war. Jeder, der mich kannte, Anna und mich eingeschlossen, wollte und erwartete, dass ich ein guter Chirurg werden würde; dazu war es einfach notwendig, möglichst viel Zeit in meine Ausbildung zu investieren. Anna spielte mit, ja, sie förderte noch mein Verhalten. Auch sie schreckte verständlicherweise davor zurück, der Entfremdung zwischen uns beiden ins Auge zu sehen. Auch sie erlebte, wie scheinbar glücklich und zufrieden ich mit meiner beruflichen Erfüllung war. Und seien wir einmal ehrlich, so selten, wie ich zu Hause war, konnte sie völlig unbeschwert ihr eigenes Leben führen, sich mit ihren Freundinnen treffen, ihren Hobbys und Interessen nachgehen, Haus und Garten ganz nach ihren Vorstellungen gestalten. Vermutlich lebten wir gar nicht so schlecht miteinander, doch wir lebten kaum

noch eine Beziehung, waren eine gewohnheitsmäßige Zweckgemeinschaft, in der es immer wieder mal zu vertrauten Augenblicken und Intimität kam.
Mit dir jedoch musste sich das ändern! Wir hatten unsere Liebe zueinander neu entdeckt und kämpften nun darum, diese Liebe auch im Alltag zu leben.
Meine Ernennung zum Facharzt war eine sehr schöne Feier; schön, weil sie im kleinen Kreis stattfand. Ein Abendessen mit den Menschen, die uns wirklich wichtig waren. Nur die engsten Angehörigen und einige wenige gute Freunde, keine Arbeitskollegen, keine Singgruppe, niemand vom Spital. Dort zahlte ich für die Station und die Kollegen eine Jause, wie es üblich war.
Anna, damals im siebten Monat schwanger und ruhebedürftig, war mit dieser Vorgehensweise einverstanden, sogar dankbar. Ruhe und Zeit füreinander, das war es, wonach wir uns sehnten.
Mein Titel Facharzt bedeutete aber, dass ich Oberarzt geworden war, nicht mehr Assistent und Auszubildender, sondern eigenverantwortlich tätig, eine Stütze im System, in die die Abteilung viel investiert hatte. Somit wurde auch viel von mir erwartet.
„Wir setzen große Hoffnungen in Sie, Johannes, und erwarten nun, dass Sie diesen Hoffnungen auch gerecht werden!“
Dieser Satz, den mein Primar zu mir im Rahmen eines Vier-Augen-Gesprächs anlässlich meiner Oberarzternennung sagte, schwingt bis heute in meiner Erinne-

rung nach. Als Ermutigung, als wohlgemeinter Ratschlag verpackt, hörte ich doch deutlich die Drohung heraus, die darin mitschwang. Ich war sein unbestrittener Liebling, den er gefördert und persönlich ausgebildet hatte, auch als Lohn für meinen hohen Einsatz. Jetzt aber musste ich mich beweisen! Er würde mich weiter groß machen, wenn ich ihm und der Abteilung die Treue hielt. Doch er würde mich, ohne zu zögern, fallen lassen, wenn ich mir plötzlich einbildete, ich müsste den fürsorglichen Familienvater spielen. Meine Entscheidung. Alles verständnisvoll und mit einem Lächeln verpackt, aber welche Wahlmöglichkeit hatte ich in Wahrheit?
Die Spannungen begannen nicht sofort. Der Urlaub rund um deinen errechneten Geburtstermin wurde mir natürlich gewährt. Vater-Karenz oder Papa-Monat, an solche Absonderlichkeiten wurde damals noch nicht einmal gedacht. Wir reden von einer Zeit, in der Ärztinnen, die zugleich Mütter waren, darum kämpfen mussten, über die vertraglichen vierzig Stunden hinaus nicht zahllose weitere Stunden übernehmen zu müssen. Teilzeitanstellungen, wie heutzutage üblich, waren damals noch völlig undenkbar! Die Medizin wurde von Männern regiert, deren Leben dem Krankenhaus galt und die sich Frau und Kinder aus gesellschaftlicher Konvention heraus leisteten, und nebenbei ein paar junge Geliebte als Prestigeobjekte. Die wenigen Frauen in der Medizin, die sich behauptet und in dieser Männerdomäne emporgearbeitet hatten, hatten sich gegen

eine eigene Familie und für die Karriere entschieden, entscheiden müssen, korrekter gesagt. Und glaube mir, sie waren noch viel bissiger als jeder Arzt gegen das jüngere eigene Geschlecht! Harpyien, die jungen Ärztinnen das Leben zur Hölle machten, die Familie und Beruf in Einklang bringen wollten.

„Du willst Pflegeurlaub, nur weil deine Tochter hohes Fieber hat? Was ist mit deinem Mann? Der kann doch genauso gut mit ihr zum Kinderarzt gehen!"

Solche Aussagen gehörten zum Standardrepertoire.

Und dann kam ich daher! Ein frischgebackener Oberarzt, noch unverbraucht, noch ordentlich belastbar, der noch dazu stets eingesprungen und länger geblieben war und hoffte, in einem derart familienfeindlichen System für sich plötzlich mehr Zeit für Frau und Kind fordern zu dürfen?

Mit deiner Geburt begann für mich der Kampf gegen jenes menschenunwürdige System des Spitalsbetriebs, den ich natürlich nicht gewinnen konnte. Doch ich war nicht allein, zum Glück.

In diesem aussichtslosen Kampf sollte mir Andrea eine große Hilfe und Stütze werden. Du kannst dich sicher noch gut an sie erinnern. In eurer Kindheit war sie oft bei uns zu Gast, war ja praktisch euer beider Patentante und gehörte einfach zur Familie.

Ich lernte sie durch die Arbeit kennen. Ich befand mich damals, glaube ich, in meinem letzten Ausbildungsjahr, als Andrea mit ihrer eigenen Facharztausbildung begann. Als Frau eine Chirurgie-Stelle zu bekommen,

war zu jener Zeit beileibe keine Selbstverständlichkeit. Psychiatrie, Dermatologie und Kinderheilkunde waren die Fächer, die man auch Frauen zugestand, mit etwas Glück vielleicht noch die Interne, die operativen Fächer aber befanden sich fest in männlicher Hand. Nun, Andrea besaß die nötige Durchsetzungskraft, auch Mut und Schlagfertigkeit, und durchaus auch das dazugehörige Mundwerk, um ihre Meinung durchzusetzen. Das dürften die altehrwürdigen Herren nicht gewohnt gewesen sein, und so überrumpelte sie sie förmlich mit ihrer Bewerbung, mit ihrer frechen und offenherzigen Art, und bekam zur allgemeinen Verwunderung die nächste freie Stelle zugesagt, obwohl es einen männlichen Mitbewerber aus gutem Hause gab.
Vielleicht fürchtete die Obrigkeit auch, zum ersten Mal in ihrem Leben wegen sexueller Diskriminierung oder Verstoß gegen den Gleichbehandlungsgrundsatz belangt zu werden, wenn sie sie ablehnten. Schlagwörter, die damals noch in den Kinderschuhen steckten, aber Andrea wären solche Schritte durchaus zuzutrauen gewesen, wenn du mich fragst.
Jedenfalls bekam Andrea die Stelle, wir wurden Kollegen, und nach kurzer Zeit mehr als das. Sie war das junge ungestüme Wesen, das so viele Eigenschaften verkörperte, die ich an mir selbst vermisste, waghalsig, selbstbestimmt und spontan, während ich der etwas ältere, besonnene und ruhigere Part unseres eingeschworenen Duos werden sollte. Es ist immer schwer zu erklären, warum Freundschaften zwischen zwei

fremden Menschen entstehen, nach wenigen Wochen jedoch schien es uns, als hätten wir uns schon immer gekannt.

Sicherlich gab es anfangs Gerede. Jedes Krankenhaus ist eine Brutstätte für Klatsch und Tratsch, doch da diese Gerüchte jeder Grundlage entbehrten, kümmerten wir uns nicht darum. Ich hatte, von deiner Mutter abgesehen, die nun einmal meine Frau war, ohnehin kein Interesse am weiblichen Geschlecht, für Andrea war ich als Mann, sogar als mögliche Affäre, schlicht und einfach völlig uninteressant. Und das, obwohl sie bei Männern nie großes Glück gehabt hatte. Sie schätzte mich als Freund und Kollegen, als Partner aber suchte sie Männer, die ebenso energisch, schlagfertig und willensstark wie sie waren. Vermutlich waren deshalb auch ihre Beziehungen nie von langer Dauer, die Mischung war einfach viel zu explosiv.

Jahre später, als ich mich ihr gegenüber outete, zeigte sie sich wenig überrascht. Sie hatte ja Christian und mich in der Arbeit beobachtet und ihre Vermutungen angestellt, zuvor jedoch wäre sie von sich aus nie auf die Idee gekommen, ich könnte schwul sein, wo ich ja scheinbar glücklich verheiratet war und Kinder hatte. Zugleich aber, so gestand sie mir ein, habe sie schon lange Zeit vor Christian das Gefühl gehabt, ich sei für alle weiblichen Reize und Verlockungen unempfindlich, unnahbar. Selbst wenn wir, was selten vorkam, gemeinsam fortgingen und viel getrunken hatten, nie im Traum hätte sie daran gedacht, ich könnte mehr von ihr wollen und mich an sie heranmachen. Definitiv kein typisch männliches Verhalten! Da es keinerlei sexuelle Spannung zwischen uns gab, konnten wir ungeniert und für viele völlig verwunderlich unsere herrliche Freundschaft leben.

Wie Anna zu dieser tiefen Vertrautheit mit Andrea stand?

Die beiden Frauen verstanden sich prächtig. Anna mochte im Laufe ihres Lebens oder besser im Laufe unserer Ehe einige unangenehme Eigenschaften entwickelt haben, doch sie war nie ein eifersüchtiger Mensch. Wahrscheinlich spürte auch sie, dass Andrea keine Gefahr für unsere Beziehung darstellte, zugleich aber als Freundin eine unglaubliche Bereicherung für uns beide war. Große Klappe hin oder her, mit Andrea konnte man die sprichwörtlichen Pferde stehlen gehen. Sie war – und ist! – ein Mensch, der für seine Freunde durchs Feuer geht. Ich brachte ihr die Chirurgie bei, sie unterstützte mich in meinem Bedürfnis nach mehr Freiheit. Einzig ihr ist es zu verdanken, dass ich bei deiner Geburt dabei sein durfte.

Wie erwähnt, hatte ich mir für den Zeitraum, in dem du geboren werden solltest, drei Wochen Urlaub genommen. Wir wussten, dass das erste Kind im Regelfall etwas später kommt. Du konntest es allerdings nicht erwarten, und so befand ich mich gerade im letzten Nachtdienst, den ich vor meinem Urlaub eingeplant hatte, als mich deine Mutter anrief und mir sagte, dass die Wehen eingesetzt hätten. Ich schluckte nur und fand im ersten Augenblick keine Worte. Natürlich hatten wir längst alle Vorbereitungen getroffen, dein Zimmer hergerichtet, dein Bettchen und die ersten Spielsachen gekauft, Windeln, Strampelanzüge und Feuchttücher eingelagert, die Tasche für das Spital stand griffbereit im Schlafzimmer.

Doch nein! So konnte, so durfte es nicht ablaufen! Ich sollte daheim bei meiner Frau sein, wenn die Wehen einsetzten, mit ihr ins Krankenhaus fahren, ihre Hand halten, mich von ihr anschreien lassen, während sie hechelte und presste, und nicht selber im Spital herumstehen, in einem weiteren beschissenen Dienst, ohnmächtig, irgendetwas zu unternehmen. Sollte ich meinen Chef oder einen Kollegen kontaktieren? Es war ein Freitag, natürlich! Alle befanden sich auf dem Weg ins Wochenende. Es würde niemand abheben, geschweige denn Zeit haben, den Dienst zu übernehmen. In meinem Kopf sah ich mich schon zwischen den OPs und Ambulanzen immer wieder auf die Geburtshilfe hinüberlaufen und hoffen, dass ich den richtigen Moment nicht versäumen würde.

In meiner Not rief ich Andrea an. Nach zwei Sätzen schnitt sie mir das Wort ab und meinte: „Lass mich nur machen!“, bevor sie kommentarlos auflegte. Keine halbe Stunde später rief mich der Portier an und teilte mir mit, dass ich dringend in die Aula kommen sollte. Dort stand Andrea, einen Arm um deine Mutter gelegt, mit dem anderen drückte sie mir die Tasche in die Hand.

„So, du gehst jetzt mit Anna rüber auf die Geburten und kümmerst dich um sie! Deinen Dienst übernehme ich. Keine Widerrede! Und ich hole dich nur, wenn die Bude brennt. Jetzt mach schon!"
Bis heute weiß ich nicht, was sie unserem Chef damals erzählte. Weder sie noch er verloren je auch nur ein Wort darüber. Eigentlich hätte sie den Dienst gar nicht machen dürfen. Doch das kümmerte mich nicht in jenem Augenblick. Ich war bei Anna! Ich konnte bei deiner Geburt dabei sein! Nur das zählte!
Als deinen Taufpaten hatten wir schon längst Annas Bruder bestimmt. Als jedoch Judith unterwegs war, wussten wir beide, dass wir diese Patenschaft Andrea schuldig waren!

Deine Geburt zu beschreiben, dafür fehlen mir, glaube ich, die Worte. Ich fühlte mich hilflos, so eigenartig das auch klingen mag. Als Chirurg war ich es gewohnt zu handeln, aktiv zu sein und Entscheidungen zu treffen; als werdender Vater jedoch konnte ich nur tatenlos herumstehen und hoffen, dass die Hebamme und der Gynäkologe wussten, was sie taten. Ich kannte beide, wenn auch nur oberflächlich, doch ich wusste, dass sie einen guten Ruf genossen. Darauf vertraute ich, während die Schreckensbilder aller möglichen Geburtskomplikationen durch mein Gehirn ratterten. Es half nichts, ich konnte mein Wissen nicht abschalten, auch wenn ich nach außen hin versuchte, möglichst ruhig und gelassen zu wirken. Meine größte Angst war, Anna

zu verlieren. Erstaunlicherweise machte ich mir kaum Sorgen um dich, obwohl ich genug Fälle von perinataler Asphyxie und ähnlich tragischen Schicksalen gesehen hatte.
Mein Kind ist geschützt, meinem Kind wird es gut gehen.
Diese Bestätigung wiederholte ich in meinen Gedanken wie ein Mantra. Und es wirkte. Um Anna aber hatte ich entsetzliche Angst. Vermutlich spürte ich erst jetzt, wie sehr ich sie liebte, da sie mit den Presswehen kämpfend vor mir lag. Ich habe eure Mutter nie inniger geliebt als in den Stunden, in denen sie Judith und dich zur Welt brachte. Und nie mehr gefürchtet, sie zu verlieren.
Um es kurz zu fassen: Deine Geburt verlief völlig unkompliziert – und erstaunlich rasch für das erste Kind. Offenbar konntest du es kaum erwarten, das Licht der Welt zu erblicken. Als sich dein Köpfchen zeigte, als du nach drei, vier heftigen Presswehen endlich vor uns gelegen bist und aus Leibeskräften geschrien hast, ein kleines Bündel Leben, das Gesicht ganz zerdrückt und mit Blut und Käseschmiere bedeckt, da fiel ich weinend deiner Mutter um den Hals. Meine Hände zitterten, als mir der Frauenarzt die Schere reichte, um damit die Nabelschnur zu durchtrennen. Anna nahm dich an die Brust und stillte dich zum ersten Mal. Zufrieden bist du eingeschlafen. Momente purer Glückseligkeit, anders kann ich es nicht beschreiben, als wir erstmals zu dritt, als Vater, Mutter und Kind gemeinsam in jenen zusammengeschobenen Krankenhausbetten lagen, erschöpft, doch dankbar und erleichtert.

Irgendwann klopfte Andrea an die Tür und schaute kurz herein, um uns zu gratulieren. Dann sorgte sie dafür, dass wir von niemandem gestört wurden. Ein Bild des Friedens bot sich mir, als ich euch so daliegen sah, sollte sie später immer sagen. Unseren Familien schickten wir nur eine kurze Nachricht und baten sie, mit den Besuchen noch ein, zwei Tage zu warten. Die ersten vierundzwanzig Stunden wollten wir dich ganz für uns haben.
Da ich Mitarbeiter im Spital war, durfte ich bei dir und Anna übernachten. Familienzimmer, wie heutzutage auf den meisten Geburtshilfestationen üblich, gab es damals noch nicht. Es war sozusagen ein absolutes Privileg, die Nacht über bei Frau und Kind bleiben zu dürfen.
Morgens, als ich erwachte, hatte dich deine Mutter bereits gestillt. Du bist zufrieden an ihrer Brust gelegen und strahltest sie aus deinen großen dunklen Augen an.
„Guten Morgen, Schatz!“, flüsterte ich und küsste Anna. Sie lächelte und drückte meine Hand.
Sie sei müde, bat sie, ich sollte dich kurz nehmen. So nahm ich dich sanft in meine Arme, trug dich im Zimmer herum und erklärte dir flüsternd die Welt.
„Die Frau, die da auf dem Bett liegt und sich ausruht, das ist deine Mama. Sie hat dich neun Monate lang in ihrem Bauch getragen und dir gestern das Leben geschenkt. Das macht sie zum wichtigsten Menschen auf der ganzen Welt. Und der unbeholfene Mann, der dich gerade im Zimmer herumträgt, das ist dein Papa.

Mit dem wirst du oft Geduld haben müssen, das kann ich dir schon jetzt verraten! Der kleine Wurm aber in seinen Armen, der dir mit großen Augen aus dem Spiegel da entgegenstarrt, das bist du, unser Sohn, unser wunderbares Kind, das wir über alles lieben!“

In der Weisheit eines Neugeborenen, die für uns Erwachsene nicht fassbar ist, spürte ich, dass du mich verstanden hattest. Dann legte ich dich auf den Wickeltisch, um deine Windel, die schon ziemlich voll war, zu wechseln, bevor mir nichts anderes übrigblieb, als Anna, die eingeschlafen war, neuerlich zu wecken.

„Unser Sohnemann hat offenbar schon wieder Hunger, Liebling, und will sich nicht länger mit meinem Daumen zufriedengeben.“

Wenn ich dir etwas wünsche, dann dass auch du eines Tages dieses Glück, Vater zu werden, erleben darfst.

Die nächsten drei Tage, die ihr noch im Spital verbringen musstet, gaben sich die zahlreichen Besucher die Türklinke förmlich in die Hand. Natürlich war es schön, so viel herzliche Anteilnahme zu erleben. Du wurdest bewundert, herumgereicht, als *ach so süßes Baby* befunden, und wir wurden beglückwünscht, mit teils nützlichen, teils unnötigen Geschenken und vielen gutgemeinten und ebenso entbehrlichen Ratschlägen überschüttet, kurzum, die Begeisterung war groß und wir freuten uns. Freuten uns ehrlich, wie viele Menschen deine Geburt mit uns feierten, zugleich aber sehnten wir uns nach Ruhe und wollten dich für uns allein haben. Da meine Zeit mit euch ohnehin begrenzt war und der Urlaub viel zu rasch verging, konnte ich es nicht erwarten, euch endlich abzuholen und nach Hause bringen zu dürfen. Denn das war es nunmehr für mich geworden, unser Zuhause. Dieses Gebäude, das Anna entworfen und ich zu bezahlen hatte, das ich nicht ausstehen konnte; als ich zum ersten Mal mit dir und deiner Mutter durch die Eingangstür trat, fühlte ich mich plötzlich daheim, geborgen. Was zählte noch, dass wir anstelle von abgetrennten Räumen einen durchgehenden Küche-Esszimmer-Wohnzimmer-Bereich mit einer darüberliegenden Galerie hatten?

Wir hatten uns! Und wir hatten einen Ort, an den wir uns zurückziehen und nur für uns sein durften. Nichts anderes taten wir die nächsten vierzehn Tage. Zeit miteinander verbringen, zusammen sein. Spazieren gehen, im Garten sitzen, essen, lesen, schlafen. Dich füttern, wickeln, herumtragen, schlafen legen, streicheln und halten. Dich lieben. Das einfache Leben. Doch dieses Leben reichte; mehr als das, erfüllte uns, konnte nicht schöner sein.

Eine naive, verklärte Sicht auf jene Tage? Vielleicht. Aber vergiss nicht, wir hatten ein kurzes Glück gefunden, das wir so lange ersehnt hatten. Zwei Wochen nur, dann musste ich wieder arbeiten. Die ganze Nacht über im OP zu stehen, das war es, was ich als anstrengend empfand; nicht, die Windeln meines Sohnes zu wechseln und ihm sein Fläschchen mit Muttermilch zu geben. Es ist die Bewertung, die wir bestimmten Situationen geben, die deren Qualität bestimmt. Bei euch zu sein, trotz all der Mühen, die der Alltag mit einem Neugeborenen mit sich bringt, das bedeutete Zufriedenheit für mich. Jedoch daran zu denken, wieder an die Arbeit zurückkehren zu müssen …

Leben III

An jenem Montagmorgen aufzustehen, mich rasieren, duschen und anziehen zu müssen und zur Arbeit zu fahren, von euch beiden, wenn auch nur für ein paar Stunden, Abschied nehmen zu müssen, war ein Horror für mich. Mir war schlecht, ich zitterte. Und ich hatte das Gefühl, euch im Stich zu lassen. Ich wollte mich krankmelden und wieder unter der Decke verkriechen und bei euch bleiben.

Doch ich konnte mich auf Andrea verlassen. Während meines Urlaubs hatte sie eifrig im Kreis der Kollegen gesammelt, sodass mir in der Morgenbesprechung der Primar höchstpersönlich im Namen des gesamten Teams einen riesigen Geschenkkorb voller „Windel-Geld" samt Glückwunschkarte und den herzlichsten Gratulationen aller überreichte. Sie freuten sich für uns, ja, sie freuten sich wirklich, die Schwestern, die ärztlichen Kollegen, sie alle gratulierten mir und Anna, klopften mir auf die Schultern und wollten Fotos von dir sehen. Ein paar Minuten gelebte Menschlichkeit, die mir den Wiedereinstieg in den Beruf leichter machten, bevor der Alltag neuerlich seinen gewohnten Gang nahm.

Im Grunde war es nicht schlimm, zumindest nicht die erste Zeit. Ich liebte ja meinen Beruf und schätzte die Menschen, mit denen ich zusammenarbeitete. Und wenn ich nach Hause kam, warteten meine Frau und mein Kind auf mich. Ich spürte, oder hoffte zumindest, ich konnte beides leben. Ein gänzlich zufriedener und ausgeglichener Mensch. Eine Zeitlang war ich das. Ich konnte in der Früh in das Krankenhaus fahren, nachdem ich mich von euch beiden verabschiedet hatte, mit ruhigem Gewissen meinem Beruf nachgehen, operieren und Patienten behandeln, die Zusammenarbeit mit den Kollegen genießen und dann zufrieden wieder nach Hause fahren und für meine Familie da sein. Mehr brauchte und wollte ich nicht. Diese Balance zwischen Familie und Beruf zu wahren, das erfüllte mich, das war mein Leben! Und vor allem war es genau das Leben, das ich mir immer erträumt hatte, Erfolg auf der ganzen Linie sozusagen!

Nur währt Erfolg bekanntlich nicht lange. Meine Bemühungen, meine Überstunden im Spital auf ein erträgliches Maß zu reduzieren, fruchteten einige Wochen lang, dann jedoch, mit Beginn der Urlaubszeit, war meine Schonfrist als junger Vater vorbei und die Erwartungshaltung an mich als jüngster Oberarzt wuchs. Aus den fünf Nachtdiensten, die ich eigentlich nicht überschreiten wollte, wurden sechs, aus den sechs sieben, weil natürlich wie jedes Jahr in der Haupturlaubszeit auch noch ein Kollege krank wurde. Die Anzahl meiner monatlichen Überstunden kletterte von zwanzig auf dreißig, vierzig, fünfzig. Gesetzliche Obergrenzen der Arbeitszeiten für Mediziner gab es damals ja noch nicht beziehungsweise wurden nicht eingehalten.

„Sie sind jung, was erwarten Sie? Wir mussten in Ihrem Alter noch viel mehr arbeiten!“
Solche Aussagen bekam ich neuerdings von meinem Chef zu hören, wenn ich in einer Morgenbesprechung wagte, mich über die ungerechte Dienstverteilung zu beschweren.
Damit nicht genug, setzte der erste Oberarzt noch nach und meinte als väterlichen Rat: „Ihre Frau ist ja ohnehin zu Hause bei dem Kind. Wenn Sie die beiden öfter sehen möchten, kann sie Sie ja in den Diensten besuchen kommen.“
Das war die Welt, in der wir damals lebten. Wenn ich schon eine Familie haben und häusliches Glück pflegen wollte, sollte sich doch meine Frau, die ja ohnehin nur zu Hause mit einem Kleinkind herumsaß und den lieben langen Tag nichts zu tun hatte, einfach zu mir auf die Station bequemen. Da könnten wir ja heile Familie spielen! Was machte es schon, unseren drei, vier Monate alten Sohn den multiresistenten Keimen eines Akutspitals auszusetzen? Und überhaupt, was bildete ich mir eigentlich ein, dass ich glaubte, ich könnte Arzt sein und mir dennoch Zeit für meine Familie nehmen?
Ich kochte vor Wut, doch was hatte ich für eine Wahl? Auf Konfrontation zu gehen und mit Kündigung zu drohen, wie Andrea es mir riet, war ein verlockender, aber leider auch ein unrealistischer Gedanke. Der Ärztemangel, mit dem unser Gesundheitssystem heutzutage zu kämpfen hat, war damals noch nicht greifbar und wurde lediglich als Schreckgespenst einzelner

Schwarzseher abgetan. Ich brauchte eine Arbeit und ein Einkommen. So einfach war das. Ich hatte eine Familie zu erhalten und Kredite zu bezahlen. Das Karenzgeld, das deine Mutter bezog, war ein Zuverdienst, für die laufenden Kosten und für den Erhalt unseres Lebensstandards war jedoch mehr denn je mein Einkommen gefragt. Ich konnte es nun einmal drehen und wenden, wie ich wollte, die Überstunden und die Nachtdienste brachten Geld.

Die Abteilung wechseln und in ein anderes Spital gehen? Auch diese Überlegung gab es. Eine Anstellung hätte ich mit hoher Wahrscheinlichkeit gekriegt, doch mit welcher Garantie, dass anderswo die Bedingungen besser sein würden? Ich wäre ebenso der jüngste, der neue Kollege, das letzte Rad am Wagen. Selbst wenn das nächstgelegene Krankenhaus nur fünfzig Kilometer von unserem Heimatort entfernt war, das bedeutete dennoch zweimal täglich fünfundvierzig Minuten Autofahrt, bis zu fünfmal in der Woche, dann noch im Sommer Baustellen und Traktoren und im Winter Schneefahrbahn. Und das über Jahre! Wie viel Lebenszeit da auf der Strecke geblieben wäre, die ich eigentlich mit euch verbringen wollte! Von den Treibstoffpreisen und den täglichen Gefahren des Straßenverkehrs einmal völlig abgesehen. Von uns zu Hause in mein Spital brauchte ich mit dem Auto nicht länger als zehn Minuten. Wenn ich wollte, konnte ich sogar mit dem Fahrrad fahren.

Was blieb mir also anderes übrig, als mich in mein Schicksal zu fügen, die Zähne zusammenzubeißen und

zu hoffen, dass sich die Situation entspannen würde, wenn der Sommer vorüber war?
Anna sah es ähnlich wie ich. Sie meinte, ich solle mir keinen Druck machen und meine Kräfte nicht vergeuden, indem ich gegen Gegebenheiten ankämpfte, die doch nicht zu ändern seien. Sie komme daheim gut zurecht und werde sich um alles kümmern. So klein, wie du warst, würdest du ja ohnehin vorrangig deine Mutter brauchen.
Sie meinte es gut und wollte mich unterstützen und entlasten, wofür ich ihr sehr dankbar war. Zugleich aber fielen wir zurück in unser altes Muster, das wir vor der Schwangerschaft gelebt hatten, mehr noch, wir lebten die klassische Rollenverteilung: die Frau, die sich um das Kind und den Haushalt kümmert, während der Mann das Geld nach Hause bringt, aber sonst wenig präsent ist. Ein Modell, das wir beide eigentlich ablehnten, das uns aber notgedrungen zweckdienlich und somit auch akzeptabel erschien. Wenn so viele andere Paare damit gut leben konnten, warum sollte es nicht auch uns glücklich machen?
Es ging uns auch gut, oberflächlich betrachtet. Ich hatte erreicht, was ich immer wollte: eine eigene geliebte Familie, Haus und Garten, eine prestigeträchtige und gutbezahlte Arbeit; Anna hatte sich beruflich ebenfalls etabliert, war ehrenamtlich in mehreren Vereinen tätig und durfte sich nun ganz auf ihre Mutterrolle konzentrieren. Wir waren eine richtige Vorzeigefamilie, gesellschaftlich am Gipfel des Erfolgs, der ganze Stolz

für Annas Eltern. Wir blendeten uns selbst. Nur meine Mutter ließ sich, ebenso wie Andrea, nicht so leicht täuschen. Manchmal, wenn sie mich auf die Seite nahm, um mit mir zu reden, und ich keine Kraft hatte, ihre mahnenden Worte, „Johannes, das bist doch nicht du? So wollt ihr doch nicht leben?", zu beschwichtigen, starrte ich sie an, trotz meines Alters ein verletztes Kind, und murmelte, beinahe flehentlich: „Und, was soll ich tun? Aussteigen? Alles hinwerfen? Wie denn? Ich habe Frau und Kind, das geht nicht!"

Sie hatte keine Antwort. Wie auch? Vermutlich verstand sie schon damals den tieferen Sinn meiner Frage, aber wie sollte sie jene Wahrheit aussprechen, die ich zu jenem Zeitpunkt noch nicht einmal selbst zu denken wagte? Sie reagierte, wie nur eine Mutter reagieren kann. Sie nahm mich in ihre Arme und gab mir, was ich in solchen Augenblicken am meisten benötigte: Geborgenheit und Liebe.

Anna und ich liebten uns, verstehe mich nicht falsch, und durch deine Geburt liebten wir uns mehr und inniger denn je. Im Alltag aber verlernten wir neuerlich, diese Liebe zu leben. Wir hatten dich und wir beide überschütteten dich hemmungslos und ungeniert mit Zuneigung. Doch uns gegenseitig Liebe geben? Es war nicht schwer, wir taten es nur einfach nicht.

Anna hatte dich rund um die Uhr, vierundzwanzig Stunden am Tag. Sie ging völlig in ihrer Aufgabe auf, mit dir und für dich zu leben. Was ich verstehen konnte, da ich ja kaum zu Hause war. Zweifelsohne versuchte

sie, aus meiner fehlenden Präsenz das Beste zu machen und eine Lösung für sich selbst und für euch beide zu finden. Nur – diese Lösung schloss mich zunehmend aus. Wenn ich müde und erschöpft nach Hause kam, gab es euch beide, eine wunderbare Einheit, die ich oft im Stillen ebenso bewunderte wie beneidete, denn ich gehörte nicht dazu. Mich gab es irgendwo außerhalb, am Rand, mich alleine.
Ich war nicht eifersüchtig auf dich. Du warst mein Sohn, mein geliebtes Kind! Und noch weniger war ich eifersüchtig auf Anna, die Frau, die ich liebte. Nein, ich war eifersüchtig auf euch, auf eure Einheit! Auf diese unglaublich tiefe, schöne und große Liebe, die euch beide verband. Nur einen Bruchteil dieser Liebe, mehr ersehnte ich nicht. Und diese Sehnsucht brannte in mir, doch sie erfüllte sich nicht.

Was also tun? Genug Männer stürzen sich in ihre erste Affäre wenige Monate nach der Geburt des ersten Kindes, gefährden und zerstören vielleicht sogar das nach außen hin bestehende perfekte Glück, eben weil sie spüren, dass sie nicht Teil dieses Glücks sind, nicht sein können, und diese Einsamkeit nicht ertragen, in der sie sich plötzlich wiederfinden. Das soll jetzt keine Entschuldigung für ihr Handeln sein, nur eine mögliche Erklärung. Ich hätte solche Gefühle früher ja selbst nicht für möglich gehalten, aber auch ich spürte diesen stärker werdenden inneren Drang, auszubrechen und nach Liebe, Sicherheit und Zärtlichkeit zu suchen. Nicht puren Sex, darum ging es mir nicht, ich sehnte mich nach Geborgenheit, wollte gehalten werden, dazugehören, Teil eines Ganzen sein. Wenn aber selbst Anna mir diese Zuneigung nicht geben konnte, die Frau, die ich seit Jahren kannte und liebte, dann würde mir auch keine andere Frau sie geben können; dann konnte sie mir nur ein Mann geben! Das wusste ich, das spürte ich ganz deutlich!

Doch wie hätte ich losziehen und mich mit anderen Männern treffen können? Wie sie lieben und begehren? Ich war gerade erst Vater geworden! Ich hatte eine Familie, die ich liebte. Ich war ... nicht schwul! Ich hatte ein Kind! Ich wollte doch nur eine Schulter zum Anlehnen, ein offenes Ohr und einen starken Arm, der mich festhielt. Selbst wenn ich gesucht hätte, die Zuwendung und Zärtlichkeit, nach der ich mich verzehrte, hätte ich in der schwulen Welt nicht gefunden. Sex kriegst du mit etwas Glück an fast jeder Straßenecke, das lernte ich viele Jahre später, Wärme und Ehrlichkeit jedoch, vergiss es!

Was tat ich also, in meiner Verzweiflung und Zerrissenheit? Natürlich das, was ich am besten beherrschte. Ich stürzte mich in den Beruf! Flüchtete mich neuerlich in die Arbeit, da es zu Hause und in mir selbst wieder zu eng geworden war, und tat alles, um nur ja keine Gefühle in mir laut werden zu lassen.

Mein Chef zeigte sich natürlich begeistert, mich, seinen treuen Lakaien, zurückgewonnen zu haben. Er ließ mich nicht lange zappeln, stellte mich nicht auf die

Probe und zeigte mir nicht die kalte Schulter. Nein, es genügte ihm, dass ich wieder Begeisterung für meinen Beruf und den nötigen Biss zeigte. Er nahm mich mit offenen Armen auf. Die Rückkehr des verlorenen Sohnes, wenn du so willst, zumindest in seinen Augen. Kommentarlos teilte er mich wieder für die großen und interessanten Operationen ein, er zeigte Vertrauen in meine Fähigkeiten, ja, er bot mir sogar das Du an. In der Umkleide vor dem OP sagte er nach einigen Wochen zu mir „Schön, dass du begriffen hast, wo dein Platz ist!" und klopfte mir dabei freundschaftlich auf die nackte Schulter. Ich schwieg, denn mein Herz gehörte schon längst nicht mehr der Chirurgie, doch die berufliche Anerkennung, so schien es, war der einzige Lichtblick in meinem Leben, der mir blieb.
Manche meiner Kollegen begannen im Gegensatz zu früher zu murren und bekrittelten meine Position als Protegé. Es kümmerte mich nicht. Sie waren nicht für mich da gewesen, als ich ihre Unterstützung dringend gebraucht hätte, als ich darum gekämpft hatte, Zeit mit dir und Anna verbringen zu dürfen, und nun, wo ich genau das tat, was sie eigentlich von mir verlangt hatten, nämlich arbeiten bis zum Umfallen, da passte es ihnen auch nicht. Mein Primar zumindest verhielt sich fair. Ich arbeitete hart, aber er belohnte meinen Einsatz. In die Ambulanz oder in das Gipszimmer, die unbeliebten niederen Aufgaben, wurde ich nicht eingeteilt. Ich war, wie spöttisch hinter meinem Rücken gelästert wurde, der große Operateur. Ich sah es als Lob, denn es

entsprach der Wahrheit. Fachlich war ich den anderen mittlerweile nicht nur ebenbürtig, sondern überlegen. Das wussten sie auch, und lästerten noch mehr. Ich ließ sie einfach reden, bildete mich fort und bemühte mich eifrig, meine Arbeit noch besser zu machen.

Letztendlich jedoch war all der berufliche Erfolg nur ein schwacher Trost. Wenn ich müde und erschöpft nach Hause kam und Anna mir begeistert von deinem ersten Wort oder deinen ersten zaghaften Gehversuchen erzählte, wusste ich, wohin mein Herz eigentlich gehörte. Auch wenn ich lächelte und mich zu freuen vorgab, in mir drinnen tat es einfach nur fürchterlich weh. Ich kann dir über deine, aber auch über Judiths Kindheit nur die Eckdaten liefern, Geburtstage, Taufe, Schulbeginn und dergleichen, und ich weiß gerade noch, dass dein Lieblingsstofftier als Kind ein Winnie Puuh samt Honigtopf war, ohne den du nicht einschlafen konntest. Willst du allerdings mehr über deine Kindheit wissen, dann musst du deine Mutter fragen. Ich stand nämlich wieder einmal im OP.

Und dennoch glaubten wir, dass wir eine gute Ehe führten. Ich kam nach Hause und Anna hatte gekocht. Sie erzählte mir davon, was sie mit dir unternommen hatte, vom Ärger mit der Putzfrau, die beim Abstauben wieder einmal eine Vase zerbrochen hatte, von Besuchen bei ihren Freundinnen, den „Baby-Treffs“ und dem neuesten Klatsch, den sie erfahren hatte. Ich hörte geduldig zu und berichtete dann meinerseits von den Vorfällen im Spital, von den Streitigkeiten zwischen der Anästhesie und der Internen, vom überforderten Pflegepersonal und von Gerüchten über vermeintliche Liebschaften. Nebenbei wurden die Haushalts- und Alltagsangelegenheiten besprochen, an offene Rechnungen gedacht und meine freien Tage mit Besuchen bei ihren oder meinen Eltern verplant. Der obligatorische gemeinsame Rundgang durch den Garten, ein Spaziergang, wenn das Wetter passend war, der Fernseher vor dem Schlafengehen, manchmal sogar Sex. Ein ganz beschauliches, stinknormales Leben, wie es Millionen und Abermillionen Menschen täglich führen. Es wurde viel miteinander geredet, doch im Grunde wurde nichts gesagt.

So lebten wir, miteinander und aneinander vorbei, und es wäre uns vermutlich gar nicht schlecht damit gegangen, hätten wir nur tief im Innern daran glauben können, dass dieses Leben uns erfüllte. Andrea versuchte mich regelmäßig wachzurütteln, und, ehrlich gesagt, empfand ich ihre Offenheit oft genug als lästig und verstörend, eben weil sie mir unverblümt die Wahrheit sagte. Ich sei nicht auf diese Abteilung angewiesen! Ich müsse mich nicht permanent ausnutzen lassen. Ich könne auch in ein anderes Krankenhaus gehen, wo ich Familie und Arbeit mehr in Einklang bringen könnte. Natürlich hatte sie auf ihre Weise recht. Wovon sie nichts wusste, auch weil ich nicht wusste, wie ich es ihr erklären sollte, war dieses wiederkehrende Gefühl, ein Fremder in meiner eigenen Familie zu werden. Dieses

Ausgegrenztsein von dem, was ich begehrte, Liebe und Geborgenheit, das war es ja, was mich weg von zu Hause und immer mehr in die Arbeit trieb. Das Wissen, dass hinter dieser unerfüllten Sehnsucht meine Homosexualität brodelte und durchzubrechen drohte. Flüchtete ich mich denn nicht in die Arbeit, um ja keine Zeit zum Nachdenken über mein eigenes Leben zu haben? Was auch immer ich tat, alles erschien mir ausweglos und sinnlos. Warum also etwas ändern? Warum also den Schutz, den mir die Arbeit bot, aufgeben und mich mir selbst stellen?

Versuchte ich dann auch nur ansatzweise, Andrea mein Gefühl der Isolation zu Hause zu beschreiben – von meiner homosexuellen Neigung wagte ich damals noch niemandem, auch ihr nicht, zu erzählen –, dann beschwichtigte sie. Diese enge, intensive Beziehung zwischen Mutter und Kind sei für die ersten Monate und Jahre natürlich und völlig normal, für das Kind letztendlich auch absolut wichtig, das müsse ich einfach akzeptieren und, so gut es eben gehe, meinen Beitrag leisten und an unserem gemeinsamen Leben Anteil nehmen.

„Anna liebt dich", so beteuerte sie mir, „daran besteht für mich überhaupt kein Zweifel, und sie will dich zurück in der Familie haben. Doch das gelingt nicht, wenn du nur im Spital herumhängst. Sei mir nicht böse, aber du stehst deinem Glück selbst im Weg. Laufend beklagst du dich, dass du keine Zeit für deine Frau und deinen Sohn hast, aber zugleich bist du der Erste, der sich für jeden unbesetzten Dienst meldet! Manchmal, Johannes, frage ich mich: Was willst du eigentlich?“

Suche

Ja, was wollte ich eigentlich?
Das Leben, das wir führten, als wir Studenten in Wien waren, und das Leben, das wir führten, als wir auf deine Geburt warteten, und die erste Zeit danach, wo wir einfach nur glücklich waren.
Ich wollte ein Leben frei von Homosexualität! Ich hatte alles erreicht, was ich je erreichen wollte, und sah mein ganzes Glück durch mich selbst bedroht. Würde ich mich zu mir selbst bekennen und meine Veranlagung eingestehen, vor mir selbst und vor meinen Mitmenschen, ich würde alles verlieren. Die Frau, die ich liebte, den Sohn, den ich vergötterte, den Beruf, über den ich mich so sehr definierte und auf den ich so viele Jahre hingearbeitet hatte, Familie, Freunde, die gesellschaftliche Stellung, ja sogar das einst verhasste Haus!
Mich zu outen erschien mir als sozialer Selbstmord! Ich hatte ja noch nicht einmal den Mut, mit meiner Mutter, meiner besten Freundin, geschweige denn mit meiner Frau darüber zu reden! Weil ich Angst hatte vor dem, was ich war. Weil ich mich für das, was ich war, schämte. Mich verachtete. Kann man Menschen Liebe geben, wenn man sich selbst schon lange nicht mehr lieben kann?
Ich weiß es nicht. Ich weiß auch nicht, was ich damals, vor knapp zwanzig Jahren, wirklich empfand, welche Fragen mich quälten. Eine jede Erinnerung verfälscht

sich mit der Zeit. Meine inneren Kämpfe und Zweifel waren da, das weiß ich, andererseits habe ich noch fast zehn weitere Jahre durchgehalten, bis ich tatsächlich ausbrach und davonrannte, so groß kann der Druck in mir also damals vermutlich auch wieder nicht gewesen sein. Ich kann es dir nicht sagen.

Für unsere Familie und Freunde waren wir ein glückliches Paar, eine heile und erfolgreiche Familie. Die Zufriedenheit, die wir vermittelten, wo auch immer wir uns gemeinsam zeigten, konnte doch nicht nur aufgesetzt gewesen sein? Ein falscher Glanz, der unsere Zerrissenheit überstrahlte? Wie damals bei unserer Hochzeit. Vielleicht waren wir, oder zumindest ich, einfach zu skeptisch und ich konnte unser Glück nicht fassen und annehmen, musste es so lange hinterfragen, bis ich es gefährdet und zerstört fand? Einmal mehr: Ich weiß es nicht.

Ich drehe mich im Kreise mit dem, was ich sage, ohne auf einen Punkt zu kommen. Doch genau in dieser endlosen Spirale erlebte ich mich damals als gefangen, unentschlossen und orientierungslos. Einen Tag dankbar und zufrieden mit der Welt, am nächsten Tag unglücklich, am dritten voller destruktiver Wut!

Anna merkte davon herzlich wenig. All diese Prozesse spielten sich ja in meinem Inneren ab und ich verschloss mich nach außen, zeigte wenig emotionale Regungen. Meine hohe berufliche Belastung diente uns beiden als willkommene Ausrede, uns nicht mit unseren Dämonen konfrontieren zu müssen. Wir taten, was allgemein von uns erwartet wurde. Du warst mittlerweile über ein Jahr alt, konntest bereits laufen und deinen Willen recht gut durchsetzen. Mit einem Wort, du hast uns auf Trab gehalten! Immer häufiger kam nun die Frage: „Und, wie schaut es aus mit einem zweiten Kind?"

Kinder

Anna und ich waren beide mit Geschwistern aufgewachsen und beide kannten wir genug verwöhnte Einzelkinder, dass es für uns immer außer Frage stand, dass wir nicht nur ein Kind, sondern Kinder haben wollten.
Geschwister? Was soll man über jene Menschen sagen, mit denen man, genetisch gesehen, am engsten verwandt ist und die uns am längsten in unserem Leben begleiten? Judith und du, ihr seid Geschwister – und ihr verhaltet euch auch wie ganz normale Geschwister; das durfte ich einige Jahre selbst beobachten und das habe ich in den letzten Jahren von eurer Mutter gehört. Das macht mich glücklich. Ich weiß, ihr hasst euch und ihr liebt euch, ihr haltet zusammen wie Pech und Schwefel und wollt euch im nächsten Moment die Augen auskratzen, gerade für euer Alter ist das völlig normal. Ich kann dich aber beruhigen, je älter ihr werdet und je eigenständiger ihr euer eigenes Leben führt, desto entspannter wird auch euer Verhältnis zueinander werden. Ihr hört auf, euch wegen irgendwelcher Kleinigkeiten zu streiten, es kommt kaum noch zu Eifersucht und geschwisterlicher Rivalität, stattdessen werdet ihr glücklich und dankbar sein, einen Menschen in eurem Leben zu haben, der euch tatsächlich von Kindheit an kennt, mit dem ihr eine gemeinsame Geschichte, dieselbe Herkunft und dieselben Erinnerungen teilen

könnt, dem ihr nichts erklären müsst über eure Familie, eure Eltern, Großeltern, über die vielen Anekdoten der Vergangenheit, die mit jedem Jahr, das verstreicht, kostbarer werden.
Geschwister zu haben ist etwas Wunderbares, doch es dauert lange, Michael, bis man das begreift.
Warum dieser Exkurs? Um dir die einzigartige Rolle, die du in Judiths und sie in deinem Leben spielt, zu unterstreichen. Ich weiß, dass es zwischen euch beiden gerade mal wieder nicht so gut läuft. Anna hat es mir erzählt. Das ist auch in Ordnung, das ging mir mit meinen Geschwistern oft nicht anders. Aber vergesst nie, dass ihr zusammengehört! Egal, was kommt.
Du kannst nun mit Recht fragen, was ich mir einbilde, mich jetzt in euer Leben einzumischen, wo ich mich so viele Jahre nicht um euch gekümmert habe. Das stimmt, vordergründig, doch ich bin immer noch euer Vater. Und ich tue es, weil Anna mich darum gebeten hat. Sie ist mit ihrer Weisheit und ihrer Geduld am Ende. Sie kann nicht mehr. Daher mein Appell an dich, von Mann zu Mann, von Vater zu Sohn: Reißt euch zusammen und macht eurer Mutter das Leben nicht so schwer! Denk darüber nach.

Wie schon gesagt, stand für Anna und mich immer außer Frage, dass wir nicht nur ein Kind, sondern Kinder haben wollten. Zwei, vielleicht auch drei, das sollte letztendlich die Biologie entscheiden. Warum also nicht, dachten wir uns, und warum auf später warten?

Anna war noch bei dir daheim; würde sie erneut rasch schwanger werden, so könnte sie ohne Unterbrechung bei dir zu Hause bleiben. Das würde vieles vereinfachen. Wir müssten uns keine Gedanken wegen einer Kinderbetreuung für dich machen, wenn Anna wieder in den Beruf einstieg, du würdest weiter in unserer Obhut bleiben und nicht mehrere Stunden täglich bei fremden Menschen verbringen müssen. Wir könnten den Alltag, den wir führten, weiterleben. Die vertraute Welt, so perfekt oder beengend wir sie auch erlebten, sie bot uns Konstanz und Sicherheit. Ich war beileibe nicht zufrieden mit meinem Leben, doch die Gewohnheiten des Alltags boten mir, boten uns Halt in der so oft gefühlten Zerbrechlichkeit. Ich wusste, wenn ich irgendwann völlig erledigt von der Arbeit nach Hause kam, würden meine Frau und mein Kind auf mich warten, so wie Anna wusste, dass ich irgendwann zu euch nach Hause kam, das spendete uns Trost und Kraft. Das schweißte uns zusammen. Ein fragiles Gleichgewicht, in dem unser Überleben als Familie möglich war. Änderten wir nur eine Komponente daran, drohte unsere gesamte Existenz zusammenzubrechen. Somit also war die Entscheidung vollkommen klar, wir wünschten uns ein zweites Kind, so rasch wie möglich.

Waren das damals wirklich unsere Gedanken, ein zweites Kind, um wieder einmal unsere Ehe zu retten? So wie es in gewisser Weise auch schon dein Part gewesen war? Natürlich nicht. Wir dachten in manchen Punkten pragmatisch. Ihr solltet miteinander aufwachsen, somit sollte der Altersunterschied zwischen euch nicht allzu groß sein. Noch waren wir halbwegs jung und würden mit den Anforderungen, vor die uns zwei Kinder stellten, besser zurechtkommen als in ein paar Jahren. Auch die Kinderbetreuung war natürlich ein Thema.

Doch in Wahrheit sehnten wir uns nach einem zweiten Kind. Wir wünschten uns einen Bruder oder eine Schwester für dich, wollten nicht, dass du alleine aufwächst, und wollten dieses Glück der Geburt noch einmal erleben.

Ob wir dazu bereit waren? Ob es der richtige Zeitpunkt war? Wer kann das schon sagen? Die äußeren Rahmenbedingungen sprachen alle dafür, doch von meinen inneren Überzeugungen her?

Nun, es dürfte dich nicht verwundern, dass ich mich eigentlich selbst heute noch nicht wirklich reif dafür fühle, ein Kind in die Welt zu setzen. Doch ich hatte Anna. So brauchte ich mich dieser Entscheidung nicht zu stellen, sie traf sie für mich, für uns vier sollte ich wohl sagen. Sie war bereit und sie wünschte sich ein zweites Kind. Somit glaubte auch ich, mich bereit zu fühlen. Wir hörten auf zu verhüten und warteten einfach ab, was passierte. Ohne Druck, ohne Zwang. Vermutlich klappte es deshalb trotz unseres damals nur spärlich vorhandenen Liebeslebens so überraschend schnell.

Glück II

Die Szenerie war mir bereits bekannt. Nach wenigen Wochen kam ich eines Nachmittags einmal wieder von der Arbeit nach Hause, als mich Anna erwartungsvoll mit Kaffee empfing. Ihr verklärter Blick sprach Bände. Du hast in deinem Bettchen geschlafen, das Déjà-vu war somit perfekt. Ohne ein Wort zu sagen, ging ich auf sie zu und nahm sie in meine Arme. So standen wir beide voller Rührung da, ein inniger Moment, wie wir ihn schon lange nicht mehr erlebt hatten. Als wir uns lösten, spürten wir, dass wir immer noch ein Paar, eine Einheit waren, wir mussten einfach wieder mehr aufeinander achten. Und wie schon bei dir gelang das auch, für ein, vielleicht für zwei, drei Jahre.

Du warst der erste Mensch, dem wir von Annas neuerlicher Schwangerschaft erzählten. Nachdem du erwacht, gewickelt und gefüttert worden warst, nahm ich dich in meine Arme.

„Hör zu, kleiner Mann", begann ich, während ich mich im Wohnzimmer auf die Couch neben deine Mutter setzte und dich auf meinem Schoß platzierte.

„Hier drin im Bauch deiner Mama, wo vor wenigen Monaten noch du gewohnt hast, wächst wieder ein Baby heran. Wir wissen noch nicht, ob es ein Junge oder ein Mädchen wird. Wir freuen uns darauf und werden es lieben, so wie wir dich lieben. Und du brauchst keine Angst zu haben, wir werden dich um nichts weniger lieben als bisher, nur weil ein zweites Kind unterwegs ist. Du bist dann aber nicht nur unser erstes Kind, sondern auch der große Bruder! Und das ist eine ganz große Aufgabe."

So oder so ähnlich sprach ich damals mit dir. Vermutlich sagte ich es mit etwas einfacheren Worten. Vielleicht auch nicht. Die Wahrheit, wie es so schön heißt, *kindgerecht zu sagen*, das war noch nie meine Stärke, wie du weißt.

Du aber hast mich mit deinen leuchtenden Augen und mit geöffnetem Mund angestarrt, als würdest du jedes meiner Worte verstehen und beherzigen. Und dann, nach nahezu theatralischem Schweigen, bist du hinüber auf den Schoß deiner Mutter geklettert, hast sie angeblickt und mehrfach „Mama? Mama?" gebettelt.

Ich lasse das so stehen. Du darfst dir deine eigenen Gedanken machen, was du uns mit dieser Geste sagen wolltest.

Wie schon bei dir warteten wir auch bei Judith den Erstuntersuchungstermin beim Gynäkologen ab, bevor wir jemandem von der Schwangerschaft erzählten. Ich war entspannter diesmal, deutlich weniger gestresst, die Sorgen und Ängste, die mich während deiner Frühschwangerschaft gequält hatten, waren dieses Mal zwar nicht völlig weg, das nicht, aber nur leicht vorhanden. Bei dir war alles gut gegangen, warum also sollte es diesmal anders sein? So war es auch. Der Frauenarzt zeigte sich völlig zufrieden. Somit waren wir es auch.

Andrea war die erste Erwachsene, der wir die erneute Schwangerschaft mitteilten. Wir hatten nicht vergessen, was sie bei deiner Geburt für uns getan hatte, somit galt es nun, dieses Versprechen, das Anna und ich geleistet hatten, ihr gegenüber einzulösen.
Sie ahnte nichts. Beim Mittagessen im Spital fragte ich sie beiläufig, ob sie nach der Arbeit noch Lust hätte, mit mir auf einen Kaffee zu gehen, was an sich nichts Ungewöhnliches war, weil wir das alle zwei, drei Wochen einmal taten. Normalerweise redete sie mir dann ins Gewissen, ich sollte mich in der Abteilung nicht so sehr ausnutzen lassen, sondern mir mehr Zeit für meine Familie nehmen. Oder wir besprachen ihre neuesten Eroberungen und wenige Wochen darauf die Enttäuschungen, die der ersten Euphorie folgten. Jedenfalls, sie begann gerade ihren wohlbekannten Vortrag mit den Worten
„Du bist jetzt bald zwei Jahre Oberarzt und in der fachlichen Kompetenz kommst du ohnehin gleich nach dem Primar …“, als ich sie unterbrach.
„Ist schon gut, Andrea, du brauchst nicht weiterzureden. Ich werde mich zurücknehmen. Aus gutem Grund. Es gibt etwas, das ich dir sagen will – und du bist, von Michi abgesehen, die erste Person überhaupt, die davon erfährt.
Anna ist wieder schwanger! Achte Woche in etwa. Wir waren bereits beim Gynäkologen, es ist alles in bester Ordnung. Anna und ich möchten, dass du die Taufpatin wirst.“

Ihr fiel die Kinnlade runter, wortwörtlich, so abgedroschen diese Phrase auch klingt. Und dann geriet sie völlig aus dem Häuschen.

„O mein Gott! Das … Ich kann es gar nicht glauben. Ihr bekommt ein zweites Kind! Und Anna? Geht es ihr wirklich gut? Passt alles? Und ich? Ich soll die Patin werden? O mein Gott! Ich werde Tante!

Aber warum ich? Das kann ich nicht annehmen!"

So ging das eine Weile und es war mir kaum möglich, diesen emotionalen Ausbruch, der mich einigermaßen überraschte, zu stoppen.

„Dir verdanken wir es, dass ich bei Michis Geburt dabei sein durfte. Du hast etwas Unglaubliches für uns getan, etwas, das sonst niemand getan hätte. Du bist meine beste Freundin, einer der wichtigsten Menschen in meinem Leben. Und du bist der einzige Mensch auf der ganzen Welt, der mir in den Arsch tritt, wenn er es für notwendig erachtet. Deshalb du, und niemand anderer. Wenn du mir nicht glaubst, dann frag Anna. In diesem Punkt sind wir uns völlig einig."

Daraufhin fiel sie mir schluchzend um den Hals, weinte, bedankte sich und beteuerte mit zitternder Stimme, dass sie ihrer Aufgabe sicher gerecht werden würde. Glücklicherweise war das Kaffeehaus weitgehend leer und die Besitzerin kannte uns gut genug, um dem Drama, das sich abspielte, keine Beachtung zu schenken. Die Glückliche! Als ich mich endlich aus Andreas Umarmung befreit hatte, bestellte ich zur Feier des Tages eine Flasche Wein, denn Kaffee erschien mir definitiv nicht

mehr angebracht, und fragte, was es bei ihr eigentlich Neues gebe. Die Antwort lag natürlich auf der Hand. Wie ich wusste, hatte sie wenige Wochen zuvor einen neuen Mann kennengelernt. Aus dem anfänglichen Flirt war, zumindest für sie, etwas Ernsteres geworden. Sie hatte sich so richtig und hemmungslos verliebt! Nur um dann erfahren zu müssen, dass er verheiratet war, zwei Kinder hatte und sie für ihn nur eine Bettgeschichte war. Als sie davon erfuhr, hatte sie ihn in den Wind geschossen. Das lag erst zwei Tage zurück. Wie üblich hatte sie von Männern wieder einmal die Schnauze voll. „Ihr seid doch alle gleich, ihr Männer! Nein, du nicht, du bist anders! Mein Gott, Johannes, du bist echt die große Ausnahme. Ich hoffe, Anna weiß, welches Glück sie mit dir hat!"
Ich zog es vor, darauf nicht zu antworten, sondern schenkte mir noch einmal von dem Cabernet nach, um den plötzlich aufgetretenen schlechten Geschmack in meinem Mund mit einem großen Schluck hinunterzuspülen. Woran ich mir seit Wochen nicht zu denken gestattet hatte, schnürte mir mit aller Gewalt die Kehle zu. Ich wurde nun zum zweiten Mal Vater, doch konnte ich meiner Frau tatsächlich noch die Treue halten? Nicht körperlich, sondern emotional? Was, wenn der richtige Mann eines Tages vor mir stand? Nicht nachdenken, so lautete meine Devise.

Andrea ging völlig in ihrer Rolle als zukünftige Tante auf. Auch wenn sie früher schon ein gern gesehener

Gast bei uns gewesen war und Anna und sie sich nahestanden, wuchs nunmehr durch die Patenschaft zwischen den beiden eine Freundschaft der besonderen Art. Sie trafen sich regelmäßig auf einen Kaffee, um, wie sie es nannten, *Frauengespräche* zu führen, gingen gemeinsam einkaufen und flanieren, mit dir auf den Kinderspielplatz, zur Maniküre, kurzum, sie taten all das, was klassischerweise beste Freundinnen miteinander unternehmen. Ob ich mich denn nicht ausgeschlossen fühlte, fragte mich abwechselnd einmal die eine, einmal die andere, ob ich nicht ein wenig eifersüchtig sei. Wahrheitsgemäß konnte ich das verneinen.
„Solange ihr in eurer trauten Zweisamkeit nicht vergesst, dass ich dein Mann beziehungsweise dein bester Freund bin, und ihr ein wenig Zeit auch für mich übrig lasst, soll es mir recht sein."
Ich freute mich für die beiden. Sie hatten eine gute und aufrichtige Freundin nötig. Und natürlich war es auch für mich von Vorteil, wenn die derzeit wichtigste Freundin meiner Gattin meine beste Freundin war. Viele meiner Kollegen beklagten sich, dass sich ihre Frauen von ihren sogenannten besten Freundinnen gegen sie aufbringen ließen. Ob gerechtfertigt oder nicht, bei Andrea bestand diese Gefahr jedenfalls nicht; sie hielt zu mir, zu mir und Anna, was auch immer kommen mochte. Sie tat es als eine der wenigen, glaube mir.
Ein wenig überrascht aber war ich, dass sich gerade Andrea für so typische *Frauen-Sachen* wie Shoppen-Gehen und dergleichen begeistern konnte. Deine

Mutter lachte, als ich ihr gegenüber eines Tages meine Verwunderung darüber erwähnte.

„Du vergisst eine ganz simple Tatsache, Johannes, sie ist eine Frau! In eurer von Männern dominierten Spitalswelt muss sie doch ständig kämpfen, um sich zu beweisen. Eine Frau, die Chirurgin sein und als solche akzeptiert werden will! Denk doch nur, wie schwer es für dich oft war und ist – und dann versetze dich mal in ihre Lage. Sie muss ja den Ruf einer Beißzange haben, um nicht unterzugehen!

Schon bei euch Ärzten! Und dann nimm erst das restliche Personal. Die OP-Gehilfen, die in ihr nicht den Arzt, sondern die Frau sehen, die glaubt, ihnen Anweisungen geben zu dürfen. Die Schwestern, die sie ständig spüren lassen, dass sie nichts Besseres ist, nur weil sie studiert hat und eine Frau Doktor ist. Die Medizin ist etwas derart Unmenschliches, wie du ja selbst immer sagst. Soll sie sich da wirklich ihre weibliche und verletzliche Seite eingestehen und offen zeigen? Geschweige denn mit euch beim Frühstück über Make-up oder Handtaschen reden? Sie muss sich härter als jeder Mann im Team präsentieren, um als Ärztin anerkannt zu werden. Da habe ich es in meinem Beruf deutlich leichter. In der heutigen Zeit darf ich als Lehrerin auch Frau sein! Stell dir nur vor, Andrea würde sich bei euch verletzlich zeigen! Würde euer Chef ihr je eine große Bauchoperation zutrauen?

Und dennoch ist sie unter der rauen Schale eine sensible Frau, die wie jede andere Frau auch das Bedürfnis nach

Geborgenheit und Liebe in sich trägt, den Traum hegt, Prinzessin zu sein, verwöhnt und umworben zu werden, sich elegant zu kleiden und zu schminken.
Und weil du mich jetzt mit großen Augen anschaust, Schatz! Du bist ihr bester Freund, ich weiß, aber soll sie wirklich mit dir über Nagellack und Lippenstift reden?"
Nein, sollte sie nicht. Selbst nach meinem Outing hatte ich für Pomp und Gloria nie etwas übrig. Da kann ich dich beruhigen. Ich habe nie Kleider, Make-up oder irgendeinen Fummel getragen. Ich verurteile es nicht. Es war nur nie mein Ding. Ich bin ein Mann, der Männer liebt. Mit Betonung auf dem Wort Mann!
Trotzdem zeigte ich mich betroffen und schämte mich, weil ich Andrea gegenüber stets so blind gewesen war. Sie hatte mir alles anvertraut, ihre Hoffnungen, Enttäuschungen und Träume in Bezug auf Männer, dennoch hatte ich sie nie wirklich als Frau, sondern immer nur als Kumpel gesehen.
Ich versuchte mich bei ihr zu entschuldigen, doch sie winkte ab:
„Es ist schon in Ordnung so, ich will es ja auch gar nicht anders. Bei dir bin ich der sprichwörtliche Freund zum Pferde-Stehlen, die getreue und verlässliche Kollegin, die manchmal exaltiert und manchmal auch verletzlich sein darf, so ist es ja nicht. Bei Anna aber bin ich das Hausmütterchen, die Tussi, Dornröschen, das auf ihren Märchenprinzen wartet! Durch euch beide werde ich zu einem Ganzen! Und das ist nur einer der Gründe, warum ich euch so liebe."

Wir hatten nicht nur dich – und bald auch Judith, denn inzwischen wussten wir, dass es ein Mädchen werden würde. Nein, wir hatten auch Andrea, die ein Teil unserer Familie geworden war. Wir hatten uns, wir liebten einander. Wir durchlebten eine glückliche Zeit.

Wenn ich heute darüber nachdenke, wirkt es auf mich, als hätten Anna und ich seit unserer Hochzeit immer Menschen um uns gehabt, benötigt trifft es vielleicht sogar besser, die uns zusammenschweißten und uns das Besondere unserer Liebe erkennen ließen. Zuerst du, dann Judith und Andrea. Ihr alle habt uns erkennen lassen, wie sehr wir einander brauchten, wie sehr wir einander liebten. Dafür, auch dafür bin ich euch sehr dankbar. Auf Dauer aber sollte es nicht reichen, was nicht an euch lag, sondern letztendlich an mir. Ihr wart noch zu klein, um meinen Schritt zu verstehen, und Anna viel zu sehr verletzt, um in mir noch den geliebten Mann sehen zu können. Andrea wich nie von meiner Seite, war für mich da und versuchte mich zu verstehen. Zugleich blieb sie auch Anna eine treue Freundin, wurde zur Vermittlerin, als es uns kaum mehr möglich war, wie zwei erwachsene Menschen miteinander zu reden, und tat alles, was in ihrer Macht stand, den Schaden für euch möglichst gering zu halten. Nicht nur einmal schrie sie mich an.
„Mensch, reiß dich zusammen! Sie ist die Mutter deiner Kinder! Michael und Judith können nichts für den ganzen Scheiß, den ihr gerade abliefert. Ich werde nicht

zulassen, dass sie mehr als unbedingt notwendig unter eurer Trennung leiden!“

Mit deiner Mutter ist sie genauso verfahren. Sie erwies sich als würdige Patentante, für euch beide!

Begegnung II

Es drängt mich, an dieser Stelle von Christian zu erzählen, obwohl es von der zeitlichen Abfolge her zu früh ist, ihn zu erwähnen. Ich erinnere mich, dass ich ihm zu der Zeit, als Anna mit Judith schwanger war, zum ersten Mal begegnete. Natürlich ahnte ich damals noch nicht, welche Rolle er einmal in meinem Leben spielen würde. Aber damals sah ich ihn zum ersten Mal. Damals trat er in mein Leben. Somit will ich doch von ihm erzählen, obwohl ich eigentlich über Judiths Geburt sprechen wollte.

Christian begann bei uns im Krankenhaus als Turnusarzt, als deine Mutter mit Judith schwanger war und ich meine Position als Oberarzt endgültig gefestigt hatte. Die Neider waren verstummt, ich galt als allseits beliebt und stand im Ruf eines kompetenten, verlässlichen und auch hilfsbereiten Kollegen. Auch wenn ich mich wiederhole: Erfolg auf der ganzen Linie, privat und beruflich! Und wie in einem klassischen Stück muss an dieser Stelle natürlich der tragische Held auftreten, für den ich später mein gesamtes Glück aufgeben sollte! Verzeih mir diese hochtrabende Ausdrucksweise, aber der Sarkasmus erscheint mir durchaus angebracht.

Von Andrea erfuhr ich eines Tages beim Mittagessen, dass es auf der Internen einen neuen Turnusarzt gibt, einen, der sich geschickt anstellt, einiges auf dem Kasten hat und noch dazu höflich und zuvorkommend ist.

„Ganz so wie du also", strahlte mich Andrea an, „aber mit dem Unterschied, dass er auch hübsch ist!"
Allerdings wolle er offenbar unbedingt Psychiater werden, was eine reine Verschwendung sei, er sei nämlich viel zu schade für die Psychiatrie.
Mir war er ehrlich gesagt noch nicht aufgefallen. Von Turnusärzten, die auf anderen Stationen arbeiteten, bekam ich relativ wenig mit. War ich nicht im Operationssaal, so hielt ich mich auf der Station, in der Endoskopie oder im Sekretariat auf; zum Mittagessen saß ich eigentlich immer bei Andrea und den anderen Kollegen der Chirurgie.
Eines Tages gingen wir gerade durch den Verwaltungstrakt, da fasste mich Andrea kurzerhand am Arm, deutete auf die Person, die vor uns ging, und flüsterte: „Das ist er, der Neue! Ich mache euch bekannt!"
Was sie damit bezweckte, weiß ich bis heute nicht. Vermutlich gar nichts. Das gehörte einfach zu ihr, es war ihre Art. Immerhin war deine Mutter gerade mit unserem zweiten Kind schwanger und sie freute sich riesig auf ihre zukünftige Rolle als Patin. Hätte sie also irgendetwas geahnt, sie hätte mich wohl kaum mit Christian bekannt gemacht.
Es gab auch nichts zu ahnen. Andrea stellte uns kurz vor und wir begrüßten uns, reichten einander die Hände mit einem flüchtigen Lächeln, tauschten zwei, drei belanglose Floskeln aus, das war alles. Keine Liebe auf den ersten Blick, keine Schmetterlinge im Bauch. Auch bei Christian nicht, wie er mir Jahre später anvertraute.

Wir begegneten einander immer wieder und wechselten ein paar belanglose Worte. Auf die Chirurgie kam er nie. Er blieb freiwillig, solange es möglich war, auf der Internen, da er diese Zeit als Gegenfach für die Psychiatrie brauchte. Irgendwann hörte ich, dass er seinem Herzenswunsch treu geblieben und eine Ausbildungsstelle an der Psychiatrie angenommen hatte. Manchmal hatten wir dienstlich miteinander zu tun, wo ich ihn höflich und fachlich kompetent erlebte. Ansonsten kümmerte er mich nicht. Bis zu dem Zeitpunkt, als die ersten Gerüchte aufkamen, dass er sich für Männer und nicht für Frauen interessierte. Doch bis dahin sollte es noch dauern!

Glück III

Zurück zu Judith also!
Ihre Schwangerschaft verlief noch unkomplizierter als die erste, sofern das überhaupt möglich war. Vermutlich weil auch wir viel entspannter und ruhiger waren. Wir verfügten ja über jenen unschätzbaren Erfahrungsreichtum, den wir beim ersten Mal noch nicht hatten. Wir hatten gelernt, uns nicht von jedem Ziehen im Bauch, fallweiser Übelkeit oder geschwollenen Gelenken beunruhigen zu lassen.
In jenen Monaten verbrachte ich mehr Zeit mit dir, als es mir in deinem ersten Lebensjahr möglich war. Ich nahm mich in der Arbeit zurück, statt sechs oder sieben machte ich nur vier oder fünf Nachtdienste, achtete darauf, pünktlich nach Hause zu gehen, und gönnte mir den einen oder anderen Ausgleichstag. Es wurde akzeptiert, ohne dass viel darüber diskutiert wurde. Wir waren damals genug Ärzte an der Abteilung, ein glücklicher Umstand, der sich nur wenige Jahre später drastisch ändern sollte. Außerdem hoffte mein Primar vermutlich, dass, wenn er mir in meinen Wünschen entgegenkam, ich ihm auf lange Sicht umso mehr die Treue halten würde.
Der Hauptgrund aber, der ausschlaggebende Beweggrund für mich war: Ich wollte wieder mehr zu Hause sein! Ich musste mich nicht mehr in die Arbeit flüchten, um glücklich zu sein. Mein Glück war zu Hause, bei

meiner Frau und meinen Kindern – und ich fühlte mich wieder als Teil dieser Gemeinschaft! Ich war Teil dieses Glücks!
Dieses ständige Pendeln zwischen Flucht und Heimkehr, vermutlich wird es mich mein ganzes Leben lang begleiten.
Da waren wir also, die glückliche Jungfamilie in Erwartung ihres zweiten Kindes. Abermals wurden wir mit Glückwünschen überhäuft, wenn auch nicht so überschwänglich wie bei dir. Vermutlich ist das das Schicksal aller Zweit- und Drittkinder. Auch wenn sie genauso besonders und einzigartig sind und ebenso innig geliebt werden, so gehört die reine Euphorie und Begeisterung doch stets den erstgeborenen Kindern. Zumindest was die Freunde und Verwandten betrifft. Als Eltern fieberten wir Judiths Geburt entgegen wie zwei Jahre zuvor der deinen, eines aber stimmt: Sie musste uns immer mit dir teilen. Dir galt unsere Liebe in den ersten eineinhalb, zwei Jahren einzig und ausschließlich. Erzeugt dies einen Unterschied? Ich weiß es nicht. Das müsst ihr untereinander klären. Wir jedenfalls versuchten all die Jahre, euch beide gleich zu behandeln und euch beide gleich zu lieben.
Was den Geburtstermin betraf, so wollte ich diesmal keinerlei Risiko eingehen. Ich sparte meinen Urlaub auf und nahm mir um den errechneten Termin herum gute drei Wochen frei, zudem teilte ich mir in meiner letzten Arbeitswoche keine Nachtdienste ein. Andrea würde sich zwar wieder als Joker zur Verfügung stellen, das

wusste ich, aber dieses Mal wollte ich selbst zu Hause sein, wenn es so weit ist, meine Eltern anrufen, damit sie kommen und auf dich aufpassen, die schon wieder seit Wochen griffbereite Tasche in den Kofferraum werfen und mit pochendem Herzen mit meiner Frau ins Spital fahren. Ich wollte Vater sein, von der ersten Sekunde an, das ganze Programm! Du warst unser erstes Kind, dafür sollte Judith das Kind sein, bei dem wir alles richtig machten.

Die Wehen setzten mitten in der Nacht ein. Du hast tief und fest geschlafen und nichts gemerkt, als wir weggefahren sind. Zum Glück. Ich weiß nicht, wie du reagiert hättest, hättest du gesehen, dass ich mitten in der Nacht deine Mutter, die vor Schmerzen stöhnte, aus dem Haus brachte. So aber war ich beruhigt. Du würdest bis zum Morgen weiterschlafen und dann wäre meine Mutter für dich da. Sie würde dich in den Arm nehmen und dir alles in Ruhe erklären. Alles wäre gut. Sie hatte drei Kinder großgezogen und selbstständige Menschen aus ihnen gemacht. Du warst bei ihr also in den besten Händen.

Vom Auto aus rief ich Andrea an und sie traf nur wenige Minuten nach uns im Krankenhaus ein. Sie war da für uns, wollte dabei sein, mit Anna den Gang auf und ab gehen und ihre Hand halten, mit mir einfach reden und mich ablenken von den möglichen geburtshilflichen Katastrophen, die sich neuerlich vor meinem inneren Auge abzeichneten. Was, wenn etwas schiefging und ich Frau und Kind bei der Geburt verlor und plötzlich

mit dir alleine dastand? Was, wenn Anna verstarb, Judith aber überlebte und ich mit zwei kleinen Kindern dastand? Keine Ahnung, warum ich erneut diese Ängste durchlebte, wo ich doch die gesamte Schwangerschaft hindurch so ruhig geblieben war.
Andreas Gegenwart war ein Segen für uns beide und sie blieb bei uns bis zum Einsetzen der Presswehen. Beim eigentlichen Geburtsakt zog sie sich diskret zurück und ließ uns allein. Natürlich tat sie das aus Rücksichtnahme und Respekt, doch ich denke, in gewisser Weise auch aus Selbstschutz. Sie hegte den Wunsch nach eigenen Kindern, dieses Glück wurde ihr aber nie gewährt.
Die Geburt verlief rasch und unkompliziert. Ich durchtrennte neuerlich die Nabelschnur, diesmal mit sicherer Hand, dann trug ich dieses kleine Bündel Leben so wie dich etliche Monate zuvor durch den Kreißsaal und war dabei der seligste Mensch.
„Das, was du da siehst, kleine Judith, ist die Welt. Der Kerl mit dem hochroten Kopf im Spiegel ist dein Vater. Der kann manchmal ziemlich nerven, sei also geduldig mit ihm! Diese wunderschöne Frau aber, die da liegt und dich anlächelt, das ist deine Mutter, die wunderbarste Mutter auf der ganzen Welt! Auf sie kannst du dich verlassen. Sie wird immer für dich da sein.
Und dann gibt es noch Michael, deinen Bruder, der schon ganz neugierig auf dich ist und der dich sicher, so wie wir alle, innig liebt. Auf ihn musst du noch ein bisschen warten."

Ich hatte mit meinen Eltern vereinbart, dass sie dich erst einige Stunden nach der Geburt zu uns ins Spital zu Besuch bringen sollten. Wir waren müde – und außerdem würde uns Judith ihr ganzes Leben lang mit dir teilen müssen. Daher wollten wir zumindest in den ersten Stunden ausschließlich für sie da sein.

Wie du in der halb geöffneten Tür zwischen meinen Eltern gestanden bist und vorsichtig, beinahe schüchtern hereingeschaut hast, werde ich nie vergessen. Den Zeigefinger im Mund, den Kopf leicht schief nach oben zum Gesicht deiner Oma gedreht und die Beine zusammengepresst, als müsstest du dringend auf die Toilette. Ganz andächtig bist du ans Bett herangeschlichen und hast verlegen über den Bettrand geschaut, wo Anna gerade Judith stillte.

„Mama? Baby?", hast du gefragt, und dann, als ich dich hochhob und bei mir auf den Schoß setzte, ist endlich die Scheu von dir abgefallen und du hast friedlich vor dich hin gelächelt. Es gibt Momente, die einfach wundervoll sind.

Besorgt waren wir, als du sie angreifen wolltest, denn mit deinem Spielzeug bist du ja nicht gerade zimperlich umgegangen. Aber du schienst zu verstehen, dass Judith ein verletzliches menschliches Wesen war und kein grober Bauklotz, den man gegen die Wand schleudern konnte. Zart und liebevoll hast du sie berührt und es schien, als würdet ihr beide lächeln. In den ersten Wochen warst du schwer in sie verliebt; besorgt, rück-

sichtsvoll und aufmerksam. Dann aber wurdest du ihrer überdrüssig! Du wolltest mit ihr spielen, doch sie war noch zu klein dafür. Du wolltest herumtollen, doch sie schlief gerade. Du wolltest zu deiner Mama ins Bett, doch die stillte gerade deine Schwester. Zu deinem zweiten Geburtstag hast du dir gewünscht, dass wir Judith wieder ins Spital zurückbringen und dort abgeben. Glaub mir, du warst schwer beleidigt, weil wir das ablehnten!
Die drei Tage nach der Geburt, die Anna und Judith noch im Krankenhaus zur Beobachtung bleiben mussten, durfte ich mit dir alleine daheim verbringen. Meine Mutter bot zwar an, für uns zu kochen, aber das lehnte ich dankend ab. Auch wenn ich nicht mehr in Übung war, so hatte ich doch bei ihr im Gasthaus kochen gelernt und traute mir schon so viel zu, dass wir beide nicht verhungern würden. In Wahrheit wollte ich mit dir alleine sein, ungestört. Ich genoss diese Tage. Einfach für dich da zu sein, mit dir zu spielen und spazieren zu gehen, dir dabei zuzusehen, wie du die Welt entdeckst, dich abends unter Protest in die Badewanne zu stecken und dir eine Gute-Nacht-Geschichte vorzulesen. Ich verstand, warum für Anna diese Zweisamkeit erfüllend war. So war ich durchaus ein wenig traurig und auch eifersüchtig, als wir wie jeden Tag gemeinsam ins Spital fuhren, um die beiden mit nach Hause zu nehmen. Du hattest in den wenigen Tagen kaum nach deiner Mama gefragt, offenbar hattest du akzeptiert, dass sie nicht daheim war. Von dem Moment an aber, wo sie über

die Türschwelle trat, bist du ihr eine gute Woche lang nicht von der Seite gewichen. Völlig nachvollziehbar natürlich, doch, verurteile mich ruhig, ich fühlte mich wieder an den Rand gedrängt! Es war so – und es macht für mich aus heutiger Sicht auch keinen Sinn zu hinterfragen, warum ich damals neuerlich so auf unser Glück reagieren musste. Ich fühlte mich ausgeschlossen, das allein zählte. War es wegen meiner eigenen schwierigen Kindheit, wegen meiner unterdrückten Homosexualität oder wegen meines immer noch kaum vorhandenen Selbstwertgefühls, an dem auch meine Erfolge nichts änderten?

All diese Gründe begriff ich bereits damals, doch was half mir dieses Wissen, in meinem Leben, in meinem Alltag? Nichts! Ich konnte nicht aus meiner Haut heraus. Ich konnte nichts ändern. Ich musste einfach weitermachen, selbst wenn ich wusste, dass ich die ganze Situation irgendwann einmal nicht mehr aushalten würde und dann weiß Gott was passieren könnte. Auch meine Mutter hatte viel ertragen müssen. Auch ich hatte ja in der Vergangenheit schon weit Schlimmeres erlebt, denn im Grunde ging es uns vier ja wirklich gut! Wenn ich mir die Ehen vieler meiner Kollegen anschaute, dann konnte ich mit ruhigem Gewissen behaupten, dass unsere eine wirklich sehr gute und respektvolle war.

Aber wie konnte ich euch und andere Menschen glücklich machen, wenn ich mit mir selbst nicht glücklich war? In Therapie gehen und professionelle Unterstüt-

zung suchen? Diese Idee war vor zwanzig Jahren für mich unvorstellbar. Was sollte es schon bringen, über meine Probleme zu reden? Zumal, ich war Arzt und meine Aufgabe war es, anderen Menschen zu helfen, da sollte ich plötzlich selbst Hilfe in Anspruch nehmen? Mein Seelenleben, vor dem ich mich ja selbst fürchtete, vor einem Therapeuten offenlegen, der mit einer hohen Wahrscheinlichkeit wusste, wer ich war, und dem ich vielleicht im beruflichen Kontext irgendwann begegnete? Und wie sollte ich Anna und allen anderen diesen Schritt erklären? Denk nur an deinen Großvater! Auch wenn er sich freundlich mir gegenüber zeigte, jetzt, wo ich die mir zugedachte Rolle als Mann seiner Tochter ganz nach seinen Vorstellungen erfüllte ... er wartete doch nur auf meinen nächsten Fehltritt. Ich in therapeutischer Behandlung, das wäre doch die ultimative Bestätigung für ihn gewesen, dass seine Tochter einen Versager geheiratet hatte.
Nein, ich konnte es nicht. Alles sprach dagegen. Ich musste weitermachen und das tun, was mir schon als Jugendlicher geholfen hatte, mein Leben zu ertragen. Ich flüchtete mich in Bücher und Musik.

Halt

Erlaube mir, dass ich an dieser Stelle neuerlich aushole, ich will nämlich, dass du mich verstehst.
Lesen, um in andere Welten zu entfliehen, fesselte mich ab dem Zeitpunkt, als ich des Lesens halbwegs mächtig war. Den Kindergarten verabscheute ich, denn es drängte mich in die Schule, weil ich endlich lesen und schreiben lernen wollte. Ab der dritten Klasse Volksschule fanden mich meine Eltern oder meine Geschwister mit einem Buch in der Hand irgendwo in einer Ecke oder im Garten sitzend, sobald sich mir nur eine Gelegenheit bot. Jeden Mittwochnachmittag stürmte ich die Bücherei im Ort, um mich mit neuen Abenteuern einzudecken. Ich war der sechste der Fünf Freunde, das vierte Fragezeichen, Jim Knopfs zweiter Lokomotivführer und der dritte Bruder Löwenherz. Auf Fuchur flog ich durch Phantasien und an Momos Seite suchte ich bei Meister Hora Rat. Später stolperte ich durch einen Wandschrank und landete in Narnia und natürlich durchquerte auch ich mit der Ringgemeinschaft Mittelerde. Meine Begeisterung für Kinder- und Jugendliteratur begleitete mich ins Erwachsenenalter; so wurde Hogwarts für mich eine zweite Heimat, obwohl ich schon selbst Kinder hatte.
Ich sehe, du lächelst. Ich kann mir auch vorstellen, warum. Die meisten der genannten Titel klingen dir

natürlich sehr vertraut. Anna und ich gaben an euch weiter, was uns lieb und teuer war.
Ihr verdanke ich viele meiner Lieblingsschriftsteller. Als wir uns kennenlernten, hatte ich mich, nach Ausflügen in die Welt des Horrors während meiner Jugend, bereits der sogenannten hohen Literatur zugewandt und Nietzsche, Kafka, Wiechert oder Ilse Aichinger und Virginia Woolf gelesen. Weitgehend fremd jedoch war mir Lyrik geblieben.
Anna jedoch war von Lyrik fasziniert und so lernte ich nach und nach großartige Dichter wie Trakl, Rimbaud, Lavant und die unübertroffene Else Lasker-Schüler kennen. Über die Schönheiten ihrer Worte vergaß ich die Welt um mich herum. Dafür, auch dafür bin ich deiner Mutter dankbar. Ohne sie hätte ich wohl nie *Sebastian im Traum* gelesen. Diese gemeinsam gelebte Leidenschaft verband uns; mehr noch, sie half uns auch, in den schwierigen Jahren unserer Ehe immer wieder zueinander zu finden.
Vermutlich muss ich das erwähnen, weil vielleicht der Eindruck entstanden ist, deine Mutter und ich hätten in Wahrheit kaum gemeinsame Interessen gehabt. Dem war nicht so! Wir gingen gemeinsam ins Kino oder abends essen, trafen uns mit Freunden und veranstalteten Grillnachmittage. Wir führten dieses ganz normale Leben. Doch es erscheint mir so alltäglich und banal, dass ich es einfach nicht erwähne. Literatur aber, das war etwas, das uns wirklich verband! Ein Rettungsanker, für mich eine Quelle von Trost und Kraft in allen

Phasen meines Lebens. Ich teilte immer mit deiner Mutter, was ich las, bis ich im Rahmen meiner Selbstfindung begann, die Schriften von Genet, Gide, Wilde und vor allem von Josef Winkler zu lesen.
Hier fand ich sie, meine schwule Offenbarung! Ich fühlte mich endlich verstanden und durfte mich als den Menschen annehmen, der ich war. Ich weinte, während ich Seite um Seite geschrieben fand, was tief in meinem Herzen verborgen lag. Diese Tränen aber durfte ich deiner Mutter noch nicht zeigen. Diese Bücher standen bei mir unten im Keller, in jenem Raum, den Anna so gut wie nie betrat, da es der Raum war, der meiner zweiten großen Leidenschaft, der Musik, gewidmet war.
Du kennst ihn vermutlich noch, meinen Zufluchtsort, in den ich mich immer dann zurückzog, wenn ich mich abreagieren oder meine Ruhe haben wollte. In den letzten Jahren meiner Ehe verbrachte ich viele Stunden dort. Ich weiß nicht, was heute dort untergebracht ist; denn ich habe Anna nie danach gefragt.
Ich war zwölf Jahre alt, als ich in der Plattensammlung meiner Schwester stöberte und ein völlig schwarzes Cover entdeckte, das mich fast magisch anzog. Ich konnte nicht anders, ich musste die Platte auflegen, auch wenn es eigentlich absolut verboten war, die Sachen meiner Geschwister anzugreifen. Ich wusste nicht, was mich erwartete. Ich hörte einen Glockenschlag, noch einen, noch einen, und dann das Einsetzen eines Gitarrenriffs, das mir selbst heute noch kalte Schauer über den Rücken jagt, obwohl ich *Hell's Bells* mittlerweile

wohl tausende Male gehört habe. Ja, ich hörte damals zum ersten Mal AC/DC – und war wie erstarrt! Ich war zu Hause. Das war ich, hier gehörte ich hin!
Von jenem Moment an begeisterte ich mich für die harte Musik. Hard Rock und Heavy Metal wurden zum Soundtrack meines Lebens. Ich hörte sie alle, Black Sabbath, Alice Cooper, Metallica, Guns N' Roses, Iron Maiden, Kiss! Nein, ich hörte sie nicht, ich vergötterte sie – ich betrachtete sie als Wegbegleiter, als Gefährten. Sie waren für mich da und warteten auf mich in der ständig wachsenden Plattensammlung daheim in meinem Zimmer, denn das wenige Geld, das ich mir bei meinen Eltern verdiente, wurde in noch ein und noch ein neues Album investiert. Ich fühlte mich verstanden und fand Trost. Meine Verwirrung und meine Ratlosigkeit, mein Schmerz und meine Wut, in ihren Liedern und in ihren Texten konnte ich sie ausdrücken, fand mich wieder, so wie ich es in manchen Dichtern tat. Doch diese Intensität, diese absolute Emotion, das konnte mir nur die Musik geben!
Ich lief mit schwarzen Band-Shirts herum und trug einige Jahre hindurch meine Haare lang. Das war, bevor ich Anna kennenlernte.
Ich glaube, sie hätte mich nicht angesprochen, wenn sie mich in meiner wilden Zeit kennengelernt hätte. Anna liebte Klassik, liebt sie bis heute. Sie lernte zehn Jahre lang Klavier, versuchte sich auch am Cello und an der Geige, Chopin und Schubert waren die musikalischen Helden ihrer Kindheit. Wir hätten also nicht

unterschiedlicher sein können. Ein bisschen Beatles, ein bisschen Rolling Stones, Janis Joplin und The Doors, darauf konnten wir uns gerade noch einigen. Ansonsten aber hieß es Richard Wagner gegen Ozzy Osbourne! Nicht ganz, wir machten aus unseren unterschiedlichen Vorlieben keinen Wettstreit. Wir akzeptierten sie, auch wenn wir sie nur bedingt verstanden. Ich begleitete deine Mutter sogar manchmal in ein Konzert oder auch in die Oper – und war ergriffen, unbestritten. So wie auch sie an manchen Liedern durchaus Gefallen finden konnte, wenn nur die Lautstärke heruntergedreht war. Im Grunde aber blieben es zwei einander fremde Welten.

Das war in Ordnung. Ich ging lieber alleine in meine Konzerte und jubelte, hüpfte und schrie voller Begeisterung mit tausenden anderen Besuchern, als dass ich Anna mitschleppte und uns beiden den Abend verdarb. Ich tröstete mich und dachte, ein paar Jahre noch, dann würde ich dich zu deinen ersten Metal-Konzerten mitnehmen und ein echt cooler Vater sein! Na ja, dazu ist es nicht gekommen. Heute ist es dafür vermutlich zu spät. Doch was ich sagen will: Ich brauchte die Musik, mein Herz gehörte dem Heavy Metal. Ohne ihn und ohne so manches Gedicht und ohne den einen oder anderen Roman hätte ich vielleicht nicht überlebt. Nicht dass ich je sterben wollte. So dreckig es mir manchmal auch ging, ich war nie wirklich suizidal. Den Trost und die Zuneigung aber, die ich so oft in meinem Leben vermisste, fand ich durch die Musik. Und Hoffnung! Als sich Rob Halford von Judas Priest öffentlich zu seiner Homosexualität bekannte und ein Aufschrei durch die Musikwelt ging, schloss ich mich stundenlang in meinem Zimmer ein und hörte *Vengeance* und *British Steel*, mit Tränen in den Augen und unendlich dankbar. Ich spürte Hoffnung, auch für mich. Bis dahin aber war es noch ein weiter Weg, und so saß ich immer öfter alleine unten im Keller, die Anlage laut aufgedreht, während Anna, Judith und du zu einer beinahe göttlichen Dreieinigkeit verschmolzen wart.

Andrea kam mich manchmal in meiner Höhle besuchen. Sie hörte teilweise dieselben Gruppen wie ich und verstand, warum mir die Musik so wichtig war. Wir saßen zusammen, nach einem harten Arbeitstag, jeder mit einem Glas Rotwein in der Hand, und gaben uns den Gitarren hin, zwei Kumpels, die durch dick und dünn gingen, Worte waren nicht mehr nötig. Das tat sie lieber, ehrlich gesagt, als mit Anna die Vorbereitungen für Judiths Taufe zu besprechen.

Ich wusste nicht, was es für die Taufe so groß zu planen galt, aber ich hatte gelernt, mich in Familienfeiern nicht mehr einzumischen. Das war Annas Heiligtum. Ich würde nur stören. Also zog ich mich zurück. Und Andrea flüchtete zu mir, sooft es ihr nur möglich war.

Leben IV

Wir ließen euch taufen, weil es so üblich war, genauso wie wir ohne jede tiefere religiöse Überzeugung kirchlich geheiratet hatten. Ich hatte deinen Namen ausgesucht, bei Judith hatte Anna völlig freie Hand. Zugegeben fand ich es ein wenig makaber, vielleicht sogar ein böses Omen, dass sie für unsere Tochter den Namen ihrer in jungen Jahren an Leukämie verstorbenen Cousine wählte, doch aus ihren Erzählungen wusste ich, dass sie sich sehr nahegestanden waren und die Weitergabe ihres Namens eine Herzensangelegenheit für Anna war. Ich hatte für dich den Namen meines Vaters gewählt, er hatte sich nicht gerade ruhmreich verhalten in seinem Leben. Zum Glück habt ihr beide vom Schicksal eurer Namensgeber wenig geerbt.

Von der Taufe selbst gibt es wenig zu berichten. Eine Taufe eben. Mir fällt auf, deine habe ich nicht einmal erwähnt. Verzeih! Doch ihr kennt die Fotoalben aus eurer Kindheit. Anna hat sie oft genug mit euch durchgeblättert. Da gibt es für mich nichts mehr zu sagen. Für mich war nur wichtig, dass Andrea glücklich war. Und das war sie. Mehr als das. Sie und Anna. Die ganze Familie, die geladen war. Somit war wohl auch ich, da alle anderen in friedlich-feierlicher Stimmung schwelgten, ebenso glücklich und ließ mich von der allgemeinen Harmonie anstecken.

Als nach der Taufe der Alltag seinen gewohnten Lauf nehmen konnte, fiel es auch mir wieder leichter, in unser ganz normales Familienleben zurückzukehren. Warum auch immer, Feierlichkeiten empfand ich meist als besondere Belastung. Vielleicht weil sie einen Einschnitt in die vertrauten Gewohnheiten darstellten und mich zum Nachdenken über mich selbst aufforderten. Davor hatte ich noch immer Angst.
So verwundert es nicht, dass ich nach Judiths Geburt auch gerne an die Arbeit zurückkehrte, zumal an unserer Abteilung zu jenem Zeitpunkt ja ein ruhiges und angenehmes Klima herrschte. Ich hatte sie wieder, meine Rolle als verantwortungsvoller Arzt, vielleicht die glanzvollste Rolle in meinem Leben! Ich behandelte Patienten und heilte Menschen, erntete Bewunderung und Anerkennung, war der Halbgott in Weiß, den ich stets abgelehnt hatte. Und zu Hause wartete meine Frau mit meinen beiden kleinen Kindern auf mich, war fürsorgliche Mutter und treue Gattin. Es ging uns gut. Wir waren glücklich miteinander. Wieder einmal. Sogar ich fühlte mich wohl in dieser Bilderbuchidylle. Einfach genießen und in den Tag hineinleben, nur nichts hinterfragen und an der Oberfläche kratzen.
Du wirst verstehen, dass ich mich hiermit nicht länger aufhalte.

Eineinhalb Jahre lang erlebten wir ein unaufgeregtes Mit- und Nebeneinander. Dann stellte sich für Anna die Frage, wie sie sich ihre weitere berufliche Zukunft vorstellte. Langsam, aber sicher ging ihre Karenzzeit zu Ende, und das brachte natürlich Überlegungen mit sich, ob, wann und in welchem Ausmaß sie an die Schule zurückkehren wollte oder eben nicht. Zu Hause bleiben und weiterhin Hausfrau und Mutter sein, aus rein finanzieller Sicht wäre es möglich gewesen. Ich verdiente genug, um unsere Familie alleine zu erhalten, doch wäre diese Entscheidung vernünftig? Für euch natürlich! Für Kinder konnte es ja nichts Besseres geben, als von der eigenen Mutter aufgezogen zu werden, aber für uns und für Anna selbst?

Sie hatte ihren Beruf immer geliebt, die Weitergabe von Wissen und die Arbeit mit Kindern – und sie begann all das zu vermissen. Sie liebte euch, wie eine Mutter ihre Kinder nur lieben kann, doch unbestritten fühlte sie sich immer öfter isoliert und es drohte ihr die Decke auf den Kopf zu fallen. Spontan auf einen Kaffee zu gehen oder mit einer ihrer Freundinnen etwas zu unternehmen, mit zwei kleinen Kindern? Vergiss es! Sie war an das Haus gebunden und ich war kaum eine Hilfe, da ich ja unseren Unterhalt verdienen musste. Nicht nur das Unterrichten selbst fehlte ihr, sondern auch die Sozialkontakte und ihre Kollegen. Auch die Unabhängigkeit, die ein eigenes Einkommen mit sich brachte.

Blieb sie weiterhin daheim bei euch und fiel das Karenzgeld weg, würde sich diese Situation noch verschlimmern. Ich musste die paar hundert Euro, die dann fehlten, ausgleichen. Das bedeutete aber mehr Nachtdienste und mehr Überstunden. Das bedeutete

zugleich, neuerlich weniger Zeit für meine Familie zu haben und somit Anna bei der Kinderbetreuung kaum noch unterstützen zu können. Eine große Hilfe war ich ihr ja nie gewesen, aber bis dahin war es mir hin und wieder gelungen, sie abends freizuspielen, damit sie sich mit Freundinnen treffen konnte, während ich auf euch aufpasste. Abende, die ich immer herrlich fand. Mit sieben Nachtdiensten im Monat würde das aber kaum noch gehen. Und davon abgesehen – war es letztendlich fair, auch mir gegenüber, die ganze Verantwortung für den Erhalt der Familie auf meine Schultern zu legen? Und mich zugleich noch weiter aus der Familie und ins Spital zu verbannen?
Es brauchte nicht viel Überlegung. Uns war beiden klar, dass Annas Rückkehr in die Schule die einzig vernünftige und sinnvolle Lösung für uns alle darstellte. Ebenso rasch entschied sie sich, zunächst lediglich mit einer halben Lehrverpflichtung zu beginnen. Die Balance zwischen Familie und Beruf zu wahren, war eine Herausforderung, die ich seit Jahren jeden Tag aufs Neue wagte, mit bescheidenem Erfolg. Anna war darin jedoch gänzlich unerfahren; und sie war eure Mutter! Ihr brauchtet sie daheim! Es genügte also völlig, wenn sie nur halbtags unterrichtete.
Ihr Direktor freute sich, sie ab kommendem Herbst zurück in seinem Lehrkörper zu haben, und zeigte sich mit ihrem Wunsch nach Stundenreduktion einverstanden. Er hatte von einer Mutter mit zwei kleinen Kindern nichts anderes erwartet. Das war also rasch geklärt. Nur

ich zeigte mich verwundert, wie unkompliziert Elternschaft und Beruf sich vereinbaren ließen, im Spital hatte ich stets etwas anderes erlebt.
Als nächsten Schritt galt es, eine Vormittagsbetreuung für euch zu organisieren. Natürlich konnten wir auf eure Großeltern zurückgreifen, aber das wollten wir nicht. Wir wussten, wir konnten im Bedarfsfall immer auf sie zählen, und das war uns immens wichtig, für den Alltag wollten wir aber unabhängig von ihnen sein. Die Betreuung von Kleinkindern in Horten war vor sechzehn, siebzehn Jahren noch nicht so ausgereift wie heutzutage, doch dank unserer Stellung – Mutter Lehrerin, Vater Arzt – war nach ein, zwei Gesprächen Annas mit den zuständigen Behörden eure Aufnahme im örtlichen Kindergarten gesichert. Du warst ja ohnehin alt genug, aber wir wollten euch auf keinen Fall trennen. Es hätte einzelne Tagesmütter für Judith gegeben, doch nein, ihr solltet diesen Schritt, der ohnehin schwer genug für euch sein würde, gemeinsam gehen, als Geschwister.
Zugegeben, ich hasste die Vorstellung, euch in den Kindergarten zu geben, da ich selbst ihn immer verabscheut hatte. Doch wir hatten keine andere Wahl. Und ihr wart nicht ich. Ihr solltet eure eigenen Erfahrungen sammeln.
Ihr solltet mit anderen Kindern in Kontakt kommen und Freundschaften schließen, spielerisch soziale Umgangsformen in der Gruppe lernen. Es war wichtig für eure Entwicklung, versicherte ich mir, und es

würde euch gefallen. Nach einer kurzen Eingewöhnungsphase, durch die euch eure Mutter wie auch eure Kindergartentante liebevoll begleitet hatten, fühltet ihr euch sichtlich wohl und konntet es jeden Morgen kaum erwarten, eure neuen Freunde zu sehen.

Dieser Schritt war also gut gelungen – und auch der nächste, Annas beruflicher Wiedereinstieg, sollte erwartungsgemäß unproblematisch über die Bühne gehen.

Vor deiner Geburt war sie mit Leib und Seele Lehrerin gewesen und mit derselben Begeisterung kehrte sie in das Klassenzimmer zurück. Ihr Direktor war ihr immer wohlgesonnen und hatte ihre große Leidenschaft für Literaturgeschichte nicht vergessen, sodass sie zwei Deutschklassen in der Oberstufe bekam. Geschichte durfte sie in der Unterstufe unterrichten. Sie blühte auf. Den ganzen Sommer las sie sich in ihre Unterlagen ein, um ihr Wissen aufzufrischen. Oftmals, wenn ich von der Arbeit nach Hause kam, fand ich euch alle drei im Wohnzimmer versammelt, Annas Bücher rund um euch auf dem Boden verstreut, und sie erzählte euch über den Dreißigjährigen Krieg oder über die Expressionisten, während ihr andächtig lauschtet. Vermutlich können nicht viele Kinder behaupten, ihnen seien als Gute-Nacht-Geschichten Gedichte von Georg Heym vorgelesen worden!

Sie hatte zu ihrer Berufung zurückgefunden, oder vielmehr, sie konnte endlich die beiden großen Leidenschaften in ihrem Leben vereinen, nämlich Mutter und Lehrerin zu sein. Jeder Mensch, den ich kenne, mich selbst eingeschlossen, ist irgendwann einmal völlig von seinem Beruf frustriert, nur Anna nicht. Bis zum heutigen Tag habe ich nicht erlebt, dass sie nicht gerne unterrichtet. Mutterschaft und Lehrerin, das ist ihre Bestimmung, das sind die beiden wichtigsten Rollen in ihrem Leben. Die der liebevollen Gattin ist irgendwann im Laufe unserer Ehe verloren gegangen. Ich bestreite nicht, dass auch ich Schuld daran trage.

Wie jede andere Veränderung in unserem Leben stellte sich auch Annas beruflicher Wiedereinstieg als bereichernd heraus, nachdem die nötigen Vorbereitungen getroffen worden waren. Wir hatten beide wieder eine Aufgabe zu erfüllen, die uns befriedigte und Sinn spendete, jenseits der gemeinsamen Verantwortung, für euch und für uns als Familie zu sorgen. Selbstbestimmtheit, das war es, was wir wieder fanden! Und das machte es uns auch leichter, die Zeit für uns als Familie wieder als wertvoll zu erachten.
Wir rangen beide darum, die Balance zwischen dem individuellen und dem gemeinsamen Leben zu meistern, und wir sahen uns täglich mit neuen Herausforderungen konfrontiert, die es zu bewältigen galt.
Es ging nicht darum, die alltäglichen Pflichten gerecht zu verteilen, das wäre ja auch gar nicht möglich gewesen. Anna arbeitete zwanzig bis fünfundzwanzig Wochenstunden, während ich bis zu sechzig Stunden pro Woche im Spital verbrachte. Nein, wir bemühten uns, einander zu unterstützen und anzuerkennen, was der andere

leistete. Die Haushaltsführung blieb weitgehend Annas Aufgabe, aber wenn ich einmal einen Vormittag freihatte, konnte ich mich nicht wie früher in den Garten oder den Keller zurückziehen und mich dem süßen Nichtstun hingeben, sondern musste euch waschen, anziehen, ein Frühstück für euch richten und euch dann zumindest halbwegs pünktlich in den Kindergarten bringen. Ich musste das nicht, nein, ich tat es gern!
Manchmal, wenn ich eure Wäsche zum Trocknen hinter dem Haus aufhängte, dachte ich mir: „Das ist das T-Shirt mit dem Dinosaurier drauf, das Michi gerade so gern trägt, und dieses gelbe Hemdchen gehört Judith. Ich bin gespannt, wie lange ihr das noch passt!"
Das klingt vielleicht lächerlich für dich, aber ich verspürte in solchen Momenten eine neue Art von Verbundenheit und Liebe. Und ich war dankbar dafür.
Unbestritten war dies eine schöne Zeit, trotz all unserer Aufgaben und Pflichten. Denn was uns verband, war ein Gefühl der Zugehörigkeit und des Miteinanders. Wie damals, als wir Studenten waren oder Anna an ihrer Diplomarbeit schrieb und ich meinen Zivildienst leistete. Als wir wenig Zeit füreinander hatten, doch die so knappe Zeit so wertvoll für uns war.
Wir besannen uns zurück und ließen jene gemeinsamen Freitagabende, die wir trotz aller guten Vorsätze irgendwann im Alltag verloren hatten, wieder aufleben.
Nun durften endlich auch eure Großeltern einspringen und für einige Stunden auf euch aufpassen. Ihr wart immer ganz aufgeregt.

„Oma und Opa kommen! Da dürfen wir länger aufbleiben und Eis essen!", so hieß es, wenn meine Eltern an der Reihe waren, oder „Hurra! Wir fahren wieder zu Opa und Oma. Ob sie wieder neue Spielsachen für uns haben?", wenn wir euch zu Annas Eltern brachten. Sie vergötterten euch, das muss selbst ich ihnen zugutehalten.
Jene Stunden waren also nicht nur für uns wichtig, sondern ebenso für euch und eure Großeltern, die glücklich waren, dass sie euch ganz für sich hatten.
In Wahrheit war es nicht das Essen selbst, das so besonders für uns war, auch wenn wir erlesene Lokale wählten, sondern eben die Zeit füreinander. Befreit von den Verpflichtungen des Alltags konnten wir wieder aufeinander zugehen und uns neu entdecken, als Anna und Johannes, ohne die Rollen der Mutter und des Vaters, der Lehrerin und des Arztes, des ganzes Trosses an Klischees und Erwartungen, die an diese Rollen geknüpft waren.
Wir waren einfach zwei Menschen, die sich nunmehr an die fünfzehn Jahre kannten und liebten, ebenso schöne wie schwierige Wege miteinander gegangen waren und die immer noch am selben Tisch saßen und über den Film, den sie im Kino gesehen hatten, redeten. Wir erzählten einander von uns wie vor zehn Jahren, als wir so jung und glücklich gewesen waren, von unseren Träumen, unserem Leben, und wir erkannten, dass wir einander noch immer spannend fanden und uns liebten. So war es nun einmal! Mit die wertvollsten Erinne-

rungen unserer letzten glücklichen Ehejahre sind nicht die tollen Badeurlaube in Griechenland, auch nicht die Ausflüge nach Schönbrunn oder auf den Pöstlingberg, sondern jene Abende mit eurer Mutter, an denen wir noch einmal die Unbeschwertheit und Liebe unserer Jugend fanden.
Etwa vier Jahre hielten wir diese Verabredung ein. Eine wertvolle Zeit, die zum Ankerpunkt unseres Lebens als Paar wurde. Die Welt um uns drehte sich schneller und schneller, forderte zusehends ihren Tribut. Doch wir kämpften um uns.
Du kamst in die Schule, womit nicht nur für dich, sondern auch für uns als Eltern ein völlig neuer Lebensabschnitt begann. Doch wir fanden uns und achteten aufeinander. Was damals noch gelang. Wochen nachdem auch Judith mit der Volksschule begonnen hatte, drifteten wir aber plötzlich auseinander. Elternabende, Konferenzen, Nachtdienste.
„So tragisch ist es ja nicht, wenn wir diese Woche das Essen einmal ausfallen lassen!"
Was soll ich sagen? Was uns verband, wurde zunehmend zu einer lästigen Verpflichtung, einer Gewohnheit, die uns einengte und längst überholt war. Der Anfang vom Ende. Zu behaupten, es wäre einfach geschehen, wäre gelogen. Wir ließen es geschehen, waren des Kämpfens müde, hatten uns auseinandergelebt.

Ringen

Dein erster Schultag darf natürlich nicht unerwähnt bleiben; jener Tag, dem wir alle mit zunehmender Aufregung entgegenfieberten. Und aus heutiger Sicht vielleicht auch der Tag, an dem Anna und ich begannen, uns zu verlieren.

Ich war so stolz auf dich. Du, mein Erstgeborener, würdest mit der Schule beginnen, und auch ich rannte wie alle anderen selbstverliebten Väter erhobenen Hauptes herum, als hätte ich eine Heldentat begangen. Ich hatte es geschafft, das waren meine Gedanken. Nicht einmal „Wir", nicht einmal „Anna und ich". Nein, „ich" hatte es geschafft!

Und nun würde mein Sohn in die Schule gehen! Und alle sollten sehen, wie stolz ich auf dich war, und uns um unser Glück beneiden! Dachte ich wirklich so? Ich weiß es nicht. Teilweise vermutlich. Ich hatte mich hochgekämpft; war vom Wirtshauskind, wie mich mein Schwiegervater abfällig hinter meinem Rücken die ersten Jahre bezeichnet hatte, zum Facharzt, zum Chirurgen aufgestiegen! Ohne fremde Hilfe, aus eigener Kraft! Ich hatte meine Kindheit, die Alkoholsucht meines Vaters, die all den Jahren zum Trotz an mir zu haften schien, überwunden, endgültig hinter mir gelassen. Ich war stolz, auf dich, auf mich! Und arrogant! Wenn mir jemand begegnete, der früher die Nase über meine Familie und mich gerümpft hatte und der mich

nunmehr ehrerbietig mit „Herr Oberarzt“ ansprach, beschwichtigte ich mit gespielter Bescheidenheit und entgegnete: „Ich bitte Sie, das sind doch alles nur Namen! Es stimmt zwar, dass ich jetzt bettenführender Oberarzt bin, doch im Grunde ist das doch nur ein Spitalstitel. Ich bin noch immer derselbe Junge, der hinter der Schank stand und Bier zapfte, ein Wirtshauskind!“
Ja, ich verwendete bewusst diesen Begriff. Nenn es Gehässigkeit oder späte Rache, ganz wie du willst. Ich hatte das Gefühl, ich hätte diese Anerkennung und Genugtuung verdient.
Der eigenen Kindheit kannst du nicht entfliehen. Du kannst sie akzeptieren und mit ihr leben lernen, dich vielleicht sogar aussöhnen mit ihr, doch ein Entkommen gibt es nicht. Sie holt dich stets aufs Neue ein. Unbestritten wurde durch euch meine eigene Kindheit reaktiviert. Ich sah euch zur Welt kommen und heranwachsen, eure ersten Schritte tun und im Sandkasten spielen, im Kindergarten und in der Schule beginnen. Auch wenn ich oft wenig Zeit hatte, ich begleitete euch, war für euch da und wollte noch viel mehr für euch da sein. In dieser meiner Rolle als Vater sah ich mich aber zugleich oftmals zurückversetzt in meine eigene Kindheit, sah mich als kleiner Junge und fragte mich, wo mein Vater war, als ich Fahrradfahren lernte oder meinen ersten Tag in die Schule ging. Die Antwort, die mir stets in den Sinn kam, *vermutlich irgendwo betrunken an einem Wirtshaustisch,* war vielleicht nicht fair, entsprach aber aller Wahrscheinlichkeit nach der Wahrheit. Ich

habe wenige Erinnerungen an meine Kindheit, das ist wohl auch ganz gut so. Doch indem ich mich in meinen Möglichkeiten bemühte, euch ein guter Vater zu sein, spürte ich, wie sehr das Kind in mir meinen eigenen Vater vermisste und vermisst hatte.
Ich habe es ihm nie gesagt. Wie auch? Ich war damals Mitte dreißig, längst erwachsen und verheiratet. Hätte ich ihn konfrontieren und anschreien sollen, dass ich noch immer auf den Vater wartete, der mich an der Hand nahm und mich auf meinen Weg ins Leben begleitete? Er hätte sich nicht ausgekannt. Ich hätte es ja selbst nicht verstanden. Er hatte seine Vergangenheit hinter sich gelassen, seine Sucht besiegt und sich geändert. Dafür waren wir ihm dankbar. Dafür mussten wir dankbar sein. Ich bewunderte ihn dafür, und wir kamen als erwachsene Menschen gut miteinander aus. Das Kind in mir aber fühlte sich betrogen, betrogen um seine glückliche Kindheit und betrogen um seinen Anspruch auf Wut, auf Schmerz; um sein Bedürfnis, den ganzen aufgestauten Zorn hinauszuschreien. Es mag paradox klingen, doch durch seine bemerkenswerte Leistung der Abstinenz fühlte ich mich manchmal doppelt von ihm hintergangen. Seine Alkoholsucht hatte meine Kindheit zerstört. Seine Abstinenz aber machte mein Anrecht auf Vorwürfe und Verachtung zunichte. Als kaufte er sich durch seine Nüchternheit von jeder früheren Schuld frei. Was konnte ich tun? Wenn ich ihn anklagte, ja, selbst wenn er meine Vorwürfe verstand, riskierte ich nicht, dass ich ihm einen Grund lieferte, neuerlich zur Flasche

zu greifen? Aus Scham und Schuldgefühlen. War es das wert? Weil er vor fünfundzwanzig Jahren nicht da war, als ich ihn gebraucht hätte? Er war ja nicht gewalttätig gewesen und hatte mich nicht geschlagen. Er war ja nur irgendwo betrunken in der Gegend herumgefahren oder hatte am helllichten Tag im Wohnzimmer geschlafen, während meine Mutter den Betrieb führen musste und keine Zeit für mich hatte. Hatte ich das alles nicht längst überwunden und hinter mir gelassen?
Als er starb, hatte ich *euch längst verlassen*. Ohne mit ihm je ein Wort über meine Kindheit gewechselt zu haben, hatte ich mich mit ihm ausgesöhnt. Ich hatte meine eigene Familie verraten und versuchte, mit diesem Wissen zu leben. Ich glaubte zu verstehen, wie es ihm wohl all die Jahre ergangen sein musste, all seine Fehler in sich zu tragen, ohne je mit jemandem darüber zu reden. Ich hatte ihm verziehen. Als er mehr als dreißig Jahre nach seinem erfolgreichen Entzug an Leberkrebs, letztendlich also doch an den späten Folgen seines Alkoholkonsums verstarb, empfand ich es als eine bittere Ironie des Schicksals. Ich war so dankbar, dass ihr zu seinem Begräbnis gekommen wart. Als Anna von seinem Tod erfahren hatte, rief sie mich an, trotz all der bösen Worte, die zwischen uns gefallen waren, und fragte, ob sie irgendetwas für mich tun könne.
„Kommt zum Begräbnis!" Das war alles, worum ich sie bat.
„Das ist ja selbstverständlich. Er ist ihr Großvater. Und du weißt, dass ich deinen Vater immer sehr gemocht habe."

Sein Begräbnis war rückblickend eine Art Wendepunkt zwischen mir und Anna. Nach den zwanzig Jahren, die wir einander geliebt und miteinander gelebt hatten, und nach den wenigen ruhmreichen Jahren voller Streit und Distanz fanden wir nun wie erwachsene Menschen wieder zueinander.
Er rettete mich durch seinen Tod, auch wenn das pathetisch klingen mag. Du wirst später noch hören, dass dies auf mehreren Ebenen der Wahrheit entsprach.

Warum ich dir das alles erzähle, wieder erzähle und im Laufe dieses Abends noch einmal erzählen werde? Vermutlich will ich verdeutlichen, warum ich so lange und so intensiv, letztendlich auch so verzweifelt an meiner Rolle als treuer Familienvater festgehalten habe, obwohl ich wusste, dass ich mich selbst und auch euch dadurch zunehmend unglücklich machte. Das Bedürfnis, andere Männer zu lieben, war in mir verankert, drängte nach außen und fraß mich auf, auch wenn ich dagegen ankämpfte und nicht darüber sprach. Es kostete mich endlos viel Kraft. Ich konnte es aber schaffen, wenn ich nur stark genug war! Für euch, für Anna, für mich selbst, für meinen Vater – ich musste beweisen, vor allem mir selbst, dass ich ein guter und liebevoller Vater war! Mein Sohn sollte stolz auf mich sein, so wie ich stolz auf meinen Sohn war, der nun zum ersten Mal mit seiner großen blauen Schultüte bewaffnet die Volksschule betrat, die ich auch schon besucht hatte. Ich konnte es schaffen, es war nur eine Frage der Willenskraft!

In solchen Augenblicken erschien mir meine Homosexualität wie eine Prüfung, die mir das Schicksal auferlegt hatte. Eine Versuchung, der ich nachgeben konnte oder eben nicht. Die verbotene Frucht in der Mitte des Gartens. Die älteste Erzählung der Menschheitsgeschichte. Ich konnte weiter, scheinbar glücklich, mit euch im Paradies leben, aber wäre ich dann ich? Oder ich konnte nachgeben und mich selbst erkennen. Und das Risiko eingehen, alles zu verlieren, was mir lieb und teuer war.
Die Versuchung, wenn ich bei diesem christlichen Bild bleiben will, der ich letztendlich nicht widerstehen konnte, war Christian. Du gingst schon zur Schule, Judith aber noch in den Kindergarten, und ich half dir voll Freude bei deinen Hausaufgaben, wann immer es mir möglich war. Ich weiß noch, wie du die ersten Buchstaben und Wörter geschrieben hast, erinnere mich an deine ersten Leseversuche, wie du den Zeigefinger angestrengt gegen die Buchseiten gepresst hast und aus den Silben erste Worte wuchsen. Eine herrliche Zeit! Und in jener Zeit begannen erste Gerüchte über Christian im Spital laut zu werden.

Angst I

Er stand mitten in der Ausbildung und galt, wie schon erwähnt, als hilfsbereit, nett und fachlich kompetent. Eigenschaften, die ich nur bestätigen konnte, wenn ich im Dienst gelegentlich mit ihm zu tun hatte. Zusätzlich aber wurde ihm, besonders vom jüngeren weiblichen Pflegepersonal, eine gewisse Unnahbarkeit nachgesagt. Tatsache war, dass er ein aufstrebender, attraktiver und unverheirateter junger Arzt war; natürlich zeigten einige Schwestern an ihm Interesse, blitzten jedoch, zumindest soweit mich Andrea informierte, alle ab. Somit galt er also auch als eigen, ein wenig arrogant. Irgendetwas stimmte wohl doch mit ihm nicht, natürlich, sonst würde er ja auch nicht Psychiater werden wollen!

Mir war das Gerede offen gestanden ziemlich gleichgültig. Jede Woche machten irgendwelche neuen Geschichten die Runde im Spital, es kümmerte mich nicht. Ich konzentrierte mich auf meine Patienten; Sorgen hatte ich in meinem eigenen Leben ohnehin genug.

Als jedoch das Gerücht aufkam, er habe sich dem psychiatrischen Team gegenüber geoutet, nun, da konnte auch ich nicht weghören. Er habe die ewigen Fragen nach seinem Privatleben satt! Er sei schwul – und damit basta! Er stehe zu sich. Und er wolle einfach wieder in Ruhe seine Arbeit machen!

Das verbreitete sich natürlich wie ein Lauffeuer. Und erreichte und beschäftigte auch mich, wenn auch nicht

aus Sensationsgier wie bei den anderen. Nach ein, zwei Wochen war die ganze Aufregung vergessen und der Alltagstrott nahm seinen gewohnten Gang. Das nächste Gerücht, der nächste Klatsch machte die Runde; Christians sexuelle Orientierung war, nun, wo die Katze aus dem Sack war, im Grunde genommen jedem egal.
Nun, beinahe jedem. Ich war aufgewühlt und beunruhigt, voller Bewunderung und zugleich voller Neid auf ihn. Er hatte den Schritt gewagt, den zu tun ich mir selbst in hundert Jahren nicht vorstellen konnte. Und er kam damit durch! Nach der ersten Aufregung kümmerte sich niemand mehr um seine Neigung. Er war weiterhin Christian, der junge Psychiater. Nicht die Schwuchtel, der warme Bruder, nein, er war weiterhin Arzt. Vielleicht machte der eine oder andere in der Umkleidekabine einen Witz auf seine Kosten, doch eigentlich nahm alles seinen gewohnten Gang! Es kümmerte die Leute nicht. Und das in einem öffentlichen Krankenhaus mitten auf dem Land!
Das gab mir Hoffnung. Wenn selbst er, ein junger Assistenzarzt, der sich in vielen Bereichen trotz allen Lobes erst beweisen musste, so völlig problemlos akzeptiert wurde, dann konnte doch auch ich als erfahrener und angesehener Oberarzt mit Akzeptanz rechnen. Ich war in Aufruhr – und beneidete ihn. Denn ich begriff natürlich, dass dieses Outing in einer Institution wie einem Krankenhaus der letzte Schritt in einer langen Reihe von bereits erfolgten Outings war. Offenbar hatte er sich schon längst seiner Familie und seinem sozialen

Umfeld anvertraut, erfolgreich anvertraut, sonst würde er diesen letzten Schritt nicht wagen. Er musste sich vor Eltern, Freunden und Geschwistern zu sich selbst bekannt haben und hatte Liebe und Anerkennung erfahren. Hier also war ein Mensch, ein Mann, der genug Selbstsicherheit besaß, vor die Welt zu treten und zu sagen: „Ich bin schwul! Gewöhnt euch daran!" – und der sein Leben einfach weiterlebte, dessen Welt nicht zusammenbrach. Das bewunderte ich, darauf war ich neidisch und das machte mir entsetzliche Angst.
Ich kannte keinen anderen schwulen Mann, war nie in der Szene gewesen und hatte nach Möglichkeit viele Jahre jede Berührung mit dem Thema Homosexualität vermieden. Natürlich, ich war ja auch ein glücklich verheirateter Mann! Nur in meinen Träumen und Phantasien gestattete ich mir, mich meinem Verlangen hinzugeben. Wenn ich nur nichts damit zu tun hatte, dann würde auch nichts passieren! Dann könnte ich meine Gefühle kontrollieren! Plötzlich aber stand ein junger Kollege auf und outete sich, vor meinen Augen! Ich fühlte mich bedroht, sah meine Welt durch seinen Schritt zusammenbrechen. Was, wenn er mich als seinesgleichen erkannte? Was, wenn uns jemand am Gang zusammen stehen und ein paar Worte wechseln sah? Was, wenn dieser jemand begann, sich Gedanken über uns zu machen?
Paranoid? Gut möglich, doch mit einem Schlag lebte ich in wachsender Panik. Wie ich bereits sagte, vor Christian hatte ich keinen anderen schwulen Mann gekannt.

Selbst Thomas damals war ja ein verheirateter Mann gewesen; und noch dazu ist zwischen uns ja nichts passiert, nicht einmal etwas versucht worden.
Homosexualität war für mich, trotz all der Jahre, in denen ich mit ihr lebte, etwas Vages und Ungreifbares gewesen, etwas, womit ich mich nur allein und im Geheimen beschäftigte. Jetzt aber, plötzlich, wurde sie real, drängte sich fast gewaltsam in mein wohlgeordnetes Leben!
Du blöder Arsch, dachte ich mir manchmal. Was hast du mir nur angetan?
Die ersten Tage nach seinem Outing war ich wie gelähmt, unfähig, einen klaren Gedanken zu fassen, und panisch! So machte ich natürlich auch den verhängnisvollen Fehler, Anna nichts zu erzählen. Das war dumm von mir, denn grundsätzlich erzählten wir uns beim Abendessen jeden Klatsch, der in der Schule oder im Spital die Runde machte. Ich weiß eigentlich gar nicht, warum, es ist uns irgendwann zur Gewohnheit geworden. Das Outing eines Kollegen aber nicht zu erwähnen war verräterisch, denn dieses Gerücht würde sich in einer kleinen Stadt wie der unseren rasch verbreiten und Anna würde sich womöglich fragen, warum ich es ihr verschwiegen hatte. So weit dachte ich aber gar nicht. Ich war mir sicher, würde ich das Wort Homosexualität nur in den Mund nehmen, die Wahrheit würde ihr wie Schuppen von den Augen fallen. Ich wäre entlarvt, verraten! Wie gesagt, ich war völlig panisch damals und konnte nicht mehr rational

denken. Ein in die Ecke getriebenes Tier, das auf seine Hinrichtung wartet!
Ausgerechnet Andrea war es, die mir den Todesstoß versetzte. Unabsichtlich, aber was half das?
Wenige Tage nach Christians Outing kam sie zu uns zu Besuch, um bei ihren beiden Lieblingskindern mal wieder nach dem Rechten zu sehen, und platzte beim Kaffee mit der Nachricht in ihrer direkten, unschuldigen Art heraus.
„Und, Anna, was sagst du zum neuesten Skandal im Spital? Also ich finde es total toll und mutig, dass er das getan hat!"
Verwirrt schaute Anna zuerst zu mir, dann zu Andrea. Ich spürte, wie sich mein Magen zu einem heißen Klumpen zusammenzog.
„Wer hat was getan? Was hast du wieder angestellt, Johannes?"
Ich schluckte. Meine Wangen brannten in leuchtendem Rot.
„Ich?", stotterte ich herum, „ich habe gar nichts getan."
„Das stimmt, Anna", eilte Andrea mir zu Hilfe, „Johannes ist so unschuldig wie immer. Um ihn brauchst du dir keine Sorgen zu machen.
Ein Kollege von der Psychiatrie hat sich als schwul geoutet. Ist natürlich ein Riesenwirbel im Moment, wie du dir vorstellen kannst. Auch wenn das eigentlich keine große Sache mehr sein sollte. Ich meine, immerhin leben wir mittlerweile im einundzwanzigsten Jahrhundert. Ist doch egal, wer mit wem in die Kiste steigt,

wenn du mich fragst. Ich jedenfalls, und ich bin mit meiner Meinung nicht allein, finde es unglaublich toll, dass er sich geoutet hat. Und seien wir doch ehrlich, in zwei, drei Wochen ist ohnehin längst wieder Gras über die Sache gewachsen.“

„Bewundernswert, da gebe ich dir recht“, pflichtete Anna ihr bei, „und mutig, unbestritten. Auch wenn es traurig ist, dass man sich heutzutage immer noch outen muss. Ich meine, wir gehen ja auch nicht herum und sehen uns gezwungen, uns als hetero zu deklarieren. Warum also müssen sich Lesben und Schwule immer noch outen? Jeder sollte doch einfach so leben können, wie er will. Aber mich wundert, Johannes, dass du mir nichts davon erzählt hast. Du bist doch ein liberal denkender und aufgeschlossener Mensch! Sag mir jetzt nicht, der Mann, den ich geheiratet habe, hat etwas gegen Schwule und Lesben?“

Der Klumpen brannte in meinem Magen. Zwei fragende Augenpaare waren auf mich gerichtet und in Andreas Blick meinte ich ein Flehen zu erkennen – *Mensch, sag jetzt bloß das Richtige!*

„Natürlich bin ich liberal“, begann ich zögernd, wobei mir die Zunge am Gaumensegel klebte, „und jeder soll so leben, wie er will. Deshalb habe ich wahrscheinlich nichts gesagt. Ich habe es nicht für wichtig gehalten. Mit wem er schläft, ist immerhin seine Privatsache. Das Krankenhaus aber ist sein Arbeitsplatz. Mich interessiert ja auch nicht, ob der Primar was mit der neuen Physiotherapeutin am Laufen hat. Ich renne ja auch

nicht herum und erzähle in der Morgenbesprechung, dass ich gestern Nacht Sex mit meiner Frau hatte."
„Hatten wir das?", warf Anna neckisch ein. „Dann entschuldige, Schatz, das habe ich wohl verschlafen!"
„Ich meine", griff ich den Faden wieder auf, während sich die beiden Frauen verschwörerisch lächelnde Blicke zuwarfen, „ich finde es auch toll und mutig, was Christian getan hat. Letztendlich aber ist es seine Sache; für mein eigenes Leben ist es nicht relevant!"
Überzeugend zu lügen war noch nie meine Stärke, aber zum Glück kam mir Andrea zu Hilfe.
„Schon klar! Du bist liberal und alles, aber auch durch und durch ein Mann! Wir haben verstanden. Aber jetzt erzähl mal, was und vor allem seit wann läuft etwas zwischen dem Chef und der neuen Physiotherapeutin, dieser Schlampe?"
Das weitere Gespräch nahm einen ungefährlichen Verlauf. Ich konnte meinen Kopf aus der Schlinge ziehen. Kein Wort mehr über Homosexualität.
Ich fühlte mich dennoch furchtbar. Anna hatte nichts gemerkt, dessen war ich mir ziemlich sicher, aber Andrea ahnte etwas, das spürte ich. Sie würde mit niemandem ein Wort darüber reden, weder mit Anna noch sonst jemandem, so gut kannte ich sie, aber was, wenn sie mich selbst ansprach? Ich war auf der Hut und fühlte mich befangen in ihrer Nähe. Obwohl sie meine beste Freundin war. Ein Teil von mir wünschte, dass sie den ersten Schritt tat und ich ihr endlich mein Herz ausschütten konnte, der andere Teil fürchtete nichts mehr als das.

Sie sagte nichts – und nach einigen Wochen hatte ich mich wieder entspannt und unser Umgang war erneut unbeschwert. Hin und wieder ein fragender Blick, ja, den gab es, doch es herrschte gleichsam ein unausgesprochenes Stillschweigen zwischen uns beiden. Wenn es so weit war, musste ich den ersten Schritt wagen.
Jahre später bestätigte sie mir, dass ich mit meiner Vermutung richtiggelegen war. Es sei ihr in jenem Moment, als wir über Christians Outing gesprochen hatten, plötzlich klar geworden. Sie habe sich auf die Zunge beißen wollen, das Thema angesprochen zu haben. So vieles habe sich ihr mit einem Schlag offenbart, warum wir uns so gut verstanden, warum es zwischen uns als Frau und Mann nie auch nur einen Funken sexuelle Spannung gab, warum ich ihr ein so viel besserer Freund als selbst die engsten Freundinnen war. Und doch, ich war ein verheirateter Familienvater, wie hätte sie je daran denken sollen? So, wie ich euch und Anna liebte? Das verstand sie nicht. Das musste doch mehr sein als lediglich eine Tarnung. Wenn ich aber meine Familie aufrichtig liebte, und daran habe sie nie auch nur eine Sekunde gezweifelt, wie zerrissen musste ich dann in meinem Inneren sein? Diese wiederkehrende Schwermut, die mich umgab, nun endlich also fand sie eine Antwort.
Es war eine lange Nacht damals, als ich endlich meinen ganzen Mut zusammennahm und mich ihr gegenüber outete. Eine Menge Alkohol. Sie war die Erste, der ich die Wahrheit sagte, und sie war so dankbar, so erleich-

tert, als ich mein Schweigen brach. Mehr als ich, wenn du mich fragst. Sie habe es schon lange gewusst und mit sich herumgetragen, mir in unseren zahllosen Gesprächen immer wieder die Hand gereicht, aber es habe nichts geholfen. Den ersten Schritt, den hätte ich tun müssen. Sie hätte mich nie dazu gedrängt.
Nur in einem Punkt lag sie falsch. Da ich Christians Schritt Anna gegenüber verschwiegen hatte und mir dieses Thema sichtlich unangenehm gewesen war, hatte sie angenommen, ich hätte bereits damals ein Verhältnis mit ihm gehabt. Es beruhigte sie ungemein, dass ich das mit ruhigstem Gewissen verneinen konnte. Sie war auch Annas Freundin. Ein jahrelanges Verhältnis hätte sie in einen ziemlichen Loyalitätskonflikt gebracht.

Es sollte noch fast drei Jahre dauern, bis Christian und ich zueinander fanden – und fast ein weiteres, bis ich euch verließ. Das hatte ich natürlich nicht geplant. Wie gesagt, kannte ich Christian als Kollege nun schon einige Jahre, ohne je einen besonderen Gefallen an ihm gefunden zu haben. Das änderte sich auch jetzt nicht, nur weil ich wusste, dass er schwul war. Zwischen Anna und mir war es Liebe auf den ersten Blick gewesen, bei Christian hingegen war es ein langsames Zusammenwachsen. Wir fanden uns beide sympathisch und schätzten uns als Kollegen, das war's. Er gestand mir eines Tages sogar, dass er mich lange Zeit für überheblich hielt. Ein abgeschleckter Vorzeigearzt, ein typischer Karrieremensch, der den großartigen Chirurgen und

den glücklichen Familienvater stolz vor sich hertrug, damit ja alle Leute sehen konnten, was für ein toller Mensch er war! Du merkst, er war schon immer ein guter Psychiater! Im Grunde also fand nur ich ihn sympathisch. Er schätzte mich für meine fachliche Meinung, wenn er sie einmal brauchte, ansonsten aber empfand er mich eher als peinlich. Genau genommen war ich ihm schlichtweg egal.
Mir aber konnte er nicht egal sein. Meine Gedanken kreisten ständig um ihn, um sein Outing, um die Bedeutung, die sein Outing für mich hatte. Würde er erkennen, dass ich seinesgleichen war? Gab es so etwas wie den schwulen sechsten Sinn? Und was würde er tun, wenn … ja, wenn was?
Wochen vergingen, Wochen voller entsetzlicher Angst – und nichts geschah. Wenn Christian und ich einander vielleicht einmal in der Woche auf dem Gang oder im Speisesaal begegneten, grüßten wir einander, lächelten uns vielleicht aus purer Gewohnheit kurz an, und fertig. Normaler, ganz normaler Alltag. Nur meine Gedanken kreisten um ihn; und wenn du dich gedanklich ständig mit einem Menschen beschäftigst, dann beginnst du dich unweigerlich für diesen Menschen zu interessieren. Er meinte einmal, ich hätte mich auf ihn konditioniert. Was ich wohl auch tat, völlig unbeabsichtigt, während unser Leben seinen gewohnten Lauf nahm.

Leben V

Du bist gerne zur Schule gegangen. Bald hattest du ein paar Freunde, das Lernen bereitete dir keine Schwierigkeiten, im Gegenteil, du warst ein aufmerksamer, fleißiger und wissbegieriger Schüler. Sehr zu unserer Freude natürlich. Nur für Judith war es anfangs schwer, von dir getrennt zu werden, und so saß sie nachmittags oft bei dir und deinen Hausaufgaben und versuchte mit konzentriertem Gesichtsausdruck mit dir mitzulernen. Nach einiger Zeit aber verlor sie das Interesse, verkündete, dass Hausaufgaben blöd seien, und freute sich, noch von dieser lästigen Pflicht verschont zu sein.

Ihr seid beide ebenso wunderbare wie unkomplizierte Kinder gewesen. Das sage ich nicht nur so, weil ich euer Vater bin, nein, es war so.

Ich kann mich nicht erinnern, dass ihr uns je ernsthafte Probleme bereitet hättet. Von den üblichen Kinderkrankheiten abgesehen, wart ihr kaum einmal krank. Natürlich habt ihr immer wieder miteinander gestritten und eure Grenzen ausgetestet, aber alles in einem völlig normalen und unaufgeregten Rahmen. Ihr wart keine Schreikinder, habt kein hysterisches Gehabe an den Tag gelegt oder jahrelange Kämpfe mit uns um den Schnuller ausgefochten. Die Dramen, die sich bei manchen unserer Freunde abspielten, blieben uns zum Glück weitgehend erspart. Nach so mancher Geburtstagsfeier, wo ich den Eindruck gehabt hatte, die wilde Jagd wäre

durch unser Haus gefegt und hätte alles kurz und klein geschlagen, kroch ich völlig fertig zu Anna ins Bett und dachte mir: nie wieder eine Kinderparty.
„Du bist Lehrerin", sagte ich dann zu ihr, „kannst du mir vielleicht erklären, warum unsere Kinder so brav, die meisten anderen aber so verzogene Fratzen sind?"
Sie lächelte ruhig und behauptete schlicht: „Na ja, weil es unsere Kinder sind, Schatz!
Nein, das meine ich durchaus ernst. Wir lieben sie, wir sind für sie da und wir bleiben entspannt, das spüren sie und das lässt sie in Ruhe und Sicherheit aufwachsen. Somit können auch sie ruhig bleiben. Und wir erziehen sie!
Wir erziehen sie mit Liebe und Geduld, aber dennoch bestimmt. Kinder sind keine jungen Erwachsenen, Kinder sind Kinder, die klare Regeln und Grenzen ebenso brauchen wie Verständnis und eine schützende Hand. Ich brauche mit meiner fünfjährigen Tochter doch nicht zwanzig Minuten lang zu diskutieren, ob sie ihre Schuhe anziehen will oder nicht, wenn sie nach draußen in den Garten spielen geht. Wenn ich ihr als ihre Mutter sage: Ziehe bitte deine Schuhe an, denn auf der Wiese gibt es Bienen und Wespen, auf die du vielleicht steigst, dann hat sie das zu machen. Ohne Widerrede! Ich schütze sie ja vor Gefahren, die sie noch nicht abschätzen kann. Aber wenn du dir Margarethes aufsässigen Balg anschaust, die glaubt, mit ihren viereinhalb Jahren alles besser zu wissen, und dann mit ihrem Geschrei die ganze Party schmeißt. Geschieht ihr

ganz recht, dass sie sich den spitzen Stein eingetreten hat, wenn du mich fragst! Sie hat zu folgen, wenn ihre Mutter etwas zu ihr sagt."

„Du hast leicht reden. Du musstest ja auch nicht die Wunde versorgen, als sie wie am Spieß gebrüllt hat."

„Ach komm, das bisschen Desinfektionsmittel auftragen und dann ein Winnie-Puuh-Pflaster über das winzige Loch kleben, das, Herr Doktor, hätte wohl jeder geschafft!"

„Wenn, dann Herr Oberarzt, Frau Professor! Wenn wir schon so korrekt sind …"

„Im Ernst, Johannes. Unbestritten sind wir mit zwei aufgeweckten und braven Kindern gesegnet. Das ist aber nicht nur Glück, sondern auch unser Verdienst, das Ergebnis unserer Erziehungsarbeit. Judith und Michael genießen jede Art von Freiheit und Selbstbestimmtheit dort, wo sie – und ich übertreibe jetzt bewusst – weder sich selbst noch andere gefährden, und sie erfahren ihre Grenzen dort, wo es notwendig ist, Grenzen aufzuzeigen. Sie dürfen mit ihren Bausteinen in ihrem Kinderzimmer herumschmeißen, wie und sooft sie wollen, aber nicht beim Kaffee, wenn zerbrechliches Porzellan auf dem Tisch steht. Sie dürfen beim Nachlaufen-Spielen im Garten kreischen und lachen, so laut sie wollen, aber wenn die Erwachsenen sich beim Mittagessen unterhalten, dann haben auch sie in angemessener Lautstärke zu reden. Und wenn ich sage, dass die Blüten des Fingerhuts und die Früchte der Tollkirsche giftig und deshalb verboten

sind, dann haben sie gefälligst die Finger davon zu lassen.
Ich halte nichts von der schwarzen Pädagogik, die unsere Eltern und Großeltern erlebten, und ich lehne natürlich jede Art von Gewalt gegen Kinder entschieden ab, doch dieser neoliberale Anspruch in der Erziehung, der in den letzten Jahren so groß in Mode gekommen ist, richtet bei vielen Kindern – und auch bei ihren Eltern – großen Schaden an. Glaub mir, das sehe ich jeden Tag in der Schule.
Kinder wissen nicht, was sich gehört, und auch nicht, was richtig ist und was falsch. Dem Plüschkätzchen mit dem Bauklotz auf den Kopf zu schlagen, ist für einen vierjährigen Jungen lustig, doch wenn er dasselbe mit dem echten Kätzchen macht? Dieser Unterschied muss ihm von seinen Eltern beigebracht werden.
Wenn mir aber die Mutter eines Zwölfjährigen erklärt, der im Schulhof mehrfach mit Zigaretten erwischt wurde, sie könne ihrem Sohn doch nicht verbieten, das Rauchen auszuprobieren, er müsse seine eigenen Erfahrungen sammeln, das sei wichtig für seine Entwicklung, dann frage ich mich, in welcher Welt wir eigentlich leben.
Ich kann dich beruhigen, Johannes, bei Judith und Michael haben wir uns bis jetzt recht gut geschlagen."
Dieses „bis jetzt" klang für mich beinahe prophetisch und beunruhigte mich, doch das konnte ich ihr natürlich nicht sagen.
Die Selbstsicherheit Annas, was euch und eure Erziehung betraf, vielleicht will ich sie sogar *Selbstgefäl-*

ligkeit nennen, habe ich nie besessen, nicht einmal in den Augenblicken, wo ich am glücklichsten war. Als würde eine kleine Stimme in meinem Hinterkopf mir einflüstern, dass mein Glück nur vorübergehend sei, nicht von Dauer, fragil, zerbrechlich. Als lebte ich in ständiger Gefahr. Ich wusste natürlich, ich selbst war diese Gefahr. Ich musste stark sein und meine Familie retten, die nicht ahnte, wie bedroht sie war.

Als auch Judith in die Schule ging, war es für Anna selbstverständlich, eine volle Lehrverpflichtung anzunehmen. Das Unterrichten bereitete ihr große Freude, und nicht nur das, das Gymnasium brauchte einen neuen Bibliothekar, da der bisherige das Pensionsalter erreicht hatte. Ein frischer Wind wurde gewünscht, jemand, der es verstand, die Kinder und Jugendlichen weg von den Spielkonsolen zu locken und für das Lesen von Büchern zu begeistern. Anna wurde gefragt, ob sie sich dieser Aufgabe gewachsen fühle. Auch wenn sie mich nach meiner Meinung fragte, spürte ich, dass ihre Entscheidung bereits gefallen war. Ich konnte ihre Begeisterung, den Glanz in ihren Augen, wenn sie von ihren Plänen sprach, verstehen. Wäre sie nicht Lehrerin geworden, um mit Kindern arbeiten zu können, so hätte sie eine kleine, erlesene Buchhandlung eröffnet. Nun war ihr Traum in leicht abgeänderter Form zum Greifen nahe. Seit wir uns kannten, hatte sie mich darin unterstützt, meine beruflichen Ziele zu erreichen. Nun also war auch ihre Zeit gekommen und ich freute mich für sie. Deine Mutter hatte mir einen bis ins kleinste Detail durchdachten Plan unterbreitet, wie sich Beruf, Familie, Kinder und Freizeit problemlos unter einen Hut bringen ließen. Die Lösung war denkbar einfach – ihr habt sie unter dem Namen „Tante Poldi“ gekannt und geliebt. Anna engagierte eine Haushälterin, eine liebe ältere Frau Mitte fünfzig, eine Freundin ihrer Mutter, die ihre Anstellung verloren hatte und wegen ihres Alters als schwer vermittelbar galt. Eine einfache, aber tüchtige und verlässliche Frau, die voller Dank und somit auch voller Loyalität uns gegenüber war für die Chance, die wir ihr gegeben hatten. Und die euch beide vergötterte! Ich verstand Anna, dass sie lieber ihrem Beruf nachging, die Bibliothek ausbaute und dann zu Hause Zeit für ihre Kinder haben wollte, anstatt nur ein paar Stunden zu unterrichten, um dafür waschen, bügeln, kochen, putzen und aufräumen zu müssen. Wir arbeiteten beide hart und viel – und unser beider Einkommen reichte, trotz der Kredite, um uns den Luxus einer Haushälterin leisten zu können, noch dazu, wo es sich um eine Art Sozialprojekt handelte. Wir erkauften uns durch unsere Arbeit Freizeit, könnte man fast sagen. Lieber weniger tatsächliche Zeit füreinander, doch diese Zeit dafür uneingeschränkt und zu hundert Prozent. Vermutlich dachten wir, wir könnten unsere Freitagabende, die lange Zeit so gut funktioniert hatten, in unser alltägliches Leben übertragen. Was wir allerdings übersahen, war, dass das Besondere seinen Reiz verliert, wenn es täglich gelebt wird.

Poldi entlastete uns enorm, sodass uns viel Zeit blieb, nicht nur für euch, sondern auch für uns als Paar. Nur, wir wussten mit dieser Zeit wenig anzufangen. Wir hatten uns auseinandergelebt. Diese Entfremdung aber hatten wir nicht bemerkt oder wohl eher verdrängt, da wir mit euch, mit dem Beruf, mit den zahllosen Verpflichtungen des Alltags beschäftigt waren. Uns verbanden unsere Liebe zu euch, die scheinbar heile Welt, die uns umgab, und eine Vergangenheit, in der wir uns innig geliebt hatten. Gemeinsam die Wäsche aufzuhängen oder zu kochen und dabei die Pläne für das nächste Wochenende zu besprechen, festigt eine Beziehung mehr, als du glauben magst. Das fehlte uns. Und wir merkten es nach einer gewissen Zeit, aber wir sprachen es nicht an.Euch ging es gut, denn Tante Poldi umsorgte euch dann, wenn wir nicht da waren, aufopfernd. Und als Eltern bemühten wir uns, für euch da zu sein. In der Zeit allerdings, in der wir uns bemühten, ein Paar zu sein, entstand eine zunehmende Leere. Wir reagierten darauf wie so viele andere Paare: Wir räumten uns Freiräume ein, für unsere Hobbys, unsere Freunde, für unser Bedürfnis nach Individualität! Aus der Not wurde eine Tugend gemacht und unsere perfekte kleine Welt existierte weiter. In puncto Selbstbetrug waren deine Eltern immer wahre Meister!

Anna verlor sich in Konformität. Ich kann es leider nicht anders sagen. Die kämpferische, unangepasste junge Frau von einst opferte so bereitwillig ihre Individualität, dass es mir wehtat, ihr dabei zuzusehen. Pilates, Feldenkrais und Yoga, Wochenendkurse zur Selbstfindung, wieder irgendein Baumumarmungsseminar. Mit einer Gruppe Kolleginnen, die sich plötzlich regelmäßig bei uns zum Chai-Tee-Trinken einfanden, steigerte sie sich in einen Esoterik-Trip, der für mich schauderhaft war.

„Ich sehe, die Öko-Schlapfen-Fraktion tagt wieder bei euch“, stichelte Andrea manchmal, wenn sie zu Besuch kam. Dann verschwanden wir gemeinsam im Keller, tranken Kaffee, der im Wohnzimmer plötzlich verpönt war, manchmal auch Härteres, und hörten Metal, während man oben über die Vorteile der Homöopathie gegenüber der bösen Schulmedizin diskutierte.

„Dreh nicht zu laut auf“, bat ich Anna, als sie sich am Lautstärkeregler zu schaffen machte.

„Hast du Angst, dass die Killergitarre von Slash den Weibern oben ihr Chi durcheinanderwirbelt?“

Ich grinste.

„Nein, das wäre mir egal. Aber Judith und Michael spielen im Haus. Nimm Rücksicht auf deine Patenkinder.“

Das tat sie – immer.

Ich ließ deine Mutter natürlich gewähren. Ich hätte ja auch keine Chance gehabt. Mit ihr allein konnte ich noch ansatzweise vernünftig reden, doch gegen ihren Club der frustrierten Hausfrauen kam ich einfach nicht an.

Eines Abends kam es zu einem fürchterlichen Eklat. Judith war krank. Sie hatte eine starke Mittelohrentzün-

dung entwickelt, der Kinderarzt hatte ein Antibiotikum und Ibuprofen gegen das Fieber empfohlen. Irene aber, eine von Annas Kolleginnen und die Rädelsführerin in Sachen Homöopathie, wetterte in meinem Wohnzimmer lautstark über die Schulmedizin, während ich in der Küche für Judith einen Tee aufkochte, und empfahl Anna, irgendwelche Globuli einzusetzen.
Es war, als hätte sich ein Schalter bei mir umgelegt.
„Die Scheiß-Schulmedizin, von der du sprichst, auch wenn du dich für viel zu fein hältst, um solche Ausdrücke zu verwenden, finanziert den Sessel, auf dem du sitzt, genau wie die Gmundner Keramik, aus der du deinen Biotee mit Sojamilch trinkst, die übrigens auch von mir bezahlt werden. So viel nur dazu.
Du selbst kannst mit deiner Gesundheit anstellen, was du willst, aber wenn du meine Frau mit deinem dummen Geschwätz noch einmal anstiftest, einem meiner Kinder die Behandlung zu verwehren, die es braucht, dann kannst du was erleben!"
Bestürzt sprang Anna auf. „Johannes! Ich bitte dich! Das kann du doch nicht sagen!"
„In meinem Haus kann ich sagen, was ich will! Damit das klar ist. Und jetzt, meine Damen, denke ich, ist es Zeit zu gehen!"
Abends nahm ich meinen Polster und meine Decke und schlief zum ersten Mal in meinem Leben im Gästezimmer. Die nächsten Tage sprachen wir nur das Notwendigste miteinander. Anna war wie vor den Kopf gestoßen und fühlte sich vor ihren Freundinnen

gedemütigt, war, aus ihrer Sicht vermutlich zu recht, schockiert. Ich wusste, ich hatte eine Grenze überschritten, wusste, dass mein Verhalten unangebracht war. Zugleich aber, Mann, was war ich stolz auf mich! Ich fühlte mich lebendig, hatte auf den Tisch gehauen, war durch und durch ein Macho gewesen!

Andrea fiel mir kreischend um den Hals.

„O mein Gott! Es macht schon die Runde in der ganzen Stadt. Du hast die Öko-Tanten rausgeschmissen! Du mein Held! Ach, wäre ich nur dabei gewesen."

Wir lachten, auch wenn mir in Wahrheit nicht zum Lachen zumute war. Irene und die anderen waren mir egal. Aber ich hatte Anna verletzt.

„Ich habe es für Judith getan", murmelte ich gut eine Woche später beim Abendessen.

„Es tut mir leid, ich wollte dich nicht in Verlegenheit bringen. Aber das Gerede von Irene …"

„Denkst du, ich hätte wirklich auf ihren Rat gehört? Denkst du, ich hätte Judiths Gesundheit riskiert?"

„Natürlich nicht. Du bist eine phantastische Mutter. Und ich weiß, dass unsere Kinder für dich das Wichtigste in deinem Leben sind. Aber ich verstehe nicht, Anna, dieses ganze Getue um Selbsterkenntnis und komplementäre Medizin?"

„Was ist falsch daran, wenn ich versuche, durch Meditation mehr Ruhe und Ausgeglichenheit zu finden und mehr im Einklang mit der Natur leben will, indem ich Fair-Trade- und Bioprodukte kaufe? Wir haben Verantwortung, die versuche ich zu leben. Irene kann sich

ziemlich in eine Sache hineinsteigern und übertreiben, das weiß ich. Sie beschäftigt sich intensiv mit einem Thema, das sie für wichtig hält, und ich finde es interessant, ihr zuzuhören und über ihre Ansätze nachzudenken, aber das heißt nicht, dass ich ihre Sichtweise automatisch teile. Ich bilde mir meine eigene Meinung. Ich lasse dir deine Freiheiten! Lass du mir meine!"
Wir gelobten, uns zu bessern, und ich zog wieder ins Schlafzimmer. Ein paar Tage, und das Leben nahm wieder seinen gewohnten Gang. Ein paar Wochen später beehrten uns auch die Öko-Tanten wieder. Nur Irene funkelte mich immer wieder bitterböse an. Doch damit konnte ich leben.

Schwieriger war es für mich, mit anzusehen, wie Anna und ich zunehmend auseinanderdrifteten und dieser Entwicklung hilflos gegenüberstanden. Rückblickend glaube ich, dass ihr Kinder in Wahrheit zu perfekt für uns gewesen seid! Ihr habt uns im Grunde kaum gebraucht. Hättet ihr uns mehr Probleme bereitet, Schulverweigerung, Bettnässen, Legasthenie, das hätte uns zusammengeschweißt, wir hätten unsere Elternrolle ernster nehmen müssen, doch so hatten wir einfach viel zu viel Zeit für unsere Egotrips.
Natürlich ist es nicht eure Schuld, dass unsere Ehe zerbrach! Es ging uns einfach zu gut! In allen Lebenslagen! Damit konnten wir nicht umgehen.
Leichtfertig könnte ich behaupten, dass Anna als Erste aus der Beziehung ausbrach. Nach den Jahren in ihrer

Rolle als Mutter suchte sie, wie ich bereits erwähnte, sich selbst. Die Schulbibliothek war nur der Anfang. Aus den Besprechungen mit ihren Kolleginnen entwickelte sich der genannte Esoterikzirkel, der bei uns zu Hause tagte. Dieser wiederum erweiterte sich zu einem Lesekreis, einer Schreibwerkstatt, einer Malgruppe, um das nicht zu vergessen. Und dann erst die sozialen Projekte! Eine Handvoll Frauen Ende dreißig, alle in angesehener gesellschaftlicher Position und finanziell gut abgesichert, die sich plötzlich als die rettenden Engel für die Schwachen und Gescheiterten profilierten, einzig mit dem Zweck, die uneingestandene Leere in ihrem Leben auszufüllen. Als müssten sie ihr eigenes schlechtes Gewissen abarbeiten! Ein paar Stunden Besuchsdienst bei der Caritas, um dann schick übers Wochenende mit ruhigem Gewissen in ein Spa fahren zu können!

„Ich bin Arzt! Ich rette jeden Tag Menschenleben!", fuhr ich Anna wenige Monate vor meinem endgültigen Auszug von zu Hause einmal an, als sie mir mangelndes soziales Engagement vorwarf. Wir spürten beide, dass wir einander nichts mehr zu sagen hatten.

Schon lange vorher aber konnte ich ihr die Liebe und Zuneigung, die sie sich verdient hatte, nicht mehr geben. Sie musste gespürt haben, dass sie immer weniger an mich herankam, dass ich mich stetig zurückzog. Falls sie einmal nachfragte, was eigentlich mit mir los sei, schob ich die berufliche Belastung vor. Ehrlich und offen miteinander zu reden, so wie wir es uns in unserer

Jugend feierlich geschworen hatten, schafften wir erst, als es zu spät war. Wir sind heute aufrichtiger miteinander, als wir es die meiste Zeit in unserer Ehe waren. Ich errichtete eine Mauer um mich, einen Schutzwall, um euch und mich selbst vor der immer stärker in mir lodernden Homosexualität zu schützen. Ich wollte ausbrechen! Doch da ich das nicht durfte, da ich mir das nicht erlauben konnte, sperrte ich mich selbst ein und die Menschen, die mich liebten und die mich zu erreichen versuchten, aus. Wenn ich ehrlich bin, was blieb Anna denn übrig, als ihr Glück in Yoga und Malkursen zu suchen, wo ich doch zunehmend unerreichbar für sie wurde?

Das Outing, meinte sie irgendwann einmal, sei nicht das Schrecklichste für sie gewesen, auch wenn in jenem Moment eine Welt für sie zusammenbrach; es sei dieses Entfremden gewesen, dieses hilflose Auseinanderfallen des eigenen Lebens. Wir litten beide – aneinander. Und unser einziges unausgesprochenes Bemühen war, euch beiden weiterhin eine glückliche Kindheit zu geben. Zumindest wir glauben, dass es uns gelang.

Wandlung

Wie nun aus meiner Sicht, durch meine Schuld, das Ende begann? Nun, nach all dem, was ich bisher gesagt habe, so widersprüchlich, sprunghaft und sich ständig wiederholend das auch geschehen sein mag, hast du hoffentlich verstanden, dass homosexuelles Empfinden spätestens seit dem jungen Erwachsenenalter ein ständiger Begleiter für mich war. Unausgelebt und vage, unterdrückt, aber dennoch vorhanden. Selbst wenn ich es in weiten Teilen meiner Schilderung nicht erwähnte, da ich die Aufmerksamkeit auf meine berufliche Entwicklung, auf unsere Hochzeit oder auf eure Geburt gelegt hatte, sie war da. Sie war da, während wir uns bis zum Schluss um ein normales Familienleben bemühten, mit euch Hausaufgaben machten und Ausflüge unternahmen, eure Großeltern besuchten und im Sommer nach Italien oder Kroatien zum Baden fuhren.
Christians Outing warf mich aus der Bahn. Die schwule Welt, die ich in mein Innerstes verbannt hatte, war in mein Leben getreten, existierte plötzlich, auch außerhalb von mir. Ich konnte mich dieser Sehnsucht, ich selbst zu sein, immer weniger verschließen.
Anna war auf der Suche nach ihrem Selbst. Tante Poldi umsorgte euch mit so viel Hingabe und Liebe, dass ich mir manchmal, wenn ich vom Krankenhaus nach Hause kam und einen Blick zu euch ins Kinderzimmer warf, wie ein Eindringling vorkam.

Was also tat ich? Ich erwähnte es bereits, doch da es so wegweisend für mich war, will ich es an dieser Stelle nochmals sagen.
Ich stieg hinab in meinen Keller, hörte Musik und begann, sozusagen als unschuldige Annäherung, homosexuelle Schriftsteller zu lesen. Oscar Wilde und André Gide galten ohnehin als unbestrittene Klassiker. Josef Winkler hatte Anna selbst im Studium als zeitgenössischen österreichischen Autor gelesen und verehrt. So weit, so harmlos also. Bei Jean Genet allerdings zögerte ich und hatte Angst, durch die Lektüre seiner Werke deiner Mutter vielleicht zu viel zu verraten. Zugleich aber hoffte ich wohl, während ich wieder und wieder in *Notre Dame* blätterte, sie könnte die Wahrheit selbst erahnen.
Ich beschäftigte mich auch mit ihren Biographien und versuchte zu verstehen, wie jene Künstler in ihrem eigenen Leben mit ihrer Homosexualität zurechtkamen. Abseits ihrer Werke also. Ich fürchtete mich vor dem Abgrund eines Oscar Wilde, der auch auf mich wartete. Rimbaud und Verlaine verzauberten mich als draufgängerisches Liebespaar und erschreckten mich zugleich in der Tragik, in der ihre Freundschaft zerbrach.
Identifikationsfiguren! Ich sehnte mich danach. Auch in der Musikwelt suchte ich nach ihnen, und so öffnete ich mich neuen Richtungen, auch wenn ich dem Metal in meinem Herzen stets die Treue hielt. Klaus Nomi und Antony, Sigur Rós, CocoRosie, Gossip, Skunk Anansie, auch Freddie Mercury von Queen. Ich suchte und ich

entdeckte sie, Vorreiter, Kämpfer, Symbolfiguren, eine eigene Welt der Künstler, Schriftsteller, Maler, Musiker und Poeten, in der Liebe sein durfte, unabhängig von ihrem Geschlecht! Eine Welt der *Beautiful Boyz*, der *Pimps* and *Queens* and *criminal Queers*. Ich wollte aber noch mehr. Ich wollte eine Welt, in der ich weiter Mann, Gatte, Vater und Arzt sein durfte – und zugleich schwul! Ich denke nicht, dass ich zu viel verlangte, doch mit dieser Ansicht fand ich mich ziemlich allein.

Mich hielt nichts mehr daheim. Anna fand ihre Erfüllung in der Schule und in ihren vielfältigen Projekten. Ihr wart älter geworden und wolltet eure Zeit lieber mit euren Freunden als mit euren Eltern verbringen. Was blieb mir also?

Was ich immer gemacht hatte, um mich von meinen Sorgen und Problemen abzulenken; ich stürzte mich in die Arbeit.

Kampf

Zu jener Zeit machte sich der Ärztemangel langsam, aber sicher bemerkbar. Turnusärzte waren plötzlich keine Massenware mehr, mit der man leichtfertig umspringen konnte; eine Entwicklung, die erfolgreich ignoriert worden war. Es machte ja nichts, dass ein, zwei an jeder Abteilung fehlten; da mussten halt einfach die Verbleibenden noch ein wenig mehr schuften! So der allgemeine Tenor. Nur spielten diese nicht mehr mit, sondern kündigten oder ließen sich versetzen, sodass in wenigen Monaten, aber für die verantwortliche Führung dennoch wie aus heiterem Himmel, Abteilungen, die immer gewohnt gewesen waren, sechs Turnusärzte zu haben, gänzlich ohne oder vielleicht mit einem einzigen dastanden. Dieser einer aber wusste natürlich, wie wertvoll er mit einem Schlag geworden war, und forderte sein Recht ein, etwas zu lernen und ausgebildet zu werden, anstatt in der Routinearbeit unterzugehen. Völlig verständlich; nur, die Routinearbeit war weiterhin vorhanden. Auch wenn ein Teil davon, Blutabnahmen oder EKG-Schreiben zum Beispiel, vom Pflegepersonal übernommen wurde, der Großteil der Aufgaben, wie Aufnahmen oder Briefe-Diktieren, blieb bei uns Ärzten und musste erledigt werden. Mit deutlich weniger Personal! Was tat man also? Nun, die Assistenten, die eigentlich ihr Fach erlernen sollten, wurden zu jenen Routinearbeiten abkommandiert, anstatt beispielsweise das Ultraschallen zu lernen.

Ein fataler Fehler, gegen den ich mich stets wehrte. Denn ein Assistenzarzt, der den überwiegenden Teil seiner Ausbildungszeit in der Aufnahme sitzt und Allergien und Medikamente abfragen muss, kann später kein guter Chirurg werden. Operieren lernst du nicht aus Büchern, sondern indem du operierst und ein erfahrener Kollege neben dir steht und dich anleitet.
Ich schlug ein Umdenken vor und setzte mich für eine halbwegs gerechte Verteilung der Arbeiten zwischen Assistenten und Oberärzten ein. Versteh mich nicht falsch, als langjähriger Chirurg hatte auch ich in Wahrheit wenig Interesse, tageweise wieder in der Aufnahme zu sitzen, aber wenn es dem Gesamtteam half! Wenn die jungen Kollegen spürten, dass uns ihre Situation nicht gleichgültig war und wir uns um Lösungen bemühten, dann würden wir sie vielleicht halten können. Ansonsten aber würden auch sie, so wie zwei Jahre zuvor die Turnusärzte, ihre Koffer packen und in die Ballungsräume abwandern, wo die personelle Situation noch besser war.
Andrea, inzwischen auch Oberärztin, unterstützte meinen Vorschlag, da auch sie die Zeichen der Zeit erkannte. Ansonsten aber erntete ich nur Spott und Ablehnung von meinen Kollegen.
„In deinen Diensten kannst du ja gerne den Helden für die Jungen spielen und ihnen ihre Arbeit abnehmen! Ich bin seit zwanzig Jahren Oberarzt, du glaubst doch nicht wirklich, dass ich mich jetzt in die Aufnahme setze und Aufklärungsbögen mit den Patienten durchgehe?"

„Es wäre schon eine Hilfe", entgegnete ich jenem Kollegen, der stellvertretend für viele sprach, „wenn du die Patienten, die du aus deiner Privat-Ordi schickst, selber aufklären würdest und dies nicht auch noch den Assistenten überlässt. Als Operateur bist du eigentlich gesetzlich dazu verpflichtet – und außerdem zahlen dir deine Patienten ja nicht gerade wenig Geld für die Arbeit, die dann andere machen müssen."

Ich machte mich also nicht gerade beliebt bei manchen älteren Kollegen, doch das kümmerte mich nicht. Ich wollte gerechte Arbeitsbedingungen schaffen, für uns alle. Dass ich an Engstirnigkeit und eingefahrenen Strukturen scheitern würde, war mir ehrlich gesagt von Anfang an klar. Doch der Kampf um Gerechtigkeit tat mir gut! Und zumindest aus heutiger Sicht diente er auch einem sehr selbstsüchtigen Motiv: Er sollte mich von den Problemen zu Hause und den Dämonen in meinem Innern ablenken.

Mit Andrea an meiner Seite stürzte ich mich in die Schlacht. Wir nahmen die Assistenten unter unsere Fittiche, verfassten ein Ausbildungsskriptum mit den wichtigsten theoretischen Grundlagen und schleppten sie, sooft es möglich war, mit in den OP, auch wenn es bedeutete, dass wir dann mit ihnen gemeinsam in der Ambulanz die übrigen Zettel abarbeiteten. Sie dankten es uns natürlich und wollten am liebsten nur noch mit uns Dienste machen, was den Groll der anderen selbstredend verstärkte. Manche junge Kollegen waren aber auch ehrlich genug, uns zu fragen,

warum wir diesen sinnlosen Kampf überhaupt auf uns nahmen.
„Wir werden gehen, sobald wir die Gelegenheit dazu haben. Dieses Haus hier hat keine Zukunft mehr. Was ihr, Andrea und du, versucht, ist bemerkenswert – und wir sind euch dafür wirklich, wirklich dankbar. Doch es gibt noch fünf andere Oberärzte und einen Primar, die nicht bereit sind, auch nur einen Handgriff mehr als unbedingt notwendig zu leisten, und die sich auf Privilegien berufen, die vor zehn Jahren vielleicht ihre Berechtigung hatten, mittlerweile aber längst überholt sind. Das wird sich nicht ändern! Die Abteilung wird zugrunde gehen! Und die, die dafür verantwortlich sind, sind jene, die selbst am wenigsten arbeiten, dafür aber am meisten jammern! Geht weg von hier, ihr beiden, bevor ihr euch selbst völlig ruiniert!"
Diese Worte, die eine von mir sehr geschätzte Assistentin zu mir sprach, wenige Wochen bevor sie sich in die Nähe von Wien versetzen ließ, klangen lange Zeit noch in mir nach. Sie hatte recht, das wusste ich. Doch noch war es für mich unvorstellbar, das Krankenhaus, meine zweite Heimat, meine Ersatzfamilie und meinen Zufluchtsort zu verlassen.

Annäherung II

Mein Einsatz machte die Runde im Spital. Manche bewunderten mich, von ebenso vielen wurde ich belächelt, den meisten aber war es vollkommen egal. Christian gehörte zu jenen, die mein Engagement bemerkenswert fanden.

Eines Abends, als ich gerade im Speisesaal saß, um endlich zu essen und um ein wenig in der Zeitung zu blättern, stand er mit seinem Essenstablett plötzlich vor mir und fragte, ob er sich zu mir setzen dürfe.

„Selbstverständlich", antwortete ich und faltete aus Höflichkeit meine Zeitung zusammen, leicht verwundert, denn wir hatten noch nie mehr als drei, vier Sätze miteinander geredet und üblicherweise zogen es die Psychiater vor, an ihrer eigenen Station zu Abend zu essen. Sein Outing lag weit über ein Jahr zurück, selbst ich dachte dank meiner neuen Aufgabe als Retter der Assistenten kaum noch daran. In dem Moment, da er sich zu mir setzte, hatte ich es schlichtweg vergessen, was, rückblickend gesehen, ein großes Glück war. Ich war nicht verkrampft, sondern konnte mich unbefangen und natürlich geben.

Er begann mit Smalltalk, fragte, wie der Dienst war, das übliche Gespräch unter Kollegen. Ich erzählte ihm von einem somatisch sehr instabilen Patienten auf der Station, der mir Sorge bereitete, und von der fehlenden Unterstützung des anwesenden Intensivteams.

„Na ja, im Zweifelsfall kannst du immer noch Herzalarm geben. Dann spätestens müssen sie kommen und handeln!"

„Ja", entgegnete ich, „das werde ich, falls notwendig, auch tun. Aber eigentlich sollte es ja gar nicht so weit kommen, wenn die kollegiale Zusammenarbeit nur etwas besser funktionieren würde."

Somit waren wir beim Thema. In der nächsten halben Stunde sprachen wir über teils erschreckende Beispiele von fragwürdiger oder nicht vorhandener interdisziplinärer Zusammenarbeit und ich begriff zum ersten Mal, dass nicht nur wir Chirurgen, sondern auch die Psychiater ihre liebe Not mit den Internisten und den Anästhesisten hatten.

„Über vierzig Grad Fieber unklarer Genese trotz mehrfacher Gabe von Paracetamol" – und der hinzugezogene Internist sieht keinen Handlungsbedarf! Was ich denn wolle, die Frau sei dement! Woraufhin ich fragte, seit wann denn hohes Fieber ein Symptom von Alzheimer sei. Und sie hatte nur ein bisschen Trittico zum Schlafen. Das Lieblingsargument, das komme sicher von den bösen Neuroleptika, zog also nicht!

So ging das eine Weile dahin, und ich muss sagen, ich fühlte mich wohl in seiner Nähe. Seine praktisch denkende Art, seine Natürlichkeit, seine durchaus spitze Zunge, wenn er offensichtliche Missstände ansprach.

„Ich finde es übrigens toll, was du machst", warf er irgendwann im Gespräch ein. „Was meinst du?", fragte ich irritiert, weil mir der Zusammenhang fehlte.

„Deinen Einsatz für die Assistenten. Das ist sogar bis zu uns auf die Psychiatrie durchgedrungen. Und das heißt etwas! Auch wenn es zumeist nur Kopfschütteln auslöst. Meine älteren Kollegen sind, obwohl Psychiater, um keinen Deut besser als deine. Was traurig ist, da wir tagtäglich unseren Patienten erklären, dass sie ihr Leben ändern sollen und sich nicht länger unterdrücken lassen dürfen. Das gilt aber nicht für die eigenen Mitarbeiter. Da werden Abgrenzung und Ausbeutung großgeschrieben. Jemand wie du fehlt an unserer Abteilung. Jemand, der sich für uns Assistenten einsetzt. Mein einziger Vorteil ist, dass wir ein konservatives Fach sind, wir können uns viel Wissen im Selbststudium aneignen. Das geht in der Chirurgie natürlich nicht.
Ehrlich, ich finde es toll, was du da versuchst, das wollte ich dir schon länger einmal sagen. Auch wenn es aussichtslos erscheint, mach weiter. Es gibt viele, die dir dafür danken."
Mit diesen Worten verabschiedete er sich, weil er zurück auf die Station musste. Als er ging, dachte ich mir nur: Was für ein sympathischer junger Mann und Kollege! Dass er derselbe junge Kollege war, der mich mit seinem Outing in panische Angst versetzt hatte, dämmerte mir erst später. Es war ein eigentümliches Gefühl, das mich beschlich, Verlegenheit vielleicht, jedenfalls noch keine Verliebtheit, definitiv aber auch keine Angst. Beides kam erst später. Wir sahen uns von jenem Abend an keinesfalls regelmäßig, sondern liefen uns auch weiterhin vielleicht einmal in der Woche über den Weg.

Doch wenn wir uns begegneten, schien es, als herrschte eine Art stilles Einverständnis zwischen uns beiden. Wir hatten uns gefunden, möchte ich sagen, nicht als Liebende, sondern als Brüder im Geiste, als Kollegen, die sich über die gleichen Dinge ärgerten und den berühmten Kampf gegen Windmühlen versuchten. Wir grüßten uns, lächelten uns an, wechselten ein paar Worte und gingen dann wieder ein jeder seines Weges. Wenn wir uns überhaupt einmal beim Mittagessen im Speisesaal begegneten, saß ich bei meinen chirurgischen Kollegen, Christian an einem anderen Tisch gemeinsam mit den Psychiatern. Wir hatten also kaum Kontakt. Doch manchmal, wenn ich die stets gleichen Gespräche beim Essen einfach auf mich niederprasseln ließ und meine Augen gedankenverloren durch den Raum wanderten, merkte ich, dass sich unsere Blicke trafen und für einen Moment nur aneinander haften blieben. Ein Lächeln lang nur.

Wenn ich dann das Essenstablett zurückstellte, stand plötzlich Christian neben mir und flüsterte verschwörerisch: „Na, hast du dich auch gedanklich weggebeamt, weil du die ewig gleiche Jammerei deiner Kollegen nicht mehr hören kannst?"

Das war's auch schon wieder, mehr wurde nicht gesagt. Dann konnte es passieren, dass wir uns über zwei Wochen lang gar nicht zu Gesicht bekamen.

Ich weiß nicht, wie und wann es passierte, aber irgendwann merkte ich, ich hatte mich in ihn verliebt. Nicht die Liebe, die ich für Anna und euch empfand, das war

ein ganz anderes, elementares Gefühl; die Basis, auf der sich mein Leben seit vielen Jahren gründete. Unerschütterlich, zugleich fast zu vertraut. Gewohnheit eben!
Christian aber war das pure Lebensgefühl! Diese aufwühlende, intensive, irritierende Verliebtheit, die dich aus dem Nichts heraus tanzen und das Leben umarmen lässt. Ich frohlockte, ohne dass es einen Grund dafür gab, fiel Anna und Andrea um den Hals und wünschte, ich könnte ihn in meinen Armen halten. Verliebt zu sein lässt sich nicht verbergen. Und das wiederum machte mir natürlich Angst.
Andrea schwieg, auch wenn sie die Wahrheit ahnte. Ein Lächeln hin und wieder, wenn sie meine Blicke im Speisesaal ruhelos umherwandern sah, ein neckisches „Na, suchst du etwas?“, immer wieder ein Gesprächsangebot. Die Qual ebenso wie das Glück in mein Gesicht geschrieben zu sehen, war etwas, das sie furchtbar schmerzte, doch sie konnte nur abwarten, bis ich selbst zu sprechen begann. Sie sehnte diesen Moment herbei und zugleich fürchtete sie ihn. Sie hatte keinen Rat. Wie ich selbst fühlte auch sie sich hin- und hergerissen, wollte, dass ich mit Christian glücklich war, wenn das mein Wunsch war, zugleich aber sah sie mich auch in meiner Rolle als Familienvater, war Annas Freundin und eure Patentante.
„Ich kann dir deine Entscheidung nicht abnehmen. Egal, was du tust, du wirst Menschen, die du liebst und die dich lieben, verletzen. Das weißt du, doch du sollst wissen, dass auch ich das weiß! Ich werde deine

Entscheidung akzeptieren und für dich da sein! Du bist mein bester Freund, vielleicht der einzige wahre Freund in meinem Leben!"
Ohne sie hätte ich vielleicht nicht überlebt, hätte aufgegeben, keinen Sinn mehr in allem gesehen.

Anna etwas vorzuspielen war leichter. In Wahrheit steckte sie meine Fröhlichkeit an.
„Darf sich ein Mann nach einem anstrengenden Arbeitstag nicht freuen, seine wunderbare Frau und seine beiden ebenso wunderbaren Kinder zu sehen?"
Das genügte. Dankbar nahm sie diese Antwort an, die ja nur bedingt eine Lüge war, und so durchlebten wir einmal mehr glückliche Tage. Ich freute mich ja auch wirklich, euch zu sehen, und bemühte mich darum, wieder mehr Zeit mit euch zu verbringen, auch wenn dieses Familienidyll der Angst entwuchs, euch, vielleicht schon bald, endgültig zu verlieren.
Christian erklärte mir einmal, dass es bei schwer depressiven Menschen die Zeit des sogenannten Honey-Moon gebe. Nach Wochen und Monaten der Qual gehe es ihnen mit einem Schlag deutlich besser. Das allerdings sei ein sehr trügerisches Zeichen, denn sie seien nicht geheilt, sondern hätten aus ihrer subjektiven Ausweglosigkeit heraus den Entschluss gefasst, sich umbringen zu wollen. Diese Suizidabsicht, dieses plötzlich absehbare Ende ihres Leidens lasse sie ruhig, ja sogar fröhlich erscheinen.

Der Vergleich hinkt natürlich. Ich hatte ja nicht vor, mich zu suizidieren. Dennoch gibt es Parallelen. Selbst wenn ich mich gegen Christian entschied – und da ich ja auch nicht wusste, ob oder was er für mich empfand –, ich spürte, dass ich meine Rolle als Ehemann und Familienvater in der Art nicht mehr lange leben konnte. Diese Gewissheit wurde immer deutlicher in mir. Umso drängender daher mein Wunsch, dieses Glück mit euch noch einmal zu erleben.
Klingt es paradox, wenn ich behaupte, die letzten schönen Monate als Familie verdanken wir meiner Verliebtheit? So empfand ich es damals und so sehe ich es auch noch heute. Gefühle sind so unglaublich irrational, dass es manchmal einfach herrlich ist, sich Hals über Kopf in sie hineinzustürzen! Ich hatte Herzklopfen, wenn ich in das Spital fuhr, nur weil mir Christian im Sekretariatstrakt vielleicht über den Weg laufen könnte, ich ihn für einen Augenblick sehen könnte. Ebenso freudig erregt fuhr ich nach der Arbeit nach Hause, weil wir vereinbart hatten, uns mit euch den neuesten Harry-Potter-Film im Kino anzusehen. Ich war nicht der erste Mensch, der sich der Frage stellen musste, ob er zeitgleich zwei Menschen lieben kann. Ich fragte auch nicht lange, ich tat es! Ich lebte voller Freude meine Realität als Familienvater und erfand in meinem Inneren ein gemeinsames Leben mit Christian. Illusionen, wie wir uns küssten, uns unsere Liebe eingestanden, Luftschlösser, die ich mit den traumhaftesten Bildern meiner Phantasie ausstattete.

In Wahrheit wusste ich nichts von ihm. Ich wusste, dass er homosexuell war und aus dem Waldviertel stammte. Ich wusste, dass er einige Jahre jünger war als ich. Ich wusste, dass er gerade seine Ausbildung zum Facharzt für Psychiatrie absolvierte. Das war alles.
Ich wusste nichts über ihn als Mensch, seine Vorlieben und Interessen, seine guten und schlechten Eigenschaften. Im Spital wirkte er unauffällig, aber was, wenn er privat im Fummel herumlief und auf Allüren und Diva machte? Oder die Samstagnachmittage Bier trinkend mit ein paar Freunden am Fußballplatz verbrachte? Wer war er als Mensch? Verbanden uns irgendwelche Gemeinsamkeiten? Die Leidenschaft für Literatur zum Beispiel, die mich mit Anna verband?
Und, die wichtigste Frage, hatte er einen Partner? Jung und attraktiv, wie er war, hatte er sicher einen Partner! Hatte er überhaupt Interesse an einer Beziehung? Oder kostete er seine Jugend und das freie Leben aus und wollte sich gar nicht an einen Menschen binden? Und selbst wenn, warum sollte er sich dann gerade für mich entscheiden? Er wusste ja nicht einmal, dass ich schwul war! Wenn er mehr über mich herauszufinden versuchte, was würde er hören? Dass ich glücklich verheiratet war, eine tolle Frau und zwei wunderbare Kinder hatte. Selbst wenn ich schwul war, selbst wenn auch er in mich verliebt war, wie viele Probleme würde all das mit sich bringen, noch dazu, wo wir im selben Haus arbeiteten? Er konnte es wesentlich einfacher haben!
All diese Gedanken quälten mich, vor allem in der

Nacht, wenn ich nicht schlafen konnte und ich mich neben Anna im Bett hin und her wälzte. Zum Glück hatte sie einen tiefen und festen Schlaf und war gewohnt, dass ich meist unruhig schlafe. Wenn ich ihn dann aber sah, waren alle Sorgen wie weggeblasen, dann erschien mir alles so einfach und unkompliziert. Frei, so fühlte ich mich in seiner Gegenwart. Aber so fühlte ich mich auch, wenn wir mit euch gemeinsam etwas unternahmen.
Wir funktionierten als Familie, im Alltag, funktionierten nicht nur, waren zufrieden, kurz, es ging uns gut. Obwohl ich mein Herz einem anderen Mann geschenkt hatte.

Angst II

Wenn du verliebt bist, scheint es, als könnte dir die ganze Welt nichts anhaben. Du befindest dich in einer Art von Rauschzustand. Wenn ich einmal getrunken hatte, wurde ich nicht ausfällig oder aggressiv, sondern wollte am liebsten die ganze Welt umarmen. So ähnlich fühlte ich mich, als ich mich in ihn verliebt hatte, vollgepumpt mit Dopamin. Doch auf jeden Rausch folgt irgendwann unweigerlich die Ernüchterung, das grausame Erwachen. Die Realität holte mich ein.
Ich verzehrte mich nach einem Mann, von dem ich nicht das Geringste wusste, und gab mich der Lächerlichkeit hin in meinem Verlangen; riskierte, entdeckt zu werden. Ich, der ich bisher tunlichst und erfolgreich vermieden hatte, mit Homosexualität in Berührung zu kommen, der ich mich nie heimlich auf einem Parkplatz mit einem Mann getroffen hatte, um meine Lust zu stillen, riskierte nun, in der Stadt, in der ich lebte, und in dem Spital, in dem ich arbeitete, meine Maske fallen zu lassen und meine wahre Identität preiszugeben. Ich riskierte, alles zu verlieren, wofür ich mein ganzes Leben gekämpft hatte. Und wofür? Für einen jungen selbstbewussten Mann, von dem ich nicht wusste, was er für mich empfand, und der die Frechheit besessen hatte, die schwule Welt in meine Welt zu bringen!
Ich hatte Angst, ganz plötzlich, man würde mich gemeinsam mit Christian sehen und anfangen, sich

Gedanken zu machen. Angst, Christian könnte hinter meine Maske blicken und die Wahrheit erkennen. Was würde er dann tun? Mich erpressen? Mich bedrängen? Mich einfach lächerlich finden? Oder aber mich lieben? Oder mich einfach links liegen lassen, mir keine Beachtung schenken und sein Leben weiterleben? Und was von all dem würde mich am meisten verletzen?

Ich drehte mich im Kreis wie ein Hamster in seinem Rad, erschöpft und angespannt, und bewegte mich doch nicht von der Stelle. So tat ich das Dümmste, was ich überhaupt machen konnte, ich begann ihn zu meiden, ich ging ihm aus dem Weg.

Bis zu jenem Zeitpunkt, so erklärte mir Christian später, sei er sich nicht sicher gewesen, ob oder was ich für ihn empfand. Er stellte sich seit geraumer Zeit dieselben Fragen, die auch mich quälten, mit einem gravierenden Unterschied allerdings: Ich zumindest wusste, dass er homosexuell war. Er aber kannte mich nur als verheirateten Familienvater. Woher sollte er wissen, dass ich schwul war?

Er hatte seine Veranlagung in jungen Jahren offengelegt und sich geoutet, als er gerade einmal zwanzig Jahre alt war. Er sei sich immer sicher gewesen, in Wahrheit Männer zu lieben, auch wenn er als Jugendlicher Freundinnen gehabt habe. Er habe aber nie mit einer Frau oder einem Mädchen geschlafen. Das habe ihn nie gereizt.

Als wir zusammenkamen, hatte er bereits mehrere Beziehungen mit Männern hinter sich, die kürzeste

dauerte nur knapp zehn Wochen, die längste über drei Jahre. Mit einigen Männern sei es auch nur ein One-Night-Stand gewesen.
Mehrmals habe er sich auch in einen Hetero-Mann verschaut und beklagt, dass die attraktivsten Männer nur an Frauen Gefallen fänden, die ihre Schönheit gar nicht wirklich zu schätzen wüssten. Aber: Er hätte nie etwas mit einem verheirateten Mann angefangen! Wäre nie die Zweitfrau, die Geliebte gewesen! Viel zu kompliziert, viel zu viele Probleme! Reinen Sex könne man auch viel einfacher kriegen, ohne den ganzen Rattenschwanz an Schuldgefühlen und schlechtem Gewissen. So seine Devise!
Und dann traf er auf mich. Seine letzte Beziehung war etwa ein Jahr vor jenem denkwürdigen Abendessen auseinandergegangen, und er genoss die Freiheit des Single-Daseins. In mir sah er nichts als einen zwar hilfsbereiten, aber auch abgehobenen und karrieresüchtigen Kollegen. Kein Interesse, mich näher kennenzulernen.
Das änderte sich, als ich den Ruf des Assistentenretters bekam. Er wurde neugierig und begann seine vorgefasste Meinung über mich zu hinterfragen. Ohne Hintergedanken natürlich, ich war ja ein verheirateter Mann, den er noch nicht einmal sonderlich spannend fand.
Jenes erste Gespräch habe ich dir bereits wiedergegeben. Er fand mich witzig, viel sympathischer, als er geglaubt hatte, und vor allem unterstützte er das, was ich tat. Mehr war es nicht. Die Verliebtheit kam auch bei ihm

erst nach und nach. Mit jedem weiteren gemeinsamen Essen, mit jedem weiteren verstohlenen Blick.
Er war unsicher, da ich seinen Grundsätzen – niemals am Arbeitsplatz und niemals mit einem verheirateten Mann – völlig widersprach, und dennoch spürte er eine Anziehungskraft, die uns verband, eine Art Magie. Mit seinen langjährigen schwulen Erfahrungen begann er die Zeichen, die ich wohl aussendete, richtig zu verstehen. Die scheuen Blicke im Speisesaal, das Lächeln, das vom Herzen kam, und dann das ertappte Wegschauen, wenn seine Blicke auf die meinen trafen. Das Verstummen und Zusammenzucken, wenn er plötzlich neben mir stand. Er gab irgendwann zu, dass er eine Zeitlang ganz bewusst mit mir kokettiert hatte, beim Trinkwasserspender nach einem Glas gegriffen und dabei rein zufällig meine Hand gestreift hatte, nur um zu sehen, ob ich erschaudern würde. Es geschah jedes Mal.
Er hatte sich in mich verliebt und war sich fast sicher, dass auch ich mich in ihn verliebt hatte. Meine Position als Oberarzt aber und mein Familienstand ängstigten ihn. Und er war unsicher, inwieweit ich mir selbst meine Gefühle für ihn eingestand. Er wollte mich vergessen und einen einfacheren Weg gehen. Zugleich aber konnte er mich nicht aufgeben, ohne die Wahrheit herausgefunden zu haben. Sollte ich wirklich schwul sein und mich in ihn verliebt haben, so wollte er mich begleiten, wollte den Weg zu mir selbst mit mir gemeinsam gehen. Der Helferkomplex, das kann ich dir verraten, ist bei Psychiatern und Therapeutinnen besonders stark aus-

geprägt! Die Zeit der Ungewissheit, wie Christian sie später nannte, jene Zeit, in der ich glücklich schwärmerisch in ihn verliebt und ebenso glücklich mit euch zu Hause war, war schrecklich für ihn, da er sich zwischen Hoffnungen und Ängsten hin- und hergerissen fand.
Als ich mich jedoch zurückzog, als meine Zeit der Zerrissenheit begann, wurde für ihn deutlich: Er hatte sich nicht geirrt. Ich begehrte ihn, ich wusste, dass ich es tat – und es machte mir Angst. Er jubilierte. Er wollte alles tun, um mich zu lieben und für mich da zu sein. Er wollte mich haben!
Klingt das nach Machtanspruch, nach Besitzdenken? In gewisser Weise schon. Er merkte, dass ich mich zurückzog und ihm auswich, wenn es mir möglich war. Das aber konnte er nicht zulassen, das wollte er nicht akzeptieren. Er fühlte sich auch gekränkt, wie er mir später eingestand. Er hatte nie beabsichtigt, sich in mich zu verlieben, doch jetzt, wo er sich meiner Zuneigung sicher war, wollte er mich nicht verlieren.
Wenn es nicht sein sollte, wenn wir nicht zueinander passten, nun, dann sollte es eben nicht sein, doch wir sollten uns zumindest die Chance geben, das herauszufinden.

Er tat, was im Rahmen seiner begrenzten Möglichkeiten stand. Er versuchte Begegnungen mit mir zu erzwingen. Ich hatte im Laufe der Jahre meine Gewohnheiten entwickelt: Wenn ich nicht länger im OP stand, ging ich pünktlich um zwölf Uhr essen. Gegen halb neun und

halb eins erledigte ich meine Besuche im Sekretariat. Im Dienst trank ich meinen Kaffee so gegen drei und zum Abendessen ging ich um neunzehn Uhr. Jeder wusste, dass ich mich an diese Zeiten hielt, wenn nicht gerade dringliche Arbeiten dazwischenkamen.
Für Christian war es leicht, sich daran anzupassen. Plötzlich liefen wir uns immer häufiger über den Weg, und ich freute mich. Ohne groß darüber nachzudenken. Dass sich unsere Begegnungen nicht zufällig ereigneten, sondern von ihm bewusst gesteuert wurden, konnte ich ja nicht ahnen. Was gut war, denn ich hätte mich wahrscheinlich verfolgt und unter Druck gesetzt gefühlt. Wer weiß, wie ich reagiert hätte!
Jedenfalls, ich konnte mich ihm nicht entziehen. Saß ich beim Mittagessen, betrat er kurz darauf den Speisesaal, nickte mir zu und lächelte mich an. Ging ich ins Sekretariat, stolperte ich über ihn. Meine Reaktion: Im ersten Moment machte mein Herz einen Sprung und ich lächelte, ich konnte nicht anders. Dann aber fühlte ich mich bedrängt, ertappt, und meine Mimik erstarrte. Ich versuchte, ihn bloß nicht anzusehen, mir ja nichts anmerken zu lassen. Mein Verhalten in jenen Wochen war nicht nur lächerlich und unreif, sondern natürlich auch ziemlich verräterisch. Diejenigen, die Augen für die Wahrheit hatten, erkannten unweigerlich, was mit mir los war. Zu meinem Glück aber waren das nur Christian und Andrea. Ihm wich ich aus, Andrea würde von sich aus nie etwas sagen. Anna hatte keine Möglichkeit, die Wahrheit zu erraten. Sie merkte zwar

unweigerlich, dass ich nicht mehr friedlich, sondern mürrisch und angespannt aus dem Krankenhaus nach Hause kam und mich wieder öfter in meinen Keller zurückzog. Sie kannte das und hatte solche Phasen schon früher erlebt. Die große Beachtung wollte sie meinen neuerlichen Stimmungsschwankungen nicht schenken, Stress am Arbeitsplatz, das würde sich schon wieder legen. Außerdem lebte sie ihre eigenen Pläne. Vermutlich war sie einfach froh, ihre Ruhe vor mir zu haben. Ich weiß es nicht. Es war mir auch egal. Ich hatte Christian und ich konnte und wollte mich nicht mehr von ihm distanzieren. Meine Gedanken kreisten ständig nur noch um ihn, gleichgültig, wie ich mich nach außen hin verhielt. Ich sehnte mich nach einem Ausweg, sehnte mich danach, ihn endlich zu küssen und in meinen Armen zu halten. Ich schlief kaum noch, konnte mich immer schlechter konzentrieren, war angespannt und hatte keinen Appetit. Dass ich es dennoch schaffte, weiterhin meine Arbeit gut zu erledigen und im Alltag perfekt zu funktionieren, verdankte ich meinem fachlichen Können, meiner Routine und der mir seit der Jugend innewohnenden Disziplin, durchzuhalten und weiterzumachen, was auch immer kommen mochte. Gewohnheiten, Michael, tragen dich weiter, auch wenn du keine Kraft mehr hast.

Glücklich und entspannt war ich manchmal, wenn ich mit Judith und dir zusammen war, doch ihr hattet eure Freunde und euer eigenes Leben und kaum noch Lust auf einen Vater, der eine Woche lang komisch und kaum zu Hause war und dann plötzlich einen auf liebevollen Papa machte, wenn eure Lieblingsserie im Fernsehen lief. Wir entfremdeten uns, und ich wusste, dass dies meine Schuld war.

Glücklich fühlte ich mich auch, wenn ich einen Blick auf den Dienstplan warf und feststellte, dass Christian und ich gemeinsam Nachtdienst hatten. Dann war ich voller Hoffnung, dass ich ihn sehen würde und wir nachmittags einen Kaffee und abends zusammen essen durften. Das waren für lange Zeit unsere schönsten und innigsten Momente. Jene Abendessen im Spital.

Zwischen sieben und halb acht herum fanden wir uns ein, ohne dies vorher abgesprochen zu haben. Wir waren einfach da, in stillem Einverständnis, nahmen einander gegenüber Platz, begannen zu essen, lächelten und blickten uns an. Wir waren allein, für uns, zu zweit, kaum jemand, der sich abends in den Speisesaal verirrte. Ich konnte mich entspannen, konnte mich ihm gegenüber offen und natürlich zeigen. Was wir sprachen, war nicht wirklich von Belang, Krankenhauskram. Wir verstanden beide, was sich hinter unseren nichtssagenden Worten verbarg. Wir liebten und begehrten einander – und wir wussten, dass wir das taten! Das genügte für den Moment. Einfach dasitzen, lächeln, schweigen. Warum aussprechen, was noch zu früh war? Was vielleicht zerstörte, was noch nicht entstanden war?

Friedvolle Augenblicke, die jäh unterbrochen wurden, wenn sich dann doch manchmal ein Kollege in den schwach beleuchteten Raum verlor, um sich ein Getränk aus dem Automaten zu holen, und uns beide ertappte. Ich schreckte hoch, wie aus einem Traum erwacht, erkannte, wie vielsagend und verräterisch die Szene wirken musste – der schwule Kollege und ich, allein, versunken in vertrautem Gespräch! –, und stürzte mit einer billigen Ausrede, dringend auf die Station gehen zu müssen, davon.

Nicht nur einmal wurde Christian von einem verwunderten Internisten gefragt, was denn das jetzt zu bedeuten hatte. Er antwortete stets: „Keine Ahnung, warum fragst du mich das? Sieht so aus, als wären nicht nur wir Psychiater sonderbar!"

Doch auch sein Verhalten war sonderbar. Im Grunde hatten wir ja nur jene Abendessen im Dienst. Da jeder fünf Nachtdienste im Monat machte, konnten wir von Glück reden, wenn wir zwei Dienste im Monat gemeinsam hatten. Also zwei gemeinsame Abende, das war's. Christian war das nach kurzer Zeit zu wenig, er hatte das Gefühl, wir würden uns verlieren, ohne uns überhaupt je gefunden zu haben. Und so beschloss er, sich nicht länger auf den Zufall verlassen zu wollen. Abends, wenn die Sekretärinnen und Putzfrauen längst nach Hause gegangen waren, schlich er in das Sekretariat, stöberte herum, bis er unseren Dienstplanentwurf fand, notierte sich meine Dienste und setzte dann bei der psychiatrischen Diensteinteilung durch, dass er dieselben bekam. Auch davon wusste ich lange Zeit nichts. Naiv und blauäugig, wie ich mein Leben lang war, freute ich mich

einfach, dass wir plötzlich so oft miteinander Dienst hatten. Es befremdete mich, als er mir die Wahrheit erzählte, zugleich aber berührte es mein Herz. Ich verstand, warum er es tat. Und ich war ihm dafür dankbar.
„Du hattest zumindest deine Familie in jener Zeit!“, rechtfertigte er sich einmal, „deine Frau und deine Kinder! Du hattest Menschen, die dir Zuwendung und Liebe gaben. Ich hatte nichts! Ich war alleine und zehrte von den Erinnerungen an unser letztes Gespräch, von dem Lächeln, das du mir am Frühstückstisch zugeworfen hattest. Manchmal hasste ich dich, eben weil ich dich begehrte! Wenn ich wieder einmal Luft für dich war, obwohl du mich zwei Tage zuvor mit deinen Blicken förmlich ausgezogen hattest! Ich hatte genug! Nicht nur einmal. Ich wollte nicht länger mit mir spielen lassen. Denn so empfand ich es. Meine Lehrtherapeutin riet mir, die Sache zu beenden, bevor überhaupt etwas passiert war. Es könne nicht gut gehen, du seist verheiratet, wir seien Kollegen! Die Stimme der Vernunft, die natürlich recht hatte. Ich widersetzte mich ihr dennoch, da die Liebe jenseits aller Vernunft lag!“
Er ahnte, dass auch ich mich quälte. So machten wir weiter, in diesem völlig bizarren, unreifen, verängstigten Verhalten! Gefangen in unseren Rollen, aus denen es scheinbar kein Entkommen gab. Wir hielten zusammen, klammerten uns aneinander. Als sich der Sommer näherte, spürten wir, dass eine Entscheidung bevorstand.

Erstarren

Die Haupturlaubszeiten stellen Jahr für Jahr für jedes Team eine Zerreißprobe dar, wie du merken wirst. Um mir die endlosen Diskussionen zu ersparen, bin ich, als ihr noch klein wart, immer im Juni und im September auf Urlaub gegangen. Das schonte nicht nur meine Nerven, sondern sparte auch Kosten, da der Juni noch als Nebensaison galt und somit auch die Flüge und die Hotels deutlich billiger waren. Als Anna jedoch zu unterrichten begann und ihr schulpflichtig geworden wart, war ich in meiner Planung an die Sommermonate gebunden. Ein schwieriges Unterfangen, da sich auch die meisten anderen Kollegen in jener Zeit frei nehmen wollten. Ihr gutes Recht natürlich!

Ich bestand auf meine drei Wochen, so wie alle anderen. Die brauchte ich, um richtig abschalten zu können. Zwei Wochen am Strand, davor und danach ein paar Tage daheim. Am liebsten nahm ich Juli und August überlappend, das ließ sich mit den Nachtdiensten in der restlichen Zeit gut vereinbaren. So machte ich es auch in jenem Jahr.

Christian hatte ebenso drei Wochen Urlaub geplant. Ohne familiäre Verpflichtungen hatte er die Jahre zuvor die Sommermonate oft durchgearbeitet, einmal sogar alle neun Wochen lang kein komplett freies Wochenende gehabt, immer mit der Begründung, er habe ja keine Kinder! Davon hatte er genug, wie er mir sagte.

Er habe auch ein Recht auf Erholung in der warmen Jahreszeit. Er forderte die ersten drei Wochen im Juli, seine ersten drei Wochen Urlaub am Stück überhaupt, obwohl er bereits seit sechs Jahren im Spital arbeitete. Überraschenderweise bekam er sie nach nur kurzer Diskussion genehmigt. Ich freute mich für ihn, als er es mir beim Abendessen erzählte, ehe mich die Erkenntnis traf: Er hatte vor mir Urlaub! Wir würden uns sechs ganze Wochen lang nicht sehen!

Ich sprach es auch aus. Ich konnte mich nicht zurückhalten.

„Ich habe nach dir Urlaub. Das bedeutet, wir werden uns also sechs Wochen lang nicht sehen."

Seine Miene wurde starr, er schluckte, bevor er sprach.

„Das wusste ich nicht. Ja, dann werden wir uns sechs Wochen lang nicht sehen. Es sei denn …"

„Es sei denn was …?"

Er starrte mich an, verzweifelt, flehend. Ich konnte einfach nicht, ich konnte nichts sagen.

„Nichts", flüsterte er, „vergiss es einfach."

Dann stand er abrupt auf und ging; murmelte irgendetwas wie: „Ich habe noch Arbeit …" Ich blieb zurück; blieb ihm die Antwort schuldig, die er so sehr erhofft hatte.

Kein „Es sei denn, wir treffen uns so einmal!". Kein „Hier hast du meine Handynummer. Ruf mich mal an!".

Ich konnte es nicht. Selbst wenn ich damit alles zerstört hatte.

Im Juni gingen wir uns aus dem Weg. Manchmal blickte er mich beim Mittagessen an, verletzt, sehnsüchtig, und

ich versuchte mit einem fragenden Lächeln zu sagen: „Es tut mir leid! Sag mir, was ich tun kann!“ Dann wandte er sich ab.
Ich blieb zurück, verzweifelt, erstarrt.
Der Juli kam. Er war gegangen, ohne dass wir noch einmal miteinander geredet hatten. Ich überprüfte meine Mails im Spital, vergeblich, durchwühlte mein Postfach im Sekretariat, in der Hoffnung, er hätte mir eine Nachricht hinterlegt. Nichts. In gekränktem Stolz beschloss ich, auch ihm keine Zeile zu hinterlassen. Sollte er nur hoffen, wenn er aus dem Urlaub zurückkam, ich konnte wie er den Verletzten und Gekränkten spielen. Ich war aus aller Hoffnung auf meine Familie zurückgefallen. Ich hatte drei Wochen Urlaub mit euch vor mir. Auch wenn es hart klingt, das zu sagen, dieser Gedanke war mir unerträglich!

Die Macht der Gewohnheit riet mir, diese Zeit zu überstehen, sie manchmal sogar ein wenig zu genießen. Wir buchten dasselbe Hotel, in dem wir auch die beiden letzten Sommer verbracht hatten. Der Strand und das Personal waren uns somit vertraut, sogar einige bekannte Familien trafen wir wieder. Ihr hattet euren Spaß! Die Volksschule lag hinter dir, im Herbst würdest du mit dem Gymnasium beginnen. In eurem Alter konnten wir euch noch mit Wellen, Meer und Sandstrand eine Freude machen. Wenn ich euch zuschaute, wie ihr mit Schnorchel, Taucherbrille und Luftmatratze bewaffnet den Uferbereich unsicher machtet, fühlte ich dieses

Glück, eine Familie zu haben! Nachts aber, wenn ich noch wach im Bett lag, während Anna längst neben mir schlief, wünschte ich, ich hätte Christian und nicht sie neben mir liegen. So ging die Zeit vorüber, mit Sonne, gutem Essen und Cocktails an der Bar. Voller Vorfreude fieberte ich meinem ersten Arbeitstag entgegen.
Der begann mit einer Enttäuschung. Mein Chef schickte mich gleich in aller Früh in den OP, den ich erst mittags wieder verließ, und als ich endlich den Dienstplan für August in die Hände bekam, musste ich feststellen, dass Christian das ganze Wochenende Dienst gehabt hatte und somit in der Früh nach Hause gegangen war. Vor Mittwoch würde er nicht wieder im Spital sein. Das bedeutete, ich musste noch zwei Tage auf ihn warten. Was ich mir erhoffte? Ich weiß es nicht. Ich wollte ihn einfach nur wiedersehen.
Als es dann endlich so weit war, war es unaufgeregt. Ja, so möchte ich es nennen. Keine große Szene, kein Drama, doch auch keine herzliche Umarmung.
Ein friedliches Hallo, ein Lächeln, eine kurze Frage, wie denn der Urlaub war. Ich könnte schwören, dass ich Andrea neben mir verächtlich schnauben hörte, doch das kümmerte mich nicht. Wir konnten offenbar wieder ganz normal miteinander reden. Der Abstand hatte uns gutgetan.

Offenbarung

Wann es dann endlich so weit war? Ich weiß, der große Moment lässt auf sich warten, doch so verhielt es sich nun einmal auch im wahren Leben. Ich bleibe meiner Erzählung treu. Daher muss ich der Vollständigkeit halber deinen ersten Tag im Gymnasium noch vorher erwähnen.

Judith war arm dran, denn sie musste schon am Montag in die Schule, während im Gymnasium wegen der Nachprüfungen das neue Schuljahr erst am Mittwoch begann. Sie protestierte und wollte auch gleich mit dir in die andere, bessere Schule gehen. Doch letztendlich fügte sie sich notgedrungen in ihr Schicksal – als sie ihre Freundinnen wiedersah, waren alle Aufregungen und Tränen vergessen.

In deinem Gymnasium unterrichtete deine Mutter, dennoch wollte ich dich an deinem ersten Tag begleiten. Der Stolz, den ich verspürte, als ich mit dir über dieselbe Schwelle trat, über die gut dreißig Jahre zuvor mein Vater mich begleitet hatte, war diesmal vermischt mit Trauer und Scham. Ich hatte versagt. Welche Fehler auch immer mein Vater begangen hatte, zumindest hatte er seine Familie nicht verlassen. Ich aber spürte, während ich mit dir in dein Klassenzimmer trat, dass es für mich Zeit wurde zu gehen. Notfalls auch unabhängig von Christian. Ich konnte mit dieser Zerrissenheit nicht länger leben.

Auch Christian strebte Veränderungen an und verlangte deshalb endlich nach Klarheit. Seine Ausbildungszeit näherte sich dem Ende und zur allgemeinen Verwunderung seines Primars und seiner Abteilung lehnte er die in Aussicht gestellte Oberarztstelle dankend ab. Er sei noch jung, er wolle andere Häuser und andere Bereiche sehen, Erfahrungen sammeln. Vielleicht komme er dann eines Tages wieder. Den wahren Grund verschwieg er: mich! Was sollte er auch sagen? Wir konnten nicht im selben Haus arbeiten, nicht wenn wir unsere Zuneigung verleugneten und zum normalen Alltag zurückkehrten, einfach negierten, was ohnehin nie vorgefallen war, und schon gar nicht, wenn wir unsere Gefühle offen lebten und zu unserer Liebe standen. Nicht auf dem Land, nicht mit mir als verheiratetem Mann und Vater. Das wäre zu viel, trotz aller Offenheit, die er nach seinem Outing erfahren hatte. Er würde gehen und mir, wenn ich wollte, meine heile Welt lassen. Er würde mich, wenn ich wollte, aus Liebe zurücklassen. Er hatte kein Haus und keine Familie, er war jung und frei. Da er keine Arbeit scheute und fachlich versiert war, würde er sich überall schnell einleben!
All diese Überlegungen kannte ich noch nicht, als er an einem Freitagnachmittag plötzlich im Sekretariat vor mir stand. Ich blickte von den Briefen auf, die ich gerade korrigierte, und sagte noch: „Ach, du bist da! Ich dachte mir doch, dass ich etwas gehört hätte!“, als er sich vornüberbeugte, mit seinen Händen nach mei-

nen Schultern griff, mich hochzerrte und seinen Mund voller Verlangen auf den meinen presste.
Ich weiß nicht, wie lange wir so standen. Unsere Lippen und Zungen gierig suchend, unsere Finger zärtlich den Körper des anderen abtastend.
Als wir endlich voneinander ließen, lächelten wir, ohne ein Wort zu sagen.
„Ich melde mich bei dir, wenn ich mit meiner Arbeit fertig bin", versprach er, ehe er aus dem Raum ging.
Er hielt sein Wort. Und so trafen wir uns zum ersten Mal im psychiatrischen Nachtdienstzimmer, das so völlig abseits von allen Stationen lag, dass kaum eine Gefahr bestand, dass mich jemand sah, als ich scheu an die Tür klopfte. Wir küssten und begehrten uns, hielten uns fest, rieben uns aneinander. Als ich seine Hand in meiner Hose spürte, erschauderte ich, bat ihn jedoch, nicht zu weit zu gehen. Trotz aller Wollust waren wir immer noch im Dienst, jederzeit konnte das Telefon läuten!
„Du hast recht", seufzte er, als er sich zurücknahm, „wenigstens bist du jetzt endlich bei mir. Auf das andere kann ich auch noch ein paar Tage länger warten."
„Bald", versprach ich ihm. „Bald", flüsterte ich immer wieder, während ich in seinen Armen lag.
Irgendwann später erzählte er mir von seinem Plan, sich beruflich verändern zu wollen. Er habe deshalb gewagt, was er getan hatte, habe Gewissheit haben wollen und deshalb alles auf eine Karte gesetzt. Er habe nichts zu verlieren gehabt. Hätte ich ihn zurückgewiesen, so hätte

er nur einen weiteren Grund gehabt wegzugehen. Doch damit hatte er nicht gerechnet.
„Ich will nicht, dass du gehst!“, bedrängte ich ihn.
„Du hast mich falsch verstanden. Ich verlasse nur das Spital, wenn ich meine Monate beendet habe; das bedeutet aber nicht, dass wir uns nicht mehr sehen. Ich will mit dir zusammen sein.“
Was das bedeuten würde, konnten wir damals noch nicht sagen. Es kümmerte uns nicht. Wir hatten uns gefunden, nur das zählte.

Du bist mein Sohn, doch du bist auch ein erwachsener Mann. Die nächsten Minuten will ich nun mit dir als Erwachsenem reden, also mehr als bisher. Es mag dir unangenehm sein, wenn ich als dein Vater mit dir über Sex spreche, aber du bist alt genug und hast sicher schon mit dem einen oder anderen Mädchen geschlafen. Und vergiss nicht, als du in die Pubertät kamst, war ich nicht da, um dieses Vater-Sohn-Gespräch mit dir zu führen. Sagen wir also, wir holen es unter leicht geänderten Voraussetzungen nach, ein Aufklärungsgespräch der etwas anderen Art. Ohne peinliche Details, das verspreche ich dir.
Vor deiner Mutter hatte ich mit einigen Mädchen erste Erfahrungen gesammelt, was damals natürlich furchtbar aufregend und spannend war, aus heutiger Sicht aber handelte es sich, ehrlich gesagt, um maximal durchschnittlichen Sex. Deine Mutter und ich aber hatten in den ersten Jahren unserer Beziehung ein

sehr schönes und erfülltes Liebesleben, was allerdings mit der Zeit, mit euch Kindern, mit den beruflichen Belastungen und mit der Entfremdung, die wir immer wieder erlebten, seltener wurde und zur Gewohnheit verkam. Glaube mir, nach zehn oder fünfzehn Jahren Ehe ist Sex manchmal toll, oft aber nichts anderes als ein gemeinsames Mittagessen am Sonntag oder der Besuch bei den Großeltern zum Kaffee, eine Routineangelegenheit, ein Ritual, das vollzogen wird, weil es eben dazugehört. Die Leidenschaft schläft irgendwann ein. Flackert manchmal auf, ist plötzlich intensiv vorhanden, erlischt ebenso rasch wieder. Völlig normal, nichts Ungewöhnliches. Die Sexualität in einer Beziehung bleibt, nimmt aber an Bedeutung und Häufigkeit ab mit den Jahren. Ich hörte einmal einen Wissenschaftler im Radio sagen, dass sich die Stabilität einer Beziehung umgekehrt proportional zu der Intensität der Sexualität verhalte. So gesehen müssten eigentlich die meisten langjährigen Beziehungen als äußerst stabil betrachtet werden. Was nicht stimmt, wie wir wissen.

In die Monotonie jeder Ehe bricht irgendwann das Verlangen ein, die pure und zügellose Leidenschaft, den Reiz des Verbotenen und Unbekannten neu zu erleben. Affären, Seitensprünge, gehören sie nicht, provokant gesagt, zu einer guten und funktionierenden Ehe? Und sind es wirklich immer nur die Männer, die sie leben? Ich glaube, nicht.

Jedenfalls, auch wir führten in sexueller Sicht eine völlig normale Ehe und die Sehnsucht nach Abwechslung, das Verlangen nach meiner anderen, noch ungelebten Seite beschlich mich immer mehr. Manchmal völlig dominierend und kaum beherrschbar, dann wieder so gut wie nicht vorhanden. Meine homoerotischen Phantasien waren jugendlich, vage, von unbestimmter Art. Ich hatte ja noch keine Erfahrungen gemacht; und das anonyme Angebot der Internet-Pornographie, das heutzutage allgegenwärtig ist, war damals noch kaum vorhanden und schreckte mich zutiefst ab. Zu groß meine Angst, entdeckt zu werden. Ich war auf meine reine Vorstellungskraft angewiesen, wenn ich mir auszumalen versuchte, was zwei Männer miteinander im Bett wohl machten. Schüchtern, ich weiß, jungfräulich fast, doch du darfst eines nicht vergessen, die meiste Zeit versuchte ich ja meine homosexuelle Seite zu bekämpfen.

Christian hingegen stand zu dem, was er war. Er hatte seine Leidenschaften ausgekostet und er lebte seine völlig normale, gesunde Homosexualität. Ich spürte die Glut, die in mir loderte, durch ihn zu einem Feuer entfacht. Ich hatte noch nie mit einem Mann geschlafen, doch als er mich küsste und ich in seinen Armen lag, da wollte ich nicht länger warten.

Nur wenige Tage vergingen, bis wir uns in seiner Wohnung trafen. An einem Vormittag; ich ging außer Dienst und da ihr alle in der Schule wart, war es egal, ob ich um neun oder um zwölf Uhr nach Hause käme. Es würde niemandem auffallen. Ich war furchtbar nervös,

wie damals mit sechzehn, als ich mich zum ersten Mal mit einem Mädchen traf.
„Lass mich nur machen …“, meinte Christian bloß.
Ich hatte gefunden, wonach ich all die Jahre gesucht hatte. Als wir verschwitzt nebeneinanderlagen, erfüllte mich ein Glück, das ich bisher nur in den Augenblicken eurer Geburt verspürt hatte. Ich war daheim, ich war bei mir selbst angelangt. Ich musste über vierzig Jahre alt werden, um restlos erfüllenden Sex zu haben. Christian auf und in mir, die Kraft und die Leidenschaft eines anderen Mannes. Das war ich! Das suchte ich! Das wollte ich von nun an immer haben!
Es war nicht nur der Sex, es war viel mehr als das. Ich wollte endlich meiner Natur entsprechend leben, mit einem Mann an meiner Seite, für ihn da sein, ihn lieben und ihm furchtbar auf die Nerven gehen! All die Jahre hatte ich mich versteckt, nun aber wollte ich aus dem Schatten treten, meine Masken abwerfen und laut aufschreien: „Seht her, hier bin ich! Ein schwuler Mensch! Und das da ist der Mann, den ich liebe!“
Plötzlich verstand ich, warum sich so viele Männer nach den langen Jahren der unterdrückten Identität auf einmal in Fummel und Korsagen zwängen mussten. Die Paradiesvögel, die in ihrer schrillen exotischen Art das Bild des schwulen Mannes prägten, den es so nicht gab. Ich hatte sie immer belächelt, nun aber verstand ich sie. Es ist ein Aufschrei, eine Provokation: „Seht mich an! So bin ich! Besser, ihr gewöhnt euch daran, denn ich werde mich nicht länger verstecken!“

Standing in the way of control wurde zu meiner Lebenshymne. *You live your life, survive the only way that you know!*
Darum ging es für mich, ums Überleben.
Es war ein Aufbruch, und ich stand erst ganz am Anfang.
Ich war berauscht, die Euphorie in mir schwappte über; doch als es mittags wurde, musste ich zurückkehren in mein altes Leben.

Ich wollte nicht. Ich konnte den Gedanken nicht ertragen, das Glück, das ich soeben erst gekostet hatte, zurückzulassen und in die Rolle des treuen und ergebenen Familienvaters zurückkehren zu müssen. In Christians Armen war ich sicher; die Welt erschien einfach, wenn ich bei ihm war.
Er rief mich zur Vernunft.
„Du musst jetzt nach Hause gehen und mit deiner Familie leben. Es geht nicht anders. Du kennst mich kaum. Es wäre Irrsinn, wenn du alles für mich aufgeben würdest."
Panik beschlich mich.
„Dann willst du also nicht mit mir zusammen sein?"
„Natürlich will ich das. Ich habe mich in dich verliebt. Gerade deshalb will ich, dass wir beide kein Risiko eingehen. Lass uns vernünftig sein! Lass es uns langsam angehen! Du bist gebunden, hast Frau und Kinder, hast einen Job! Das alles kannst du nicht so ohne weiteres aufgeben." Er hatte recht. Natürlich, und ich wusste das. Doch ich hasste es, weiter vernünftig sein zu müssen.

Ich sollte schweigen und mein Leben weiterleben. Uns Zeit geben, damit wir einander besser kennenlernen und prüfen konnten, ob wir wirklich zueinander passten.
„Ich will nicht, dass du deine Familie aus einer Laune heraus verlässt. Ich will, dass du dir deiner Sache wirklich sicher bist. Ansonsten, Johannes, werden wir früher oder später scheitern."
So kehrte ich zurück, widerwillig, stellte mich unter die Dusche und legte mich anschließend ins Bett. Euch sagte ich, dass der Nachtdienst furchtbar anstrengend gewesen sei.
„Na gut, Schatz, dann schlaf weiter. Soll ich dich wecken, damit wir mit den Kindern die neuen Fahrräder kaufen, oder erledigen wir das an einem anderen Tag?"
Wir kauften die neuen Räder und lachten mit euch, als ihr sie ausprobiert habt. Da hatte ich es, mein ganz normales, vertrautes und glückliches Familienleben mit den Menschen, die ich liebte und die mir so unendlich wichtig waren. Es lag mir zu Füßen. Ich musste es nur weiter annehmen.
Manchen Männern gelingt es, ohne mit der Wimper zu zucken, glücklich mit ihrer Frau und ihrer Familie zu leben und zeitgleich eine Geliebte zu unterhalten. Diese beiden parallelen Leben zu führen und von der einen Rolle in die andere zu schlüpfen, als würden sie einfach eine Tür öffnen und von einem Raum in einen anderen treten. Und manchen gelingt es sogar, glücklich dabei zu sein und auch die Menschen um sie herum glücklich zu machen.

Zu diesen Männern gehörte ich nicht. Auch ich wollte glücklich sein und euch, meine Familie, froh und unbeschwert sehen, doch glücklich fühlte ich mich nur, wenn ich bei Christian war. Und selbst dann erlebte ich nur wenige unbeschwerte Momente.

Wahrheit

Verliebt und dennoch zerrissen und verzweifelt zu sein, ich wünsche dir, dass du das nie erleidest. Ich liebte Anna ebenso, wie ich Christian liebte. Doch beide konnte ich nicht lieben. Nicht auf Dauer. Ich wollte die Entscheidung, die ich schon längst getroffen hatte, nicht ewig hinausschieben. Das hatte niemand, ihr am allerwenigsten, verdient! Christian drängte mich zu nichts. Er hätte sich, wenn ich es gewollt hätte, zurückgezogen, mich verlassen und sein Leben weitergelebt. Auch ohne mich, auch wenn es ihn verletzt hätte.

„Ich verstehe, wenn du deine Familie nicht verlassen kannst", versicherte er mir, als ich eines Tages weinend vor ihm zusammenbrach. „Es ist deine Frau und es sind deine Kinder. Es ist das Leben, das du die letzten zwanzig Jahre geführt hast. Ich wüsste nicht, was ich an deiner Stelle tun würde. Ich kann dir keinen Rat geben. Ich liebe dich und bin bereit, mit dir fortzugehen und einen Neubeginn zu wagen. Ich trage aber nicht das Risiko, das du trägst. Hier gibt es nichts, das mich hält und das ich aufgebe. Nur dich. Wenn du es willst, dann werde ich dich aufgeben. Weil ich dich liebe. Weil ich vor allem will, dass du glücklich bist. Doch irgendwann musst du dich entscheiden, für dich selbst, weil du sonst zugrunde gehen wirst."

Der Druck, der auf mir lastete, wuchs und wuchs, zerbrach mich, wurde unerträglich. Ich wusste weder ein noch aus, war getrieben, ausgelaugt, verzweifelt! Und endlich platzte es aus mir heraus! Es war nicht Mut, der mich zur Wahrheit trieb, es war die Erkenntnis, dass ich keine Kraft mehr hatte.

Ich war bei Andrea zu Besuch. Sie sah natürlich, wie schlecht es mir ging. Das fiel anderen Menschen auch auf. Doch sie hatte den Mut, es anzusprechen. Sie war auch die Einzige, die ahnte, was mit mir nicht stimmte.

„Setz dich hin!", befahl sie mir, während sie eine Flasche ihres besten Rotweins auf den Tisch knallte.

„Wir haben beide morgen frei! Jetzt lass uns reden! Denn so geht das nicht mehr weiter mit dir!"

Natürlich brachte ich zunächst die üblichen Standardthemen vor. Der enorme berufliche Druck, der auf mir lastete. Der Mangel an Jungärzten und die unaufhaltsame Abwanderung der wenigen guten Assistenten, die wir noch hatten, hatten ihren Höhepunkt erreicht. Ganz so, wie ich es prophezeit hatte. Doch anstatt endlich aufzuwachen und zu reagieren, flüchteten sich die alteingesessenen Kollegen in Fortbildungen, Kuraufenthalte und Krankenstände, was die Situation noch zusätzlich verschlimmerte. Der Routinebetrieb war kaum noch aufrechtzuerhalten.

Als geniale Rettungsidee hatte die Klinikleitung mir das Angebot unterbreitet, die Vertretung meines vor der Pension stehenden Primars zu werden. Jetzt, wo sie dem Untergang geweiht war, sollte ich das Ruder in die Hand nehmen und der Abteilung einen neuen Kurs geben. Ein Himmelfahrtskommando!

Jahrelang wurden Fehler in der Abteilungs- und Personalführung begangen, Fehler, auf die ich hingewiesen und gegen die ich angekämpft hatte; und für diese Fehler sollte ich nun die Verantwortung übernehmen. Ich konnte nur Schiffbruch erleiden und untergehen! Doch wenn ich es nicht tat, wenn ich mich der Verantwortung nicht stellte, ging es mit der Chirurgie, mit meiner Chirurgie, meinem zweiten Zuhause, ebenso den Bach hinunter! Als hätte ich nicht schon mehr als genug private Probleme, quälte mich dieses Dilemma und verstärkte meine ohnehin schon schlaflosen Nächte.

„Das weiß ich", unterbrach Andrea etwas unwirsch meinen Redefluss, „und du tust mir echt leid, dass sie dich in diese Zwickmühle gebracht haben. Doch meine Antwort kennst du! Lass dir den Scheiß bloß nicht umhängen! Es ist nicht deine Abteilung – und es ist nicht deine Verantwortung, ob und in welcher Form sie weiterbestehen wird oder nicht! Du hast mehr als genug geleistet! In Wahrheit hast du dir den Arsch aufgerissen! Und wofür? Damit andere gemütlich herumsitzen und jammern, wie überlastet sie doch sind! Lass sie ruhig weitermachen. Aber ohne uns! Wir beide können auch woanders arbeiten.

Aber ich will jetzt eigentlich nicht mit dir über das Spital reden. Was ist bei dir zu Hause los? Mit dir und Anna? Mit den Kindern?"

Ich holte Luft, bevor ich zu sprechen begann.

„Was soll ich dir sagen? Anna und ich kennen uns nun seit gut zwanzig Jahren. Wir lieben uns und wir gehö-

ren zusammen. Doch im Grunde ist unsere gesamte Beziehung, selbst unsere Liebe zueinander, nur noch Gewohnheit und Monotonie. Wir leben kaum noch miteinander, sondern meistens nur noch nebeneinander und stolpern halt so über uns im Alltag, beim Essen, bei Verwandtenbesuchen oder wenn es um die Kinder geht. Und wir haben es so akzeptiert und bemühen uns nicht mehr, es zu ändern, es besser zu machen. Wir leben in einer Art glückseliger Lethargie!
Judith und Michael liebe und vergöttere ich. Aber wenn ich mit ihnen am Tisch sitze, habe ich oft das Gefühl, zwei völlig fremden Menschen gegenüberzusitzen. Sie sind so schnell groß geworden und mir entglitten. Ich kenne sie kaum noch! Kann nicht sagen, was sie denken oder fühlen, was in ihnen vorgeht. Sie leben mittlerweile ihr eigenes Leben und wollen mit ihrem Vater, der ohnehin kaum vorhanden ist, herzlich wenig zu tun haben. Außer sie brauchen ein Taxi oder Geld! Und dabei sind sie noch nicht einmal richtig in der Pubertät!
In Wahrheit kann ich ihnen allen keinen Vorwurf machen. Mein sehnlichster Wunsch war es immer, eine Familie zu haben und es besser als mein Vater zu machen. Ich war zum Scheitern verurteilt und kämpfte aus falschem Stolz dagegen an. Es ist so, ich habe versagt."
Und dann endlich konnte ich reden. Ich erzählte ihr, in gekürzter Form, all das, was ich dir heute anvertraut habe. Von meinen ersten vagen homoerotischen Regungen, von meiner Begegnung mit Anna, von Thomas,

von meinem jahrelangen inneren Kampf. Schließlich von Christian, in dem ich endlich meine Erfüllung gefunden zu haben glaubte.
Da lag sie also vor uns, die ganze nackte, bittere Wahrheit, inmitten ungezählter Gläser Rotwein, die wir getrunken hatten, um sie zu befreien; letztendlich blickte ich auf wie ein verängstigtes, schuldbewusstes Kind.
„Und, was sagst du?"
Sie lächelte mich nur an.
„Was soll ich denn sagen? Dass du mir leidtust? Dass ich nicht in deiner Haut stecken möchte? Dass ich froh bin, dass du mir endlich die Wahrheit gesagt hast? All das stimmt. All das weißt du. Und all das hilft dir nichts! Ich bin deine beste Freundin, das will ich dir sagen. Ich bin für dich da, wie auch immer du dich entscheiden wirst! Komm her!"
Sie legte ihre Arme um mich und hielt mich fest. So standen wir.
Dann, irgendwann, rief sie deine Mutter an und bat sie, mich abzuholen. Wir hätten beide zu viel getrunken. Es sei ihre Schuld; sie solle nicht böse auf mich sein. Ich sei auch nicht völlig betrunken, ich dürfe aber nicht mehr mit dem Auto fahren.
„Sei nicht zu streng zu ihm", sagte sie zu Anna, „er hatte einen furchtbar anstrengenden Tag!
Und du, schlaf dich aus! Und denk daran, was wir für morgen besprochen haben."

Am nächsten Morgen suchte ich mit Anna das Gespräch, so wie ich es Andrea versprochen hatte. Ihr habt das Wochenende bei ihren Eltern verbracht, wir hatten also Zeit und mussten nicht auf euch Rücksicht nehmen.

Es war der schrecklichste Tag in meinem Leben. Nicht nur in meinem. Ich musste Anna in die Augen schauen und ihr die Wahrheit sagen; zusehen, wie ihre, wie unsere Welt zerbrach mit jedem einzelnen Wort, das ich sagte.

Ich will dir die Einzelheiten ersparen. Du brauchst nicht zu viel über jene Stunden zu wissen, in denen deine Eltern am verwundbarsten waren.

All das, was wir jahrelang verschwiegen hatten, brach endlich aus uns heraus. Eine Urgewalt! Wir weinten miteinander und wir brüllten uns an, trösteten uns und wünschten uns zugleich die Pest an den Hals.

Als alles vorbei war, starrten wir uns an und Anna fragte, ganz Mutter, ganz für euch da: „Wie soll es jetzt weitergehen? Wir haben zwei Kinder!"

„Ich weiß es nicht" war die einzige aufrichtige Antwort, die ich ihr geben konnte.

„Ich kann es dir heute noch nicht sagen. Ich will für dich und für die beiden da sein. Das weiß ich. Geben wir uns Zeit, vielleicht finden wir in einigen Tagen eine Lösung."

Sie nickte und fragte, ob ich mir wirklich sicher sei.

„Sicher, dass ich Männer liebe? Ja."

„Und Andrea?"

„Ich habe es ihr gestern Abend erzählt. Und ihr versprochen, dass ich dir heute die Wahrheit sage. Was ich ohnehin getan hätte. Ich habe ja schon viel zu lange gewartet. Sonst weiß es niemand …“
„Niemand außer dem anderen.“
„Niemand außer Christian.“
„Gut. Nein, nicht gut! Egal. Lass mich jetzt bitte allein! Und lass uns heute nicht mehr darüber sprechen! Michi und Judith kommen dann heim.“
Für einen kurzen Moment, für die nächsten paar Tage, sah es so aus, als könnten wir selbst das überstehen.
Dann aber brach die Wirklichkeit über uns herein.

Zerstörung

Wir waren dumm. Wir hatten unseren Mund nicht gehalten. Hätten wir geschwiegen und hätten wir unsere weitere Zukunft einfach unter uns ausgemacht, ich denke, Anna und ich hätten mit Hilfe von Andrea einen Weg gefunden, der für uns alle annehmbar gewesen wäre. Wir kannten einander an die zwanzig Jahre, liebten uns und wollten einander weiter Freunde sein. Und soweit möglich wollten wir euch Leid ersparen. Vielleicht waren wir einfach auch nur naiv und dachten, wir könnten uns im Guten, im Einvernehmen trennen und dennoch weiter miteinander leben. Ich weiß es nicht.
Meine Idee war wie gesagt, fortzugehen in die Anonymität der Stadt, alle Brücken auf dem Land zu zerschlagen und gemeinsam einen Neuanfang zu wagen. Eine große, zusammengewürfelte Familie! Patchwork, wie man heute dazu sagt.
Ich wünschte Anna einen Mann, der sie als Frau so lieben und erfüllen konnte, wie sie es durch mich nie erfahren hatte; einen Mann, der ihr jenes Glück gab, das ich durch Christian gefunden hatte.
Ihn sah ich in jenen Tagen nicht. Er war dabei, sich in Wien niederzulassen, absolvierte Vorstellungsgespräche und sah sich Wohnungen an. Wir telefonierten. Ich rief ihn an und erzählte ihm von meinem Gespräch mit Anna. Ich hätte mich entschieden, hätte endlich die Wahrheit gesagt.

„Ja, ich möchte mit dir leben. Aber gib mir noch Zeit. Es sind hier so viele Dinge zu regeln."
Er gab mir die Zeit. Doch während Anna und ich noch überlegten, uns gleichsam in Schockstarre befanden, nahm mein Schwiegervater das Ruder in die Hand.
Natürlich mussten wir mit unseren Familien reden, oder dachten zumindest, dass dies notwendig war. Wir glaubten, sie hätten ein Recht auf die Wahrheit; und wir suchten auch Trost und Rat bei den Menschen, die uns geboren und unser ganzes Leben lang begleitet hatten.
Die Reaktion meiner Familie ist schnell erzählt. Ungläubig und fassungslos starrten sie mich an, dann kamen jene Fragen, die mich verfolgten und auf die es keine Antwort gab.
„Bist du dir sicher? Was ist mit Anna? Und mit Judith und Michael? Wie soll es denn jetzt weitergehen?"
Letztendlich war es meine Mutter, die das ohnmächtige Schweigen brach und mich in ihre Arme nahm.
„Im Grunde haben wir doch immer alle geahnt, dass es etwas in dir gibt, worüber du nicht reden kannst. So unglücklich, wie du am Tag deiner Hochzeit gewesen bist. So unglücklich, wie du oft gewirkt hast. Doch nie, nie konntest du den Mund aufmachen! Jetzt hast du es getan. Und ich weiß ehrlich gesagt nicht, wie ich damit umgehen soll, geschweige denn, ob ich mich darüber freuen kann. Wir werden Zeit brauchen, doch wir werden es akzeptieren und damit leben lernen.
Sag mir nur, jener Mann, von dem du gesprochen hast, dieser andere Arzt, ist er es wert?"

„Das ist er es mir, ja!“
„Gut. Dann, denke ich, ist für den Augenblick alles gesagt!“
Mein Vater und meine Geschwister schwiegen.
Ein paar Tage später aber stand mein Vater plötzlich vor der Tür und sagte, er wolle mit mir reden.
„Du weißt, ich bin ein einfacher Mann. Ich habe nicht studiert und in meinem ganzen Leben nur ein paar Bücher gelesen. Ich kenne mich nicht aus mit diesen Dingen, über die du mit uns gesprochen hast. Ich verstehe nicht, wie ein Mann andere Männer lieben kann. Ich will davon auch gar nichts wissen.
Doch du bist mein Sohn! Und ich will, dass du weißt, dass du immer mein Sohn sein wirst, egal was du machst. Das ist alles. Mehr will ich gar nicht sagen.“
Ich kann mich nicht erinnern, dass mein Vater mich je in meinem Leben umarmt hätte; er tat es auch in diesem Moment nicht. Doch da war sie endlich, die schützende, fürsorgliche Hand meines Vaters, nach der ich mich vierzig Jahre lang gesehnt hatte. In jenem Augenblick habe ich ihm alles verziehen.
Er, meine Mutter, meine ganze Familie, sie waren für mich da. Sie verstanden zwar nicht, was ich tat – wie auch? Ich verstand es ja selbst nicht! –, aber sie stellten sich hinter mich und gaben mir Kraft.
Taten nicht Annas Eltern dasselbe für sie? Wollten denn auch sie nicht ihr Kind lieben und schützen? Sie wollten es, ja. Und das verstand ich. Doch so, wie sie es taten, zerstörten sie alles, was uns lieb und teuer war.

Ich behaupte einmal, dein Großvater hätte mir verziehen, wäre in gewisser Weise sogar stolz auf mich gewesen, wenn ich eine Affäre mit einer anderen Frau gehabt hätte. Das entsprach seinem Weltbild, das galt für ihn als typisch männliches Verhalten. Vermutlich hätte er mich lediglich jovial-väterlich zur Seite genommen und gemeint: „Nur ein Rat, so von Mann zu Mann. Wenn du einen Seitensprung machst, dann rede nicht darüber. Behalte ihn für dich. Du verstehst schon, was ich meine."
Vermutlich hätte er mir auch noch verschwörerisch zugezwinkert.
So aber?
Er war wie eine Sintflut, die über uns hereinbrach, all der aufgestaute Hass, den er in Wahrheit mir gegenüber immer empfunden hatte, durfte sich nun endlich entladen. Ich sei ein perverses Schwein, war noch das Mildeste, was er mir an den Kopf warf. Er werde nicht zulassen, dass ich das Leben seiner Tochter und seiner Enkel noch weiter ruinierte! Er werde schon dafür sorgen, dass ich nicht mehr in eure Nähe darf! Er habe ja schon immer gewusst, dass ich krank und gestört sei, Doktortitel hin oder her!
So ging das weiter. Eine schier endlose Litanei mit Klischees und Vorurteilen, die ich nicht wiederholen werde. Er glich einem wütenden Stier, der verbalen Amok lief und alles zerstörte, was sich ihm in den Weg stellte. Dass er aber nicht nur mich, sondern auch seine geliebte Tochter und seine Enkelkinder mit seinen Hass-

tiraden zermalmte, war ihm offenkundig schlichtweg gleichgültig. Nach so vielen Jahren bekam er endlich seine Genugtuung, sein Recht, nur das zählte!
Ich versuchte nicht einmal, mit ihm zu diskutieren, ihm in Erinnerung zu rufen, dass seine Enkel vor allem auch meine Kinder sind. Es hätte nichts gebracht. Er kannte nur noch ein einziges Ziel, meinen Ruin! Wollte mein Blut lecken, mich elenden Sünder zu Kreuze kriechen sehen.
Anna war verzweifelt, hin- und hergerissen. Ich hatte sie verraten und das Vertrauen, das wir uns stets beteuert hatten, missbraucht – und doch versuchte sie mich auch zu verstehen. Ich konnte nichts für meine Veranlagung, das verstand sie. Warum aber hatte ich mich dann überhaupt auf Ehe und Familie eingelassen? Warum konnten wir nicht von vorne anfangen, einfach weitermachen?
„Liebst du mich denn nicht mehr?", flehte sie mich an. Was sollte ich ihr antworten?
„Natürlich liebe ich dich, wie kannst du das nur fragen? Doch ich liebe dich als Mensch, als Freundin, als Mutter meiner Kinder. Als Frau aber … es tut mir leid!"
„Wenn es zumindest eine andere Frau wäre! Irgendeine Schlampe, der ich die Augen auskratzen kann. Ich könnte kämpfen, um uns und für die Kinder! So aber ... es ist so demütigend, so unfair! Ich bin machtlos, so absolut machtlos! Du zerstörst nicht nur mein Leben, nein, du nimmst mir auch noch jedes Recht auf Wut und Rachsucht. Ich sollte dich hassen, das tue ich auch,

zugleich aber habe ich auch Mitleid mit dir! Und ich hasse dich, weil du mich dazu bringst, Mitleid mit dir zu haben. Verdammt, Johannes, was hast du uns angetan?"

Wir hielten es für klüger, wenn wir uns ein paar Tage nicht sahen. Der Abstand würde uns guttun, uns Zeit zum Nachdenken geben und Klarheit schaffen. Unter dem Vorwand, Opa und Oma bräuchten mich, packte ich ein paar Sachen zusammen und zog zu meinen Eltern.

Wir wussten beide, dass ihr uns kein Wort von dem, was wir euch erzählten, geglaubt habt, aber noch konnten wir euch nicht mit der Wahrheit konfrontieren. Zumal wir ja beide nicht wussten, wie es weitergehen sollte.

Da war ich nun mit vierzig Jahren zurück in meinem Kinderzimmer! Eine wahrhaft großartige Entwicklung!

Mein Auszug war natürlich ein Fehler. Annas Vater und ihre guten Freundinnen hatten nunmehr freie Hand. Der gute Rat, den sie deiner Mutter erteilten? Mich fertigzumachen und mir auch noch das letzte Hemd auszuziehen! Die friedliebenden, sozial engagierten Öko-Tanten, nichts als eine Horde blutrünstiger Hyänen!

Ich fühlte mich wie zu einem Tribunal gerufen. Anna wies mir einen Platz am Küchentisch zu, zeigte sich kühl und reserviert. Sie habe nachgedacht und ihre Entscheidung getroffen.

Ich hätte sie, unsere Ehe und unsere Freundschaft verraten. Mehr noch, ich hätte euch verraten. Sie könne

mir nicht mehr vertrauen, sie könne sich nicht mehr auf mich verlassen. Es sei ein Hohn, von ihr zu verlangen, alles aufzugeben und mit euch nach Wien zu gehen. Nur damit ich es bequemer hätte.
„Ich würde alleine mit den Kindern dastehen. Hier habe ich Menschen, auf die ich zählen kann. Auf dich kann ich mich nicht mehr verlassen.
Ich behalte das Haus und werde hier weiter mit unseren Kindern leben. Ihnen das Leben bieten, das wir beide ihnen versprochen haben. Es wird ihnen an nichts fehlen. Ich werde sie nicht im Stich lassen.
Da es auch deine Kinder sind, wirst du für sie zahlen und auch weiter die Kredite für das Haus übernehmen; dafür binde ich dich in alle wichtigen Entscheidungen ein, die sie betreffen. Natürlich darfst du sie regelmäßig sehen. Aber alleine, ich will nicht, dass sie mit dem anderen irgendetwas zu tun haben. Du hast ein Monat, um deine Sachen zu packen und auszuziehen."
Ich wusste, dass das nicht ihre Worte waren, die sie zu mir sprach. Ich hörte Irene und ihren Vater aus ihr reden. Aber sie war verletzt, verzweifelt, unerreichbar; sie kämpfte gegen den Zusammenbruch an, um ihr eigenes Überleben. Und sie war eure Mutter! Was auch immer kommen mochte, sie würde für euch da sein! Ich hingegen hatte euch verraten!
Ich willigte ein. Vermutlich hoffte ich, ich könnte besser mit ihr reden, wenn ein paar Wochen vergangen waren und der erste Schmerz überwunden.

Ich nahm Judith und dich zur Seite und bemühte mich, ruhig und vernünftig mit euch zu reden. Dass ich euch liebe, dass es ein Problem zwischen Mama und Papa gebe, dass das aber nichts mit euch zu tun habe. Dass wir erst einmal abwarten müssten. Der ganze unglaubwürdige Schmarrn, der weder euch noch mir irgendetwas half. Ihr seid alt genug gewesen, um zu wissen, was Trennung und Scheidung bedeutete. Dennoch nannte ich die Dinge nicht beim Namen. Ich hatte Angst, sie auszusprechen. Als würden sie damit erst zur Realität. Ich konnte nicht einmal weinen, als ich von euch wegging. Das konnte ich erst später, alleine im Wald.

Die Natur wurde meine Zufluchtsstätte. Ich verbrachte Stunden damit, durch die Wälder und Wiesen zu streifen, in der Hoffnung, keiner Menschenseele zu begegnen. Die versteckten Felsvorsprünge und Lichtungen, die Flussbiegungen bei der Kapelle, wo wir mit euch als Kinder oft spazieren waren, all die verborgenen Kraftorte meiner Jugend suchte ich wieder auf, saß auf dem nackten Boden, weinte, schrie meine Wut hinaus. Manchmal, wenn ich aus weiter Ferne Stimmen hörte, ergriff mich die Panik und ich flüchtete wie ein wildes Tier immer tiefer in den Wald hinein, versteckte mich im Dickicht, kauerte mich zusammen und verharrte mit stockendem Atem, bis ich wieder die Kontrolle über mich erlangte.
Wie ich in jener Zeit noch arbeiten gehen konnte, ist mir ein Rätsel, doch automatisiert, wie selbst in der Medizin

die meisten Verfahren ablaufen, gelang es. Ich hätte wohl auch noch länger durchgehalten, denn wieder einmal war meine Spitalstätigkeit etwas, das mir Halt gab, war dies einer der wenigen Bereiche in meinem Leben, die nicht weggebrochen waren. Mein Schwiegervater aber leistete ganze Arbeit, das muss sogar ich ihm lassen.

Eines Morgens wurde ich in den Verwaltungstrakt gerufen, wo ich sie alle versammelt fand: meinen Chef, den ärztlichen und den Pflegedirektor, den wirtschaftlichen Leiter, die gesamte kollegiale Führung. Die Menschen also, die mich seit Wochen beknieten, die Leitung meiner Abteilung zu übernehmen.
Es gab nicht einmal ein langes Herumgerede. Kurz und bündig wurde mir mitgeteilt, dass es für alle Beteiligten wohl das Beste wäre, wenn ich die Klinik verlassen würde. Es sei unter der aktuellen Situation die einzige vernünftige Lösung. Sie boten mir eine einvernehmliche Kündigung und die Ausstellung eines guten Dienstzeugnisses an, an meinen fachlichen Qualitäten gebe es ja nichts auszusetzen. Den laufenden Monat sollte ich noch wie geplant arbeiten, die Dienstpläne seien ja bereits eingeteilt, danach sollte ich meinen Urlaub verbrauchen und meine Überstunden abbauen. Es werde mir sicher guttun, in dieser schwierigen Zeit meine Ruhe zu haben.
Ich stand auf, ohne ein Wort zu sagen. Als ich die Tür hinter mir geschlossen hatte, wählte ich Annas Nummer und blaffte sie am Telefon an.

„Sie haben mich gerade rausgeworfen. Du kannst deinem Vater gratulieren. Er steckt ja mit dem ganzen Verwaltungsapparat unter einer Decke. Ist es das, was du willst? Mich komplett ruinieren? Wenn du mit den Kindern auf der Straße stehst, weil ich unsere Schulden nicht mehr zahlen kann, darfst du ihnen das erklären und dich bei deinem Vater bedanken!"

Ich legte auf, ohne ihre Antwort abzuwarten. Auf meiner Mailbox beteuerte sie, dass es ihr leidtue, sie habe davon nichts gewusst. Ich glaubte ihr sogar.

Andrea war fuchsteufelswild, als sie davon erfuhr, und tobte, wie ich es bei ihr noch nie erlebt hatte. Sie könnten den besten Chirurgen doch nicht hinauswerfen, weil er schwul sei und seine Frau verlassen habe! Das seien Privatangelegenheiten, die nichts, aber auch gar nichts mit der Arbeit zu tun hätten. Ich solle mich beschweren und dürfe mir das nicht gefallen lassen. Der Betriebsrat müsse handeln, die Gleichstellungskommission, immerhin, das sei ein Fall von sexueller Diskriminierung.

Ich beruhigte sie.

„Was soll das bringen? Die stecken doch alle unter einer Decke. Denkst du, ich will noch länger in einem Haus bleiben, wo ich unerwünscht bin? Ich hatte ja ohnehin vor, nach Wien zu gehen. Jetzt geht es halt überstürzt und schneller als geplant. Was soll's? Natürlich ist es scheiße! Aber was habe ich erwartet? Dass sie mir auf die Schultern klopfen und sagen, dass sie stolz auf mich sind? Je früher ich hier weg bin, desto

besser. Das Spital geht ja ohnehin den Bach runter!"
„Du sagst es!"
Das Funkeln in Andreas Augen machte mich stutzig.
„Na, wir wollen mal sehen."
„Was hast du vor, Andrea? Ich bitte dich, mach keinen Blödsinn!"
Ich ahnte Schlimmes. Ich kannte sie einfach viel zu lange.
„Wart nur ab, du wirst schon sehen. Wenn die Ratten schon das sinkende Schiff verlassen …"
Andrea drehte sich um und marschierte zielstrebig in Richtung Verwaltung, während ich ihr noch nachrief, sie solle keine unüberlegte Dummheit begehen. Zu spät. Aus Solidarität zu mir rammte sie der Abteilung das Messer in den Rücken. Die Kündigung zweier kompetenter und beliebter Oberärzte innerhalb eines Tages mussten die Chirurgie und die kollegiale Führung erst einmal verkraften, noch dazu, wo der Dienstbetrieb jetzt schon kaum noch aufrechtzuerhalten war.
„Du bist verrückt!", fuhr ich sie an, und fiel ihr zugleich vor lauter Dankbarkeit um den Hals.
„Wenn es sein muss, Johannes, dann bis zum bitteren Ende! Das weißt du! Außerdem, was soll mich denn hier noch im Krankenhaus halten, wenn du nicht mehr da bist?
Also, zück du dein Handy, ich hole die Ärztezeitung; wir müssen uns einen neuen Job suchen."
Durch Andreas Kündigung begriffen sicherlich einige im Spital, dass sie zu weit gegangen waren. Es hatten sich ja bei weitem nicht alle gegen mich gestellt;

eine Schwester, die mich schon als Turnusarzt kannte, brachte die Sache auf den Punkt.
„Es ist mir völlig egal, mit wem du schläfst. Das geht hier niemanden etwas an, das ist deine Privatsache. Was für mich zählt, ist, dass du ein Arzt bist, auf den wir uns verlassen können. Du kommst, wenn wir dich brauchen, und du triffst Entscheidungen. Und du bist freundlich und menschlich geblieben. Alles andere musst du mit dir selbst und deiner Frau ausmachen.
Für uns ist es eine Katastrophe, dass du gehst. Und dass Andrea mit dir geht. Ich verstehe es, doch für die Pflege ist es schrecklich. Wir können nicht so einfach gehen. Es wird ein Trauerspiel, wenn ihr beide weg seid! Eure Kollegen … Das weißt du selbst, ich brauche dir ja nichts zu erzählen."
Es war auch die Pflege, die sich an meinem letzten Tag von mir verabschiedete, mich drückte, mir alles Gute wünschte und die sogar ein paar Tränen vergoss. Von meinen Kollegen war nicht viel zu sehen. Mein Chef hatte sich den Tag frei genommen. Die Obrigkeiten thronten sicher in ihren Zimmern.
Ich ging hinaus, hatte meine Schlüssel abgegeben, und fühlte mich seltsam klamm, verstoßen, zugleich aber auch frei, jenseits des alten Lebens, ein neuer Mensch.
Ich stieg in mein Auto und steckte die *Disintegration* in den CD-Player, drehte auf volle Lautstärke und fuhr nach Wien. Als ich vor Christian stand, wusste ich, jetzt beginnt mein neues Leben.

Fallen

Er hatte in Wien bereits zu arbeiten begonnen, war dem Chaos, das er vorhergesehen hatte, entflohen und war für mich da, auf seine eigene verständnisvolle und glasklare Art.

„Was hast du dir erwartet?“, fragte er mich, als ich mein Elend beklagte.

„Du hättest doch wissen müssen, dass sie so reagieren. Für deinen Schwiegervater warst du doch ohnedies immer der letzte Dreck, nach all dem, was du mir erzählt hast; einzig geduldet, weil du Anna finanzielle Sicherheit, Kinder und einen Doktortitel bieten konntest. Die Schande, die du über seine Tochter und somit über seine ganze Familie gebracht hast, lässt sich mit seinem selbstgefälligen und intoleranten Weltbild nicht vereinbaren. Mich wundert, dass er nicht nach Blutrache schreit! Einen Sündenbock aus dir macht, wie in der guten alten Zeit. Seine Frau tut mir leid, offenbar hat sie neben ihm nichts zu sagen.

Und Annas Freundinnen warst du doch ebenso ein Dorn im Auge! Sie mochten dich nicht – und du konntest sie nicht leiden. Natürlich stellen sie sich jetzt hinter Anna! Das ist nun einmal die Rolle, die ihnen als Freundinnen zukommt. Du bist der Mann, der sie verlassen hat, sie allein lässt mit ihren Kindern! Sag mir jetzt nicht, du hättest Mitleid oder Verständnis von ihnen erwartet. So naiv bist du nicht, Johannes!

Und wegen der Kündigung? Da gilt dasselbe. Du warst doch schon so lange unbeliebt. Du strebtest Veränderungen an, wolltest Privilegien stürzen und faire Arbeitsbedingungen für alle schaffen. Hallo? Hast du wirklich erwartet, dass die alten Säcke sich plötzlich aus ihren bequemen Sesseln erheben und zu hackeln beginnen? Oder dir gar applaudieren? Das Angebot, dir die stellvertretende Leitung der Abteilung zu übertragen, war doch nur Augenauswischerei, um dein Ego zu streicheln, um dich zu beruhigen und um zugleich einen Deppen zu finden, der seinen Schädel hinhält und die Verantwortung trägt. Zum Glück bist du darauf nicht hereingefallen! Sie wollten dich doch nicht, weil du ihnen am Herzen liegst! Im Grunde bist du ihnen, sind wir alle ihnen völlig egal! Solange die Arbeit irgendwie erledigt wird.
Du warst schon lange ein Störfaktor im System – und jetzt hast du ihnen einen Grund geliefert, um dich loszuwerden! Ich schätze, in Wahrheit ist es ihnen auch völlig egal, mit wem du schläfst! Aber als Arzt bist du natürlich ein Mensch der Öffentlichkeit. Du bist Chirurg, gleichgültig, ob du am OP-Tisch stehst, ins Gasthaus essen gehst oder mit deinen Kindern einen Nachmittag im Freibad verbringst. Du bist Arzt, und du hast dich entsprechend der Rolle zu verhalten, die die Gesellschaft von dir erwartet. Und ein Arzt ist nicht schwul, zumindest nicht auf dem Land! Ein Arzt darf auch Dutzende Affären haben, das wird vermutlich sogar von ihm erwartet, aber er bleibt bei Frau und

Kind! Er lässt sie nicht im Stich, denn wenn er das tut, bedeutet das, er könnte auch seine Patienten im Stich lassen! Außerdem bist du als Arzt Vorbild und somit verpflichtet, die öffentliche Ordnung nicht zu verletzen! In der Stadt ist das wesentlich einfacher, besonders als Spitalsarzt. Wenn die Tür des Krankenhauses hinter dir zufällt, tauchst du ein in die graue Masse unendlich vieler Menschen. Du bist frei und kannst tun und lassen, was du willst. Das geht auf dem Land nicht. Du hast jede Erwartungshaltung, die in dich gesetzt wurde, mit den Füßen getreten, Johannes! Sei dankbar, dass deine Ursprungsfamilie so unerschütterlich hinter dir steht. Das ist selten der Fall.

Und was Anna betrifft, ehrlich gesagt: Ich bewundere sie. Ich an ihrer Stelle hätte dir die letzte Unterhose ausgezogen. Du hast alles zerstört, was ihr lieb und teuer war – und sie muss jetzt in diesem Sumpf, aus dem du geflohen bist, weiterleben. Das muss sie, denn welche Wahl hat sie schon? Dein Vorschlag, sie solle nach Wien mitgehen, war gut gemeint, doch du wirst selbst zugeben müssen, dass er nicht wirklich ernst gemeint war. Sie ist Mutter! Und eure Kinder brauchen jetzt, wo du einfach verschwindest, Stabilität und Verlässlichkeit. Die vertraute Umgebung, in der sie aufgewachsen sind, ihre Verwandten, ihre Freunde und Schulkollegen, nicht die lärmende Fremde der Großstadt.

Anna versteht das, wenn du mich fragst, vermutlich ist das mütterlicher Instinkt. Daher fordert sie natürlich auch, dass du zahlst. Das finde ich legitim. Würdet ihr

noch zusammenleben, würdest du doch genauso die Kredite und die laufenden Kosten zahlen und dich nicht darüber beschweren. Du würdest es selbstverständlich finden, so wie es das ja all die Jahre für dich war. Mit dem, was dir bleibt, kannst du immer noch leben. Irgendwann sind Michael und Judith ja erwachsen und die Schulden abbezahlt. Außerdem verdiene ich ja auch, wir brauchen uns also keine Sorgen zu machen.
Gib Anna und den Kindern Zeit! Sie straucheln im Moment mindestens genauso wie du. Wenn sie dich nicht sehen wollen, sich dir gegenüber abweisend verhalten, dann akzeptiere das! Übe keinen Druck aus! Es sind Kinder, denen das Schicksal zum ersten Mal in ihrem Leben ins Gesicht geschlagen hat. Was ihr benötigt, ist eine neue Art der Normalität des Umgangs miteinander. Das braucht Zeit, doch es wird sich einstellen. Anna hat niemanden mehr, auf den sie sich wirklich verlassen kann, jetzt, wo auch Andrea nach Wien geht. Ihre Freundinnen und ihr Vater sind schlechte Berater. Sie weiß, dass sie dir im Grunde immer noch vertrauen kann, trotz allem, was war.
Du bist besser dran, auch wenn du das nicht hören willst. Du hast mich und Andrea! Ich verstehe dich und bin für dich da. Du kannst dich auf mich verlassen. Dich endlos bedauern aber, das bringt dir nichts, also erwarte dir das nicht von mir!"
Du kannst mir glauben, es kann furchtbar anstrengend sein, eine Beziehung mit einem Psychiater zu haben. Wenn ich jammern wollte, bekam ich als lapidare Ant-

wort: Jammern bringt nichts! Wenn du unglücklich bist, schau, was du ändern kannst!
Wenn ich wirklich verzweifelt war, dann hat er mich getröstet, mich in den Arm genommen und gehalten. Doch wehe, ich verfiel in eine Endlosschleife des Jammerns und Klagens, wie ich es damals gerne tat, dann gab es anstelle von Verständnis einen Tritt in den Arsch! Heute weiß ich, dass ich jeden einzelnen davon verdient habe. Damals sah ich das logischerweise etwas anders. „Und du willst Psychiater sein", fuhr ich ihn während eines Streites an. „Dir fehlt doch jede Empathie für deine Patienten!"
„Was, bitte schön, nützt es meinen Patienten, wenn ich sie eine Stunde lang bedauere und ihnen versichere, dass sie die ärmsten Menschen auf der ganzen Welt seien? Dafür haben sie ihre Freunde. Das bringt sie nicht weiter. Ich erkläre dir auch nicht, wie du eine Gallenblase zu operieren hast, schreib du mir also nicht vor, wie ich meine Patienten zu behandeln habe."

Christian und ich lebten also zusammen, das war, wie du merkst, auch nicht immer einfach. Es war ein Schritt, der uns viel Mut abverlangte. So lange kannten wir uns noch nicht, ich steckte noch mitten in der Trennung und war emotional sehr aufgewühlt. Doch wir wollten auch nicht länger warten. Außerdem, warum sollten wir für zwei Wohnungen Miete zahlen, wo meine finanzielle Situation ohnehin angespannt war? Es war ein Sprung ins kalte Wasser, der glückte; vielleicht auch weil wir gar keine andere Wahl hatten.

Beruflich zogen wir klare Grenzen. Wir wollten nicht noch einmal die Vermischung von Arbeit und Privatleben riskieren, sondern den Vorteil der Anonymität, den die Stadt bot, auch nutzen. Daher wählten wir verschiedene Krankenhäuser. Hier kam mir meine Erfahrung zugute. Dank all der Qualifikationen, die ich vorweisen konnte, war es nicht schwer, eine passende Anstellung zu finden. Und Andrea mit ins Boot zu holen war ebenfalls leicht. Zwei Fachärzte, die einen guten Ruf genossen und ein bestens aufeinander eingespieltes Team waren, welcher Primar konnte da Nein sagen?
Da waren wir also in Wien vereint. Das verstoßene Trio. Oder das dynamische Duo, wie Andrea und ich in der Abteilung ironisch genannt wurden. Manche mutmaßen ja heute noch, dass sie und ich ein Paar seien! Ehrlich gesagt soll uns das recht sein! Es macht vieles einfacher!

Die Scheidung selbst war, im Gegensatz zu unserer groß angelegten Hochzeit, ein Formalakt von wenigen Minuten. Wir hatten alle Punkte schon im Vorfeld geklärt. Anna behielt das Haus und sollte das Sorgerecht für euch erhalten. Ich zahlte die Alimente und die Kredite, die wir aufgenommen hatten. Alle vierzehn Tage sollte ich euch zu den Wochenenden sehen, und auch so natürlich jederzeit mit euch Kontakt halten und ein Mitspracherecht haben bei allen Entscheidungen, die euch betrafen. Die Richterin zog die Augenbrauen hoch und fragte, ob wir uns wirklich einig seien oder ob wir uns das Ganze nicht noch einmal überlegen wollten.

Ich wusste nicht, was sie mit *„das Ganze“* meinte, die Scheidung an sich oder nur die Bedingungen, die wir ausverhandelt hatten.
„Dafür ist es jetzt wohl etwas zu spät“, entgegnete ich sarkastisch.
Anna pflichtete mir bei, wir seien auch in diesem Punkt einer Meinung. So verließen wir den Gerichtssaal, als Nicht-mehr-Mann und Nicht-mehr-Frau. Frei, jeder auf sich selbst gestellt, zum ersten Mal seit über zwanzig Jahren.
Wir tranken noch einen Kaffee zusammen und besprachen dabei, wie so oft, Alltägliches. Von manchen Gewohnheiten konnten wir uns eben nicht befreien.
Schließlich warf Anna einen Blick auf ihre Uhr und brach auf, um euch von der Schule abzuholen. Ich wollte sie begleiten, mit euch reden und euch erklären, was vor Gericht geschehen war. Anna verbot es mir. Es sei schwer genug für euch und ihr hättet euch gerade erst an die neue Situation gewöhnt.
„Lieber ein anderes Mal, dann gerne! Aber nicht heute, du verstehst doch sicher, dass es auch für die beiden ein ganz schwieriger Tag ist!“
Und ich verstand natürlich, da ich immer alles tat, was tatsächlich oder auch nur angeblich gut für euch war. Es dauerte nicht lange, und bald schon war es immer *gerade ungünstig und ein ganz schwieriger Tag!*

Diesen Vorwurf, und dieses Recht musst du mir zugestehen, erhebe ich bis heute gegen deine Mutter, trotz allem Verständnis für sie und trotz allem, was sie gut gemacht hat. Von dem Tag an, als ich von zu Hause auszog, sabotierte sie, wenn nur irgend möglich, die persönlichen Kontakte zu euch, obwohl ich sie so sehr ersehnte und obwohl sie mir ja auch gesetzlich zustanden. Auch wenn sie es nicht aus eigenem Antrieb tat, sondern aufgrund des Druckes und der Gehässigkeiten ihres Vaters, in dessen Spiel sie nur ein Werkzeug war. Seine Waffe, um mich zu demütigen und zu verletzen, sooft sich auch nur die Gelegenheit bot. Sie spielte mit. Sie hielt mich von euch fern, wann immer es nur möglich war. Das trieb mich in den Wahnsinn. Ich hatte mein Haus, meine geliebte Abteilung, mein soziales Umfeld und meine gesellschaftliche Stellung verloren. Das bedeutete mir im Grunde nichts oder zumindest wenig. Ich konnte ohne all das leben. Doch ohne meine Kinder, ohne Judith und dich, ginge ich zugrunde. So konnte ich nicht leben.

Ich weiß nicht, wie oft ich mit eurer Mutter am Telefon Streit hatte, wenn wieder einmal ein vereinbartes Papa-Wochenende kurzfristig abgesagt worden war, weil Judith verkühlt war oder du für die Englisch-Schularbeit in der kommenden Woche lernen musstest. Das sei wichtig, das müsse ich doch verstehen!

Ich bin Arzt, brüllte ich in den Hörer, ich könne mich wohl um meine kranke Tochter kümmern und meinen Sohn Vokabeln abprüfen. Zur Antwort bekam ich dann, dass mein gereizter Tonfall nicht gut für euch Kinder sei.

Ein anderes Mal flehte ich sie an und appellierte an ihr Herz und an die Freundschaft, die uns verbunden hatte. Da zögerte sie und dachte nach, dann durfte ich euch doch für ein paar Stunden sehen.
Aber ich wollte um mein Recht auf euch nicht ständig betteln, mich dieser Demütigung nicht jedes Mal aufs Neue aussetzen! Manchmal drohte ich ihr sogar mit dem Anwalt, erinnerte sie daran, dass ich meinen Teil der Vereinbarungen einhielt und verlässlich Monat für Monat genug Geld zahlte, um euch allen ein schönes Leben zu finanzieren; ein schöneres, als ich es zu jener Zeit hatte!
Leere Drohungen natürlich. Wollte ich wirklich die Mutter meiner Kinder verklagen? Nach dem, was ich getan hatte? Selbstverständlich nicht. Und das wusste sie.
So telefonierten wir zumindest halbwegs regelmäßig und sahen uns auch immer wieder. Aber aus den vereinbarten vierzehn Tagen wurde einmal im Monat, und selbst dann nur untertags. Wir entfremdeten uns in einem Tempo, das erschreckend für mich war. Und ihr seid jung und beeinflussbar gewesen. Mit welchen Verleumdungen ihr tagtäglich genährt wurdet, konnte ich lange Zeit nur erahnen.
Und doch, auf dem Boden der Tatsachen blieb für mich stets die nackte Wahrheit: Eure Mutter umsorgte euch und war für euch da, während ich euch schmählich im Stich gelassen hatte. Diese Wunde klaffte in mir, machte mich schwach, ließ mich um mein Recht auf euch nicht kämpfen.

Woher Christian seine Geduld mit mir nahm, kann ich dir nicht sagen. Unser erstes gemeinsames Jahr war geprägt von Trauer. Trauer, weil ich euch verlassen musste, Trauer, weil ich euch verlassen hatte. Wenn du uns beide gesehen hättest in jener Zeit, du hättest nichts vom viel gepriesenen Glück frisch Verliebter gemerkt. Ich fragte ihn nicht nur einmal, warum er sich das eigentlich antat. Die Antwort, die er mir gab, war stets die gleiche.

„Weil ich dich liebe, so einfach ist das. Ich habe ja geahnt, worauf ich mich einließ, deshalb habe ich immer einen großen Bogen um verheiratete Männer gemacht. Ich bin nicht der Mensch, der aufsteht und davonläuft, wenn es schwierig wird. Und du auch nicht. Du hast deine Familie nicht aus einer Laune heraus verlassen, sondern lange genug darum gekämpft, ein Mensch zu sein, der du nicht warst. Dass sie dir fehlen, Anna ebenso wie die Kinder, wenn du ehrlich bist, dass du jetzt leidest, weil sie nicht mehr bei dir sind, zeigt mir, wie treu und verlässlich du bist. Viel mehr würde es mich erschrecken, wenn dich der Verlust der Menschen, die du liebst, völlig kaltließe. Wir haben ja trotzdem eine schöne Zeit miteinander, eben weil wir zusammen sind."

Die hatten wir – und wir konnten sie auch genießen. Wir standen auf und frühstückten miteinander, bevor jeder in seine Arbeit fuhr. Am Nachmittag tranken wir gemeinsam Kaffee, berichteten uns von unserem Tag, gingen einkaufen und erledigten den Haushalt. Am Abend kochten wir dann miteinander und tranken ein

Glas Wein zum Essen, räumten den Geschirrspüler ein, duschten, machten es uns vor dem Fernseher gemütlich und gingen schlafen. Am Wochenende gingen wir vielleicht ins Kino oder gemütlich essen, hin und wieder besuchten wir auch ein Konzert. Wir hörten dieselbe Musik, Christian war auch sehr belesen, genug Berührungspunkte also für ein ruhiges und beschauliches Zusammenleben. Etwas langweilig vielleicht, wie Andrea manchmal beklagte. Aber ich wollte meinen Frieden. Ich wollte einfach daheim sitzen und in aller Ruhe meinen Tee trinken, ein Buch in der Hand, fertig. Es gab keine wilden Partys, keine Drogenexperimente, keine Sex-Orgien. Ich hatte kein Interesse an der Szene; und Christian hatte sich in seiner Studienzeit ausgelebt. Manchmal trafen wir uns mit ein paar Bekannten auf ein, zwei Gläser in einer Schwulen-Bar, damit hatte es sich.

Ruhe wollte ich, denn ich hatte genug Aufregung, wenn ich an euch dachte.

„Das wird schon", versuchte Christian mir Mut zuzusprechen.

„Du wirst sehen, das pendelt sich alles ein."

In diesem Punkt irrte er sich.

Auslöschung

Das erste Weihnachtsfest ohne euch brach mir fast das Herz. Rückblickend wäre es klüger gewesen, ich hätte Dienst gemacht. Aber ich hatte mich der trügerischen Hoffnung hingegeben, ich könnte euch, wenn schon nicht am Abend, so doch am Nachmittag sehen. Ein paar Stunden mit euch verbringen und euch die Geschenke überreichen. Mehr wollte ich nicht. Zeit dazu wäre gewesen, da Anna den Baum wie all die Jahre schon am Vortag schmückte und auch die sonstigen Vorbereitungen zeitgerecht traf, um den Vierundzwanzigsten ruhig und gemütlich gestalten zu können. Euer Großvater aber hatte alles genau geplant. Mittagessen und Kaffee bei ihm zu Hause, dann ein paar Spiele und ein ausgedehnter Familienspaziergang. Abends dann das große Finale; er und eure Oma hatten sich zu euch nach Hause eingeladen, in das Haus, aus dem ich ihn verbannt hatte, zum feierlichen Karpfen und zur Bescherung. Er achtete genauestens darauf, dass keine Zeit für mich blieb, den verstoßenen Vater, der alles bezahlen durfte! Als ich abends mit euch telefonierte – Andrea, Christian und ich hatten es uns in unserer Wohnung mit Krippe und Baum halbwegs heimelig gemacht –, habt ihr mir beide voller Begeisterung erzählt, was für ein tolles Weihnachtsfest euer Opa euch bereitet hatte.

„Stell dir vor, Papa, das erste Weihnachten überhaupt, an dem die ganze Familie zusammen war!"

Ich erwiderte nichts. Was hätte ich auch zu euch sagen sollen, wo ihr so voller Freude wart? Doch als ich auflegte, brach ich weinend zusammen.
„Und wer bin ich?", flehte ich Andrea und Christian an. „Wer bin ich? Ich bin ihr Vater, verdammt noch mal!"
Ich holte euch am Christtag mittags ab, damit ihr den Fünfundzwanzigsten mit mir und meiner Familie verbringen konntet. Christian war zu seinen Eltern gefahren, Andrea ebenso. Es waren schöne Stunden, trotz allem, und ich nahm mich zusammen und ließ mir nichts anmerken. Nur mit meiner Mutter sprach ich offen, als wir ein paar Minuten alleine in der Küche waren.
„Ich möchte dir gerne etwas Tröstliches sagen", meinte sie, als sie mich in den Arm nahm, „aber ehrlich gesagt fürchte ich, dass es noch viel schlimmer werden wird." Wie immer sollte sie recht behalten.

Wenige Wochen später, als ich wieder einmal mit euch telefonierte, eröffnete mir Judith in ihrer kindlich-naiven Art, dass sie einen Wunsch habe.
„Was denn, mein Schatz?", fragte ich und erwartete, es wäre das neueste Handy.
„Ich möchte, dass du kein Arschficker mehr bist!" Ich ging in die Knie, vor Schmerz erstarrt. „Was hast du gerade gesagt?"
„Ich hörte, wie Opa gestern zu Oma sagte, dass du ein Arschficker bist. So, wie er es sagte, muss das etwas ganz, ganz Schlimmes sein. Ich will nicht, dass mein

Papa schlimme Sachen macht. Hör also bitte damit auf!"
„Das Wort, das du gerade gesagt hast, Judith, ist ein Wort, das man nicht sagt; ein dummes und ebenso gemeines Wort. Versprich mir, dass du es nie wieder verwendest. Ich schwöre dir, mein Schatz, dass dein Papa kein böser Mensch ist oder irgendwelche schlimmen Sachen macht. Dafür hab ich dich und deinen Bruder viel zu sehr lieb. Jetzt vergiss, was Opa gesagt hat, und lass mich bitte mit deiner Mama reden!"
Ich hatte es irgendwie geschafft, ruhig zu bleiben, solange Judith in der Leitung war. Sie war ein kleines Mädchen und sie wusste nicht, was sie gesagt hatte. Sobald ich aber Anna am Hörer hatte, explodierte ich.
„Weißt du, wie mich unsere Tochter gerade genannt hat? Arschficker!!! Und jetzt rate mal, wer ihr dieses Wort beigebracht hat!? Dein feiner Herr Papa!"
Es wurde der furchtbarste Streit, den ich je mit deiner Mutter hatte. Alle Wut und Frustration, die sich in den vergangenen Monaten aufgestaut hatten, entluden sich in einem wilden, verzweifelten Rundumschlag gegen Anna, gegen ihren Vater und ihre Freundinnen, gegen das Unrecht, das sie mir angetan hatte; woraufhin Anna, anfangs geschockt durch Judiths Wortwahl, zum Gegenangriff überging und mir ihren ganzen Schmerz, für einen Mann verlassen worden zu sein, an den Kopf warf.
Ich erspare dir die Details, denn wir sind deine Eltern. Es genügt, wenn du weißt, dass wir beide, um bei Judiths Ausdruck zu bleiben, *schlimme Sachen* sagten.

Ich hatte versagt. Ich hatte mich provozieren und hinreißen lassen. Ich würde euch für lange Zeit nicht wiedersehen. Nachdem ich aufgelegt hatte, sank ich weinend auf dem Küchenfußboden zusammen. Ein Nichts. Ein Ex-Mensch. Das nämlich war ich geworden, jetzt, wo ich alles verloren hatte: Ex-Mann, Ex-Vater, letztlich Ex-Mensch! Johannes hatte aufgehört zu existieren.

Christian rief Andrea an, als er mich fand. Mit vereinten Kräften zerrten sie mich ins Bett und Christian, ganz Psychiater, spritzte mir Diazepam, während mich Anna festhielt, damit ich Ruhe finden konnte. Ich wusste nicht einmal, dass er dieses Medikament zu Hause hatte.
Als ich erwachte, es war schon nach Mitternacht, hörte ich ihre Stimmen aus dem Wohnzimmer.
„Wo hast du das Zeug her?“, fragte ich.
„Na, woher wohl? Aus dem Spital“, erwiderte Christian, während er seinen Arm liebevoll und stützend um mich legte.
„Ich habe ein paar Ampullen vor Weihnachten mitgehen lassen, da ich schon geahnt habe, dass es gut sein könnte, welche daheim zu haben. Auch wenn der Begriff obsolet ist, du hattest einen Nervenzusammenbruch, mein Bester. Ich habe schon angerufen, dass du morgen nicht in die Arbeit kommen kannst. Keine Widerrede! Das geht allein schon wegen des Benzos nicht!“
„Ja, und ich habe mit Anna telefoniert“, schaltete sich Andrea ein.

„Wir wissen also, was passiert ist! Auch ihr geht es, ehrlich gesagt, ziemlich dreckig. Kannst du dir ja vorstellen. Sie würde nie so etwas über dich sagen! Nach eurem Telefonat ist sie offenbar schnurstracks zu ihren Eltern gefahren und krachte auch mit ihnen ordentlich zusammen. Sie wisse selbst nicht mehr ein noch aus. Du tust ihr leid und zugleich verflucht sie dich für das, was du getan hast."
Christian ergriff wieder das Wort. Es wirkte, als hätten sie die ganze Szene einstudiert. „Ihr seid wie zwei verletzte Hunde, die nicht voneinander lassen können. Ihr hört nicht auf, euch gegenseitig eure Wunden zu lecken, doch wenn ihr euch zu nahe kommt, schlagt ihr einander die Zähne in den Hals! Ihr zerfleischt euch in eurem Tanz aus Hass und Liebe. Es reicht schon, dass ihr selbst darunter leidet, wenn du mich fragst, vor allem aber leiden eure Kinder!"
„Und deshalb", neuerlich Andrea, „weil es nicht nur um euer Wohl, sondern auch um das Wohl von Judith und Michael geht, um das Wohl meiner Patenkinder, halten wir es für das Beste, wenn zwischen euch einmal Funkstille herrscht, damit sich die Gemüter abkühlen und alle Betroffenen Ruhe finden können. Anna ist damit einverstanden – und wir hoffen, du auch!"
Erwartungsvoll blickten sie mich beide an. Sie meinten es gut, und doch fühlte ich mich letztendlich nun auch noch von ihnen verraten.
„Natürlich kann Anna leicht einverstanden sein. Sie muss ja nicht auf ihre Kinder verzichten. Sie

ist mich endlich los und kann sie ganz für sich alleine haben. Ihr wisst nicht, was ihr da verlangt! Wie auch, ihr habt ja keine Kinder!"
Ich wusste, dass ich mit diesen Worten zumindest Andrea traf, deren Kinderwunsch bis zum heutigen Tage unerfüllt blieb. Ich wusste es, und es war mir egal.
„Niemand, Johannes, will dir deine Kinder wegnehmen oder dir den Kontakt mit ihnen verbieten, schon gar nicht Andrea oder ich. Doch wir wollen nicht zusehen, wie du dich selbst zugrunde richtest. Jedes neue Treffen, ob es nun stattfindet oder im letzten Augenblick abgesagt wird, jedes Telefonat – du ruinierst dich! Und du ruinierst auch Anna und die Kinder! Gib dir selbst und auch den anderen ein paar Wochen Zeit, mehr verlangen wir doch gar nicht."
„Offenbar seid ihr euch ja alle einig. Na gut also, was habe ich denn auch für eine andere Wahl?"
Verbittert verkroch ich mich in meinem Bett und dachte mir, ihr habt leicht reden, alle miteinander. Ihr wurdet nicht vor wenigen Stunden von eurer eigenen Tochter *Arschficker* genannt.

Nach gut einer Woche meldete ich mich bei Anna. Es war ein scheues, vorsichtiges Abtasten. Aber zwanzig gemeinsame Jahre kannst du nicht ungeschehen machen. Nicht einmal mit einem völlig unnötigen und fürchterlichen Streit.
„Reden wir nicht lange darüber", schlug ich vor, „wir wissen beide, dass es uns leidtut." Sie stimmte mir zu.

Wir vereinbarten, dass wir einmal in der Woche miteinander telefonieren. Wenn ihr wolltet, könnte ich natürlich auch mit euch sprechen. Mit dem nächsten Treffen würden wir aber noch warten. Anna erklärte euch, dass Mama und Papa gerade eine schwierige Phase durchlaufen und ein wenig Abstand deshalb gut für uns sei. Das habe aber nichts mit euch zu tun und wir würden euch beide nach wie vor sehr lieben – und das werde auch so bleiben.
Offenbar habt ihr das einfach so zur Kenntnis genommen, ohne ein Wort dazu zu sagen. Vielleicht beschäftigte es euch, vermutlich war es euch aber weitgehend gleichgültig. Ich hatte mich schon von euch entfremdet, als ich noch zu Hause bei euch gewohnt hatte. Was sollte euch da jetzt noch an mir liegen?

Ich hatte mich in mein Schicksal gefügt. Gefügt, aber ich konnte es nicht akzeptieren. Das Wissen, euch verloren zu haben, glich einem unentdeckten Krebsgeschwür, das wucherte und mich innerlich zerfraß.
Ich tat, was ich immer tat. Ich fügte mich in die Rolle, die andere mir zugedacht hatten. Christian und ich waren auf dieselbe Art glücklich miteinander, wie Anna und ich es gewesen waren. Aufgesetzt und unvollkommen, als würdest du dich an der Schönheit einer Rose erfreuen, während sich zugleich ihre Dornen in dein Fleisch bohren.
Ich vermisste euch. Daran konnten weder seine Liebe noch sein Verständnis etwas ändern. Auch nicht der

Alltag, mit dem wir uns umgaben. Die gelegentlichen Telefonate und die wenigen, von Distanz und Oberflächlichkeit geprägten Treffen mit euch schon gar nicht. Ihr hattet kein Interesse mehr an mir, wenn ihr je eines gehabt hattet. Es tat weh, aber ich konnte es euch nicht verdenken. Irgendwann musste ich mir selbst eingestehen, dass es weniger schmerzlich für mich war, wenn ich euch nur noch alle heiligen Zeiten sah und die Elternschaft endgültig hinter mir ließ. Anna erfüllte diese Aufgabe und sie erfüllte sie besser, als ich es je vermocht hätte. Mit ihr konnte ich reden. Wir fanden, zumindest in den Telefonaten und bei den seltenen Gelegenheiten, bei denen wir uns sahen, zurück zu einer Art Freundschaft und Vertrauen. Natürlich konnten wir das nicht mit dem Umgang vergleichen, den wir einst miteinander hatten, aber wir konnten offen miteinander reden. Offener vielleicht, als wir es je in unserer Ehe gekonnt hatten.
Sie erzählte mir, dass euch die Pubertät eingeholt habe, der erste Bartwuchs, die erste Regelblutung und alles andere, was so dazugehörte, die ersten Liebeleien, die ersten Übernachtungen bei Freunden. Eure tollen schulischen Leistungen erfüllten mich mit Stolz und Wehmut. Ihr wart auf eurem Weg vom Kind hin zu einem erwachsenen Menschen, und ich war Zaungast und Ohrenzeuge. Und nicht Gefährte und schützender Begleiter.
Anna hielt ihr Wort und holte sich bei allen wichtigen und unwichtigen Fragen des Alltags und eures zukünf-

tigen Lebens meine Meinung ein. So hatte ich zumindest noch ein Wörtchen mitzureden, selbst wenn ich euch kaum noch sah. Ich war ihr sehr dankbar dafür. Wie gesagt, jenes Band, das uns so viele Jahre schon verband, es existierte weiter. Daher verwundert es auch nicht, dass sie der erste Mensch war, dem ich von der Trennung von Christian erzählte.

Wie es dazu kam, ist schnell wiedergegeben. Vor allem weil ich davon ausgehe, dass dich dieser Teil meines Lebens nur mäßig interessiert.

Der Vollständigkeit halber sei gesagt: Wir waren glücklich miteinander, doch ich konnte dieses Glück immer weniger ertragen. Ich liebte ihn, aber ich konnte mich emotional nicht auf ihn einlassen. Er zeigte sich lange Zeit geduldig und verständnisvoll, irgendwann aber wurde es selbst ihm zu viel.

„Ich kann nicht mit deinen Kindern konkurrieren! Das will ich auch nicht. So leid es mir tut, aber ich komme nicht mehr an dich heran. Es ist, als würdest du mich wegstoßen, weil du sie nicht mehr bei dir haben kannst. Als müsstest du alle Menschen strafen, die dich lieben, weil du die Menschen, die du liebst, aus deinem Leben verbannt hast. Ich liebe dich und ich will dich nicht verlieren, doch wenn du nichts änderst, zwingst du mich, dich zu verlassen, weil sonst auch ich an deinem Schmerz zugrunde gehe."

Es gab nicht nur eines, es gab viele solcher Gespräche. Er kämpfte um mich. Aber ich glaube, ich wollte, dass er ging, dass auch er mich zurückließ, damit ich mich meinem Unglück hemmungslos hingeben konnte. Ich tat, was mir offenbar im Blut lag: Ich griff zum Alkohol. Nicht regelmäßig, denn ich wollte nicht auch noch meine Anstellung verlieren, die jetzt nicht gerade toll war, aber zumindest genug Geld abwarf, um euer und mein Leben zu finanzieren. Wenn ich aber trank, dann durchaus exzessiv. Als könnte ich die Leere füllen, die ihr hinterlassen hattet. Ein bizarrer Stolz erfüllte mich, der Stolz, endgültig versagt zu haben. Als Christian ging, wusste ich, dass ich nach Anna nunmehr den nächsten Menschen, der mich geliebt hatte, vertrieben hatte. Ich schämte mich nicht, ich hatte nur einen weiteren guten Grund für mein selbstgefälliges Selbstmitleid. Er bat mich, als Freund und als Psychiater, Hilfe zu suchen und meine Probleme in den Griff zu kriegen. Namen und Adressen von einigen Therapeuten hatte er mir schon Monate zuvor gegeben. Er wolle mich nicht verlieren, aber ich müsse meinen eigenen Weg gehen.

So schlitterte ich in die dunkelste Phase meines Lebens. Perfektionierte, was ich war: den Ex-Menschen. Nein, aufgeben, mich umbringen, das war nie ein Thema. Ich weiß auch nicht, warum. Vielleicht eine zu einfache und zugleich eine zu radikale Lösung. Ich suchte ja den Schmerz und wollte leiden, mich selbst bedauern, weiter fallen. Mit Haut und Haaren warf ich mich in die Szene, hatte wahllos Sex mit anderen Männern, deren Namen ich manchmal nicht einmal kannte. Mitte vier-

zig und ein angesehener Arzt, im Dunkel der Nacht aber eine weitere gescheiterte Existenz, die verzweifelt nach Nähe und Wärme suchte!
Irgendwann einmal hörte ich auf, mich zu schämen. Wozu auch? Sosehr ich mich für mein Verhalten schämte und meinen Kummer mit Wein hinunterspülte, ich wusste doch, spätestens wenn mir das nächste Wochenende bevorstand, würde ich dennoch mit dem nächstbesten Typen, der mir über den Weg lief, ins Bett steigen. Warum? Weil die Wohnung zu eng und die Einsamkeit zu laut geworden war!
Was ich suchte, das hatten mir Anna und Christian gegeben, doch ich hatte es verschmäht! Ich hasste mich für mein Selbstmitleid, und da ich mich hasste, griff ich wieder zur Flasche.
In jener Zeit hatte ich selbst zu Anna und zu meiner Mutter kaum noch Kontakt. Ich ging allen Menschen aus dem Weg, die mir nur irgendwie nahegestanden waren. Allen außer Andrea, wir arbeiteten ja zusammen. Sie verstand mich, vermutlich weil wir uns so ähnlich waren. Sie verurteilte mein Verhalten auch nicht, sie bat mich lediglich, gut auf mich aufzupassen und es mit dem Alkohol nicht zu übertreiben.
„Was soll ich schon sagen? Du holst deine Jugend nach. Andere sammeln mit achtzehn ihre Erfahrungen. Bei dir läuft es halt wieder einmal etwas anders. Ich weiß, dass ich mich auf dich verlassen kann."
Im Grunde bagatellisierte sie mein Verhalten, und wir wussten beide, dass sie das tat. Aber wenn sie mir Vor-

würfe gemacht und an meine Vernunft appelliert hätte? Sie kannte mich zu gut, um diesen Fehler zu machen. Und außerdem, sagte sie denn nicht die Wahrheit? Hatte ich nicht auch endlich einmal ein Anrecht darauf, ungezwungenen Sex und Spaß zu haben? Nur, hatte ich Spaß? Fühlte ich mich glücklich? Natürlich nicht.

Frag mich nicht, wie es mit mir weitergegangen wäre, ich weiß es nicht. Das Schicksal hatte ohnehin seine eigenen Pläne.

Heilung

Eines Morgens, ich wollte gerade auf Visite gehen, rief mich meine Mutter an. Mein Vater sei, weil er sich seit ein paar Tagen nicht wohlfühlte, freiwillig ins Spital gegangen. Das war besorgniserregend, weil er nie ein großes Aufsehen um seine Gesundheit gemacht hatte. Jedenfalls, man habe die ersten Untersuchungen durchgeführt und bei der Computertomographie habe sich in der Leber etwas gezeigt; etwas, das im Ultraschall nicht zu sehen war, was genau, könne man nicht sagen.
Mir war diese Sprache nur zu gut bekannt, ich benutzte sie ja selber jeden Tag!
Wir wollen noch ein paar weitere Tests machen, wir können noch nichts Genaues sagen, aber kein Grund zur Beunruhigung.
In Wahrheit bedeutete das nur: *Es ist scheiße, aber Ihr Vater hat vermutlich Krebs!*
Mein Vater war, wie ich bereits mehrfach sagte, einst ein schwerer Alkoholiker gewesen; auch wenn er erfolgreich entzogen und seit Jahren keinen Tropfen mehr getrunken hatte, er hatte seine Leber schwer geschädigt. Nun also holte ihn seine Vergangenheit ein.
Ich verständigte meinen Chef und Andrea, setzte mich in mein Auto und fuhr – heim! Ja, das war das Gefühl, das ich damals empfand, als ich das erste Mal seit Monaten wieder in Richtung Waldviertel fuhr. Ich fahre nach Hause! Ich hatte wieder eine Aufgabe, einen Sinn

im Leben! Meine Eltern brauchten mich. Ich musste und wollte für sie da sein!
Meine Mutter fiel mir um den Hals, kaum dass ich aus dem Auto gestiegen war. Dann musterte sie mich und ich konnte die Sorge in ihrem Gesicht ablesen.
„Es ist nichts", versicherte ich ihr, bevor sie etwas sagte, „ich habe nur gerade eine harte Zeit! Mach dir meinetwegen keine Gedanken. Ich bin jetzt wegen dir und Papa hier!"
Gemeinsam fuhren wir in das Spital zu ihm; in das Spital, in dem ich viele Jahre meines Lebens gearbeitet hatte und aus dem ich so schmählich vertrieben worden war. Ich war dankbar, dass er auf der Internen lag. Ich wollte weder die Chirurgie noch irgendeinen von meinen alten Kollegen sehen. Dennoch war es ein eigenartiges Gefühl, als ich durch die Glastür trat, als flutete die Vergangenheit über mich herein.
„Was ist los?", fragte meine Mutter, als ich in der Aula abrupt stehen blieb. „Nichts. Es ist nur … Es ist das erste Mal, dass ich hier bin seit damals."
Sie nickte nur und nahm meine Hand.
Dann, nach einem Moment des Schweigens, meinte ich: „Komm, lass uns gehen! Wir sind wegen ihm hier!"
Eine der Schwestern kannte mich noch von meiner Zeit als Turnusarzt. Als sie mich sah, sprang sie von ihrem Sessel auf und stürmte auf mich zu.
„Johannes! Es ist so schön, dich wiederzusehen! Auch wenn ich wünschte, dass die Umstände andere wären."
„Ich freue mich auch, dich zu sehen, Sabine.

Aber sag, wie geht es ihm?“ Sie machte ein ernstes Gesicht.

„Ihm selbst geht es zum Glück ganz gut. Aber von den Befunden her …

Geht mal zu ihm! Ich verständige inzwischen den zuständigen Oberarzt. Du kennst ihn nicht. Er ist erst seit gut einem Jahr hier. Ich sage ihm aber, dass du viele Jahre hier gearbeitet hast. Zimmer neun, ganz hinten rechts, ein Doppelzimmer, die Sonderklasse ist leider belegt.“

„Ich bitte dich, mach dir keine Umstände. Mit einem Einzelzimmer hätte er ohnehin keine Freude gehabt.“

Als ich das Krankenzimmer betrat und meinen Vater im Bett liegen sah, wirkte er auf den ersten Blick so wie immer. Es waren die altbekannten Floskeln, die er und meine Mutter miteinander austauschten, nur nebenbei erwähnte er, dass die Ärzte von einem Leberstich gesprochen hätten, um Gewebeproben zu entnehmen. Dann erst könne man Genaueres sagen und die weiteren Schritte planen. Auch von einer eventuellen Lebertransplantation habe man etwas gesagt.

Ich erwiderte nichts, auch wenn ich insgeheim überzeugt war, er müsste irgendetwas missverstanden haben. Eine Histologie zur Verifizierung eines fraglichen Tumors, in Ordnung, aber eine Spenderleber bei Karzinomverdacht? Das konnte ich mir nicht vorstellen.

Der zuständige Arzt erschien und begrüßte mich vordergründig freundlich, zugleich aber ein wenig reserviert. Ich wusste, was in ihm vorging. Von Kollege zu Kollege unbekümmert über schwerkranke Patienten zu reden ist kein Problem bis zu dem Zeitpunkt, wo einer der beiden Kollegen nicht nur Arzt, sondern auch Angehöriger ist. Sie lässt sich dann nicht hinter verharmlosenden Begriffen wie Raumforderung, Gewächs oder kleinen Knötchen in der Lunge verbergen, doch es fehlt der Mut, die Wahrheit auszusprechen. Dem Kollegen ins Gesicht zu blicken und zu sagen:

„Ihr Vater hat ein hepatozelluläres Karzinom im fortgeschrittenen Stadium. Es ist bereits in die Pfortader eingewachsen und reicht fast bis zum rechten Vorhof. Auch in der Lunge finden sich multiple kleine Metastasen. Wir können nichts mehr für ihn tun."

Das wäre die Wahrheit gewesen, doch davon wurde kein Wort gesagt. Stattdessen wurde, wie mein Vater völlig richtig verstanden hatte, von der absoluten Notwendigkeit einer Leberbiopsie zur weiteren Therapieplanung sowie von der Möglichkeit einer Lebertransplantation gesprochen. Ich bedankte mich formlos, als er seine nichtssagenden Ausführungen beendet hatte.

„Na, das klingt ja gar nicht so schlecht, oder was meinst du, Johannes?", fragte mein Vater voller Zuversicht. Ich nickte, meinte nur: „Ja, das klingt nicht schlecht." Dann entschuldigte ich mich kurz bei meinen Eltern und ging zum Stützpunkt, wo Sabine gerade am Computer saß.

„Und?", blickte sie mich fragend an.

„Viel Gerede, aber keine Aussage. Typisch Arzt also! Du, ich möchte dich um einen Gefallen bitten …" Sie lächelte.

„Du weißt, dass ich dir eigentlich keine Befunde ausdrucken darf", und zugleich drückte sie mir ein dickes Kuvert in die Hand. „Sag aber nicht, dass du sie von mir hast."
„Du bist ein Schatz, Sabine! Bist du schon immer gewesen."
Ich steckte die Befunde in meine Tasche, bevor ich zurück zu meinen Eltern ging. Ich wollte sie zunächst alleine durchschauen, mir ein Bild machen und dann entscheiden, was ich mit den Informationen, die sie enthielten, tun würde. Ich öffnete den Umschlag erst, als ich spätabends wieder in Wien war. Meine schlimmsten Befürchtungen zeigten sich bestätigt. Der Körper meines Vaters war völlig durchkrebst. Zwei, längstens drei Wochen noch, dann würde der Tumor sein Herz erreicht haben. Ich war wie betäubt und konnte keinen klaren Gedanken fassen.
Dann brach die Wut über mich herein, die schier unglaubliche, zerstörerische Wut auf jenen feigen und verlogenen Arzt, der von Biopsien, Behandlungsmöglichkeiten und sogar von einer Transplantation gefaselt und meinen Eltern und uns allen Hoffnungen gemacht hatte, anstatt uns reinen Wein einzuschenken.
Was sollte ich tun? Meinem Vater jede Hoffnung nehmen? Sollte ich als sein Sohn ihm sagen, dass es keine Hoffnung mehr für ihn gab, dass er nur noch wenige Tage zu leben hatte? Das konnte ich nicht! Das war die gottverdammte Aufgabe seines Arztes! Musste ich es ihm sagen, dann war es, als würde ich sein Todesurteil fällen!

Ich stürmte in die Küche und griff zur nächstbesten Flasche, wollte jedes Gefühl in mir abtöten und im Alkohol ertränken.
Ich hielt inne, noch bevor ich den ersten Schluck nahm. Was tat ich? Was hatte ich eigentlich die letzten Wochen und Monate getan? War ich nicht auf dem besten Wege, so zu werden wie mein Vater? Wie der Vater meiner Kindheit, der mir verhasst war, während der Vater, den ich liebte, gerade im Sterben lag?
Ich leerte alle Flaschen, die ich fand, in den Ausguss. Gelegentlich trinke ich zwar gerne ein Achterl, doch seit dein Großvater erkrankte, habe ich nie wieder einen Rausch gehabt. So rettete er mich also durch seine Krankheit, wie ich schon an früherer Stelle behauptete, auch wenn das Opfer ein sehr großes war.
Ich konnte ihm nicht die Wahrheit sagen, weder ihm selbst noch meiner Mutter. Die Hoffnung auf den Befund der Biopsie war die Kraft, die ihn am Leben erhielt. Jeden Morgen, jeden Mittag, jeden Abend ging er zum Kalender, der in der Küche hing, und zählte die Tage, die noch bis zum vereinbarten Besprechungstermin bleiben würden. Ein Ritual des Trostes und der Angst. Vermutlich ahnte er, dass es in Wahrheit keine Rettung mehr für ihn gab. In seinen Augen lag ein gebrochener Schmerz des Abschieds, wenn er sich unbeobachtet fühlte. Doch er hätte nie darüber gesprochen. Sich Ängste und Schwäche einzugestehen, das konnte er nicht. Er war ein Mensch, der nie über seine Gefühle sprach.

Er lebte in Angst, das sah man ihm an. Und so klammerte er sich an jede Hoffnung, die es gab. Ich durfte ihm diese Hoffnung nicht nehmen. Hätte er Klarheit über seinen gesundheitlichen Zustand gehabt, vermutlich hätte er sich umgebracht. Das meine ich ernst. Wie kaum ein anderer Mensch, den ich kannte, liebte er das Leben, das maßlose, übervolle Leben! Er war ein Genussmensch, ist es immer gewesen. Sich von Siechtum, Krankheit und Schmerz ans Bett gefesselt zu finden, hilflos wie ein kleines Baby, nichts fürchtete er mehr.
„Wenn es einmal so weit ist“, verkündete er früher immer, „dann soll es gefälligst schnell gehen! Notfalls greife ich zum Strick!“
Ich kannte ihn gut genug, und seinen Dickschädel, um zu wissen, dass er nicht lange zögern würde, seine Worte in die Tat umzusetzen, wenn ich ihm sagte, welcher Leidensweg ihm bevorstand.
So schwieg ich, zögerte, bestätigte ihm seine Hoffnung, log und überlegte. Noch während ich mit meinem Gewissen rang, ob ich ihm die Wahrheit sagen sollte oder nicht, verfiel er, wie es so schön literarisch heißt, in geistige Umnachtung. Seine Leber hörte endgültig auf zu arbeiten, sein Körper wurde mit all den toxischen Abbauprodukten, die nicht mehr verstoffwechselt werden konnten, überschwemmt. Auch sein Gehirn natürlich. Hepatische Encephalopathie, du wirst das in Patho-Physiologie ausführlich lernen. Verwirrtheit, Unruhezustände, Schlafstörungen, Wandertrieb, Gereiztheit bis hin zur Aggression, Angst und Wahn-

inhalte, die ganze Palette der Psychopathologie. Hinzu noch die somatischen Folgeerkrankungen wie Ascites, Gerinnungsstörungen und Sturzgefahr. Laienhaft gesagt, ein medizinischer Super-GAU, der uns, insbesondere meiner Mutter, ins Haus stand!
Ich traf meine Entscheidung und setzte, nun wieder ganz in der Rolle des Arztes, seine gesamte sinnlos gewordene Medikation ab, nichts durfte bleiben, was sein Sterben auch nur einen Tag verlängerte. Nur bei den Morphinen sparte ich nicht, Hauptsache, er musste keine Schmerzen leiden. Und was die sedierende und neuroleptische Medikation betraf, die notwendig war, um seine Verhaltensauffälligkeiten, die meiner Mutter das Leben zur Hölle machten, halbwegs in den Griff zu bekommen, zögerte ich keine Sekunde und rief Christian an. Ich tat es instinktiv, obwohl wir seit Monaten keinen Kontakt gehabt hatten. Er hörte mir zu, war für mich da, stand mir mit Rat und Tat zur Seite. Von jenem Tag an telefonierten wir regelmäßig, auch deine Mutter rief mich zumindest zweimal in der Woche an, um nachzufragen, wie es ihm, wie es uns allen gehe. Als wäre die Vergangenheit mit einem Schlag vergessen.
Das Sterben meines Vaters hat mich in mehrfacher Hinsicht gerettet: Ich überwand nicht nur meinen Absturz in den Alkohol und in die völlige Selbstverachtung, nein, es brachte mir auch die Menschen in mein Leben zurück, die ich am meisten liebte. Als kaufte sich mein Vater letztendlich von aller Schuld frei, indem er mir meinen Frieden brachte.

Die Tage seines Verfalls mitanzusehen war schrecklich. Die Hälfte des Tages verschlief er, was ehrlicherweise die angenehmste Zeit für uns war. Sobald er wach war, zeigte er sich unruhig, geisterte durch das Haus, ging reflexartig immer wieder zum Kalender in die Küche und suchte nach dem Datum, an dem seine Befundbesprechung geplant war.

„Das verstehe ich nicht", murmelte er dann, zog sich an und behauptete, er müsse ins Krankenhaus fahren. Die Autoschlüssel hatten wir auf Christians Rat hin gut versteckt und nachdem er zweimal untertags versucht hatte, das Haus nur in Unterwäsche bekleidet zu verlassen, blieb uns auch nichts anderes übrig, als ihn in der Wohnung einzusperren und ihn nicht mehr aus den Augen zu lassen.

Meine Mutter verzweifelte neben ihm, doch sie wollte keine professionelle Hilfe zulassen. Sie werde es schon schaffen und immerhin sei es ihre Pflicht, erklärte sie mir unter Tränen, nachdem sie eine weitere Nacht kaum geschlafen hatte.

„Ich werde nicht zulassen, dass auch du vor die Hunde gehst", fuhr ich sie in meiner eigenen Überforderung an, „wenn ihr so weitermacht, haben wir in wenigen Wochen ein Doppelbegräbnis!"

Mit einer Kollegin, die ich von früher her gut kannte, hatte ich bereits alles geregelt. Ein Anruf von mir, und er bekam ein Bett auf der Palliativstation in meinem ehemaligen Spital, bekam die Pflege und Betreuung, die für ihn notwendig war. Nach einem weiteren Streit-

gespräch mit meiner Mutter, in dem sie neuerlich seine Einweisung verweigert hatte, obwohl sie selbst kurz vor dem totalen Zusammenbruch stand, hatte ich mich ins Auto gesetzt und raste Richtung Wien, wollte mit der ganzen Angelegenheit nichts mehr zu tun haben, als sie mich endlich anrief und die erlösenden Worte sprach.
Es gehe nicht mehr zu Hause, sie sehe es nun selbst ein, ich solle ihn einweisen lassen.

Er war ruhig und friedlich in seinem Krankenzimmer. Die Schwestern kümmerten sich aufopfernd um ihn. Meine Mutter besuchte ihn jeden Tag, konnte ganz bei ihm sein oder aus dem Zimmer gehen, wenn er etwas brauchte, die Schwestern ihre Arbeit tun lassen.
„Ich bin froh, dass er jetzt da ist", bedankte sie sich bei mir für meine Unnachgiebigkeit. „Ich hätte ihn zu Hause nie so betreuen können. Ich hätte es keinen weiteren Tag mehr geschafft, war schon so voller Wut und Aggression auf ihn – und so voller Schuldgefühle, weil ich so empfand. Du kannst dir nicht vorstellen, was er zu Hause aufgeführt hat."
Eines Abends, als ich alleine bei ihm zu Besuch war, er war bereits in einen komaähnlichen Zustand verfallen, sagte ich ihm unter Tränen, dass nun alles geregelt und gut sei. Er könne loslassen und dürfe gehen! Ich bedankte mich bei ihm für alles, was er getan hatte, und sagte ihm, dass ich ihn liebte. Es war das einzige Mal in meinem Leben.

Wenige Tage später, an einem Samstagmorgen, rief gegen halb sechs Uhr früh die diensthabende Schwester an und meinte, wir sollten uns besser auf den Weg machen, wenn wir ihn noch einmal lebend sehen wollten. Als meine Mutter, meine Geschwister und ich bei ihm eintrafen, durchlebte er bereits seinen kurzen Todeskampf, bevor er wenige Minuten darauf ruhig und friedlich einschlief. Als hätte er nur noch unser Kommen abgewartet.
Es war vorbei. Es war vollbracht. Ich starrte auf den toten Körper jenes Menschen, der mir so viele Jahre so fremd war, den ich oft sogar gehasst hatte und dem ich letztendlich doch so viel verdankte. Wie meine Familie war auch ich traurig und von Schmerz betäubt, doch zugleich war ich auch glücklich, dass ich meinen Frieden mit ihm gefunden hatte. Er konnte gehen, ohne dass noch irgendetwas unausgesprochen zwischen uns stand. Er ging, und ich war dankbar, dass er mein Vater war.

Das Begräbnis fand eine Woche nach seinem Tod statt. Ich kümmerte mich um meine Mutter und ging neben ihr hinter dem Sarg. Anna hielt ihr Versprechen und kam. So sah ich Judith und dich nach fast einem Jahr endlich wieder. Es war nicht leicht für euch, die ganze Atmosphäre und die vielen Menschen, meine ganze Verwandtschaft, die euch im Grunde weitgehend fremd war, nach so vielen Jahren und unter diesen Bedingungen wiederzusehen. Doch ihr wart gekommen, nur das zählte!

Ich ging hinter dem Sarg meines Vaters und war zugleich so glücklich, euch zu sehen, selbst wenn wir einander fremd geworden waren. Es ging euch gut. Ich konnte mich darauf verlassen, dass ihr bei Anna in den besten Händen wart. Ich dankte ihr dafür. Ich konnte wieder offen mit ihr reden.

Andrea, auch wenn ich sie nicht erwähnte, war natürlich die ganze Zeit über für mich da gewesen. Natürlich kam sie auch zum Begräbnis, und an ihrer Seite Christian. Ich hatte ihn seit unserer Trennung nicht mehr gesehen. Doch als wir einander anblickten und uns gegenüberstanden, spürten wir, dass wir noch immer Zuneigung füreinander empfanden.

Neubeginn

Somit gelange ich also zum Ende meiner Erzählung, zum Ende einer langen Nacht. Ein neuer Tag beginnt, der Morgen dämmert.
Die ersten Wochen nach dem Begräbnis verbrachte ich viel Zeit im Waldviertel, um meiner Mutter zur Seite zu stehen. Niemand verlangte das von mir, meine Geschwister wohnten ja ohnehin in ihrer Nähe und unterstützten sie, aber ich wollte es so. Es war das letzte Versprechen, das ich meinem Vater gegeben hatte, bevor er starb; ich würde auf sie aufpassen, sie nicht alleine lassen.
So tat ich es, und ich tat es gerne, bis sie nach gut drei Monaten zu mir meinte, es sei nicht länger notwendig, dass ich jeden freien Tag zu ihr nach Hause fahre. Sie komme schon zurecht und müsse lernen, ohne ihn zu leben.
„Schau jetzt auf dich, Johannes! Lebe dein Leben!"
Ich beherzigte ihren Rat.

Nach einem kurzen Gespräch mit Andrea, die mir Mut zusprach, rief ich Christian an und fragte ihn, ob er bereit wäre, mir eine zweite Chance zu geben. Seit dem Begräbnis standen wir regelmäßig in Kontakt, allerdings auf rein freundschaftlicher Basis. Nun also setzte ich alles auf eine Karte.
„Er liebt dich immer noch", hatte Andrea mehrfach behauptet.

„Glaub mir, er wartet nur darauf, dass du den ersten Schritt machst!“
Sie sollte recht behalten. Ich fragte ihn, und eine gute Stunde später stand er vor meiner Tür. Es war kein kitschiges Happy End. Keine Liebesbeteuerungen, keine Tränen, ein Kuss, ein kurzes Lächeln, das war's. Wir setzten uns zusammen und redeten; besprachen, was wir voneinander erhofften und erwarteten. Sechs Wochen später zogen wir wieder zusammen. Das ist jetzt sieben Jahre her. Seither leben wir hier miteinander. Glücklich, ja, und froh, dass wir einander haben. Was aber nicht heißt, dass wir nicht regelmäßig streiten und uns immer wieder auf den Wecker gehen. Wir führen eine stinknormale Beziehung, in der wir uns sagen, dass wir uns lieben und dass wir die Schlamperei des anderen bald nicht mehr aushalten. Wir schonen uns nicht und sprechen aus, was wir denken und fühlen, vielleicht klappt es deshalb mit uns seit all den Jahren.
Deine Mutter gratulierte mir, als sie hörte, dass Christian und ich wieder zusammengefunden hatten. Es war ehrlich gemeint, ohne Bitterkeit. Wir sind gute Freunde, geblieben oder wieder geworden, trotz oder gerade wegen allem, was war. Ich wünsche ihr immer noch, dass sie einen Mann findet, der ihr das Glück wiedergeben kann, das sie und ich mit Anfang zwanzig hatten. Ich glaube fest daran, dass sie ihn eines Tages findet. So wie Andrea.
Erst jetzt fällt mir auf, dass die wichtigsten Frauen in meinem Leben alle ohne Männer dastehen, meine Mut-

ter, meine Ex-Frau, meine beste Freundin. Bin ich der Mann in ihrem Leben? Ich hoffe, nicht! Nicht mehr. Ich habe meinen Mann gefunden und bin aus dem Schatten meines Vaters getreten. Letztendlich. Ich bin frei und zufrieden.
Na ja, nicht ganz.

Judith und dich verloren zu haben, ist die klaffende Wunde, die sich nie ganz verschließen sollte. Aus der Ferne war ich Teil eures Lebens und jedes Jahr haben wir uns drei- oder viermal gesehen. Wir waren stets freundlich und höflich zueinander, ganz so, wie man sich freut, wenn man nach langer Zeit einen entfernten Verwandten wieder einmal sieht. Wir waren Fremde, die eine gemeinsame Herkunft hatten. Wir waren nicht Vater und Sohn oder Vater und Tochter füreinander. Das schmerzte mich, auch wenn ich damit leben lernte.
Eines Tages, so tröstete ich mich in all den Jahren, würdet ihr alt genug sein, um die Wahrheit zu verstehen. Meine Wahrheit, die Geschichte unserer Familie, die Geschichte eures Vaters! Die Wahrheit über Anna und Johannes, die sich innig liebten und dennoch scheiterten, oder sagen wir, zumindest meine Version der Wahrheit.
Ich spürte, dass dieser Moment näher kam, als ihr nach Wien gegangen seid, um zu studieren. Ich zögerte, doch ich rief euch nicht an. Ich wollte warten, bis ihr euch bei mir melden würdet. Ihr habt es nicht getan, und ich war enttäuscht, das muss ich zugeben.

Dann aber, als ich dich auf der Bank in jenem Park mit deinem Physiologie-Lehrbuch in der Hand sitzen sah, wusste ich, dass dieser Augenblick gekommen war. Ich beobachtete dich, bis ich ganz sicher war, dass du es wirklich warst – und zog mich zurück, ohne dich anzusprechen. Ich hatte Angst! Ich wusste nicht, was ich dir hätte sagen sollen.
Seither gehe ich fast täglich in den Park, sehe dich auf einer der Bänke im Schatten sitzen, noch immer dein Lehrbuch in der Hand. Ich beobachte dich und bin glücklich. Doch noch immer lähmt mich die Angst. Der Mut, dich endlich anzusprechen, ich finde ihn nicht.

Und so bist du natürlich nicht hier bei mir, Michael. Was vielleicht auch gut ist, denn wahrscheinlich hätte ich es nicht gewagt, so offen und schonungslos vor dir zu sprechen. Kein Vater hätte das getan.
Ich habe mir ein Foto von dir auf den Tisch gestellt, das von deinem ersten Schultag, mit deiner großen blauen Tüte in der Hand, der Tag, wo ich so unendlich stolz auf dich war. Ich stellte mir vor, du würdest hier bei mir sein, und begann zu sprechen.
Ich habe alles für dich aufgenommen. Ich brenne es dann morgen auf CD und werde es dir schicken. Den Briefumschlag habe ich bereits beschriftet. Es gehört dir! Wenn du willst, kannst du es auch Judith und deiner Mutter geben.
Ich habe jetzt alles gesagt. Ich kann jetzt schlafen gehen. In einer Stunde etwa kommt Christian aus dem Dienst.

Auch er wird müde sein. Wir werden noch frühstücken und uns dann noch einmal hinlegen. Abends wollen wir ins Kino gehen.

ENDE

Nachwort

Johannes erwähnt in seiner Erzählung viele Namen und Werke aus dem Bereich der Musik sowie der Literatur. Da er zu seinem Sohn spricht, kümmert er sich nicht um eventuelle Urheberrechte.
Als Autor aber, der Johannes eine Stimme verleiht, will ich an dieser Stelle die Namen und Werke sowie die einzelnen Zitate, die er tätigt, noch einmal anführen, um nicht in einen Konflikt mit besagten Urheberrechten zu kommen.

Aus dem Bereich der sogenannten Kinder- und Jugendliteratur werden erwähnt:
Winnie der Puuh von A.A. Milne, Fünf Freunde von Enid Blyton, Die drei Fragezeichen, die ursprünglich von Robert Arthur erschaffen wurden, Jim Knopf von Michael Ende, die Brüder Löwenherz von Astrid Lindgren, Die Unendliche Geschichte (mit Fuchur und Phantasien) von Michael Ende, Momo (mit Meister Hora) von Michael Ende, die Chroniken von Narnia von C.S. Lewis, der Herr der Ringe von J.R.R. Tolkien und Harry Potter (mit Hogwarts) von J.K. Rowling.
Aus dem Bereich der sogenannten Erwachsenenliteratur werden erwähnt:
House of God von Samuel Shem, Johann Wolfgang von Goethe, Friedrich Schiller, Friedrich Nietzsche, Franz Kafka, Ernst Wiechert, Ilse Aichinger, Virginia Woolf, Georg Trakl (auch mit der Gedichtsammlung

Sebastian im Traum), Arthur Rimbaud, Christine Lavant, Else Lasker-Schüler, Jean Genet (auch mit dem Roman Notre Dame des Fleurs), André Gide, Oscar Wilde, Josef Winkler, Georg Heym und Paul Verlaine.

Aus dem Bereich der klassischen Musik werden erwähnt:
Frederic Chopin, Franz Schubert und Richard Wagner. Aus dem Bereich Musical wird erwähnt: Richard O' Briens Rocky Horror Show mit der Figur des Frank N' Furter und dem Zitat „Such a perfect speciman of manhood"
Aus dem Bereich des Pop / Rock und Heavy Metal werden erwähnt: Marilyn Manson (auch mit dem Album Portrait of an American Family), AC / DC (auch mit dem Album Back in Black und dem Lied Hell´s Bells), Black Sabbath und Ozzy Osbourne, Alice Cooper, Metallica, Guns N' Roses und Slash, Iron Maiden, Kiss, Judas Priest und Rob Halford (auch mit den Alben Screaming for Vengeance und British Steel), The Beatles, The Rolling Stones, Janis Joplin, The Doors, Klaus Nomi, Antony and the Johnsons, Sigur Rós, CocoRosie (auch wird aus dem Lied Beautiful Boyz zitiert), Gossip (auch wird aus dem Lied Standing in the way of control zitiert), Skunk Anansie, Queen und Freddie Mercury sowie The Cure (mit dem Album Disintegration).

Da sie alle Johannes begleiteten, sei ihnen allen gedankt.

MARKUS J. HIRSCH

geboren in Horn, aufgewachsen in Groß Gerungs, lebt seit einigen Jahren in Raabs / Thaya. Studium der Humanmedizin an der Universität Wien, Psychiater in Waidhofen / Thaya.

Während des Studiums entstand der Roman „wirtshauskind", der bis heute unter Verschluss ist.

Bisher verfasst sind die Gedichtbände: „die furche herz" und „ein krümel leben".

Lesungen im Rahmen der Kulturveranstaltung „Recreate" und Teilnahme an diversen Wettbewerben.